W0461845

Julya Rabinowich

Die Erdfresserin

Roman

Deuticke

Die Arbeit an diesem Roman wurde unterstützt durch das Elias-Canetti-Stipendium der Stadt Wien und das Projektstipendium des Bundesministeriums für Unterricht, Kunst und Kultur.

1 2 3 4 5 16 15 14 13 12

ISBN 978-3-552-06195-8
Alle Rechte vorbehalten
© Deuticke im Paul Zsolnay Verlag Wien 2012
Satz: Eva Kaltenbrunner-Dorfinger, Wien
Druck und Bindung: CPI – Ebner & Spiegel, Ulm
Printed in Germany

FSC
www.fsc.org
MIX
Papier aus verantwortungsvollen Quellen
FSC® C006701

Prolog

Hinter mir scheint die untergehende Sonne durch die feingliedrigen Äste. Schnee knirscht unter den Füßen. Ein schwarzvioletter Umriss malt sich unnatürlich langgezogen auf die Schneedecke, ahmt jede meiner Bewegungen nach. Ich folge meinem Schatten, der in einem schmalen Spalt Licht in der Kälte wandert, die Wärme der Sonne am Rücken wie unzählige Männerkörper zuvor. Er hat mich noch nie in die Irre geführt. Unter mir Schnee, schmelzender Schnee und kantige Eisbruchlinien. Schwarze Spiegel neben meinen Stiefeln, die unter den Sohlen auseinanderspritzen, um sich hinter mir makellos zu schließen, bis die tiefhängenden Wolken wieder ihren Platz auf der Erde gefunden haben. Es ist gespenstisch still.

Mein Gesicht nähert sich der Oberfläche. Ich zwinkere mir zu. Dunkle Augen im dunklen Wasser. Dunkel wie Kaffee und viele durchwachte Nächte. Gezupfter hoher Brauenbogen. Der Atem rührt kleine Wellen auf, das Haar gerät in unruhige Bewegung, verwischt, setzt sich erneut zusammen. Dampf breitet sich darüber, ich verschwinde im Nebel.

Tauche endgültig hinab und trinke. Wische den Schlamm von den Lippen wie viele, viele Worte zuvor, stehe auf und gehe weiter. Stehe auf und gehe weiter. Es gibt welche, die liegen bleiben. Ich gehöre zu denen, die aufstehen und weitergehen. Es ist eine Frage der Entscheidung. Du hast es in der Hand. Bleibe liegen. Gehe weiter. Esse. Trinke. Atme. Einen Fuß vor den anderen. Und keinen Blick zurück. Den Blick zurück kann man sich erlauben, wenn man einen Ort erreicht, der nach dem Zurück liegt.

Teil I

Davor

And now,
I wanna be your dog.
Iggy Pop

»Erzählen Sie mir ein wenig von sich.«

»Schauen Sie einfach in Ihren Unterlagen nach. Ich sehe, da liegt ein ganzer Stapel Papiere in meinem Akt.«

»Das ist nicht Ihre Geschichte. Ihre Geschichte ist das, was mich interessiert.«

»Was genau?«

»Sie, Ihre Familie, Ihre Vergangenheit.«

1

Ich wusste so gut wie nichts mehr über Vater. Eine warme, große Brust, an der mein Hinterkopf lehnte, eine nach altem Tabak riechende Pfeife mit schwarzem Griff und gelblichem Mundstück. Elfenbein. Diese Pfeife war eines der Beweisstücke, die Mutter anführte, wenn die Rede auf Vaters Verschwinden kam. Seine Lieblingspfeife hätte er nie zurückgelassen, wenn er nicht beabsichtigt hätte, wiederzukommen.

Wenn schon nicht wegen der Kinder, dann wegen der Pfeife.

Als ich siebzehn Jahre alt wurde, kaufte ich mein erstes Päckchen Zigaretten und übergab mich heimlich im Hinterhof. Unser Haus, das größte und schönste, im Zentrum des Dorfes gelegen, ein steinernes Haus, im Gegensatz zu den kleinen schiefen Ziegelbauten rundum, gehörte nun Mutter. Wir hatten Geld. Noch.

Mein Vater war ein belesener Mann, einer, der von den Nachbarn aus Respekt gemieden wurde, ja man munkelte sogar, dass er eine Bibliothek besaß, einen eigenen Raum, der nur für Bücher verschwendet wurde. Als Kinder spielten meine

Schwester und ich gerne darin, da das leere Zimmer, das an den Wänden von Regalen gesäumt wurde, die vom Boden bis zur Decke reichten, am meisten Platz für wilde Spiele bot. Man konnte sogar mit unserem Roller im Winter darin herumfahren. Die Bücher hatten einen eigenartigen Geruch, wie das ganze Zimmer, sie waren alt, meist in Stoff oder Leder gebunden, manche in einer uns unbekannten Sprache verfasst. In einer Schrift, die wir nicht entziffern konnten. Manchmal nahm ich eines der Bücher aus dem Regal, öffnete es und ärgerte meine Schwester, indem ich so tat, als könnte ich darin lesen. Lange Zeit glaubte sie mir, obwohl sie meine List hätte bemerken können. Das gesprochene Wort hatte schon damals eine größere Bedeutung für sie als das geschriebene, eine Behauptung wurde kaum auf ihren Wahrheitsgehalt geprüft. Man konnte es ihr als Dummheit auslegen, aber eigentlich weiß ich, dass sie einfach so loyal war, mir zu glauben und meine angebliche Überlegenheit zu akzeptieren, bloß, weil ich es mit Nachdruck sagte.

»Wieso kannst du das und ich nicht?«, schrie sie dann.

»Weil Papa es mir heimlich beigebracht hat«, ätzte ich.

»Warum hat er mir nichts beigebracht!«

Sie weinte und lief üblicherweise zu meiner Mutter, die mir ins Gesicht schlug, einmal, weil ich Vaters Bücher aus dem Regal genommen hatte, und dann noch einmal, weil ich log.

Mutter wischte noch in der Eiseskälte mit bloßen Händen unsere Türschwelle. Ihre Haut wurde rissig und sprang auf, kleine rote Linien in dunklem Braun. Die Fingernägel rot und die Finger. Die Türschwelle wusch sie jeden Tag, damit sie für Vater sauber und frisch blieb, damit er, wenn er zurückkehrte, ein gemütliches Zuhause vorfand, das all die Jahre nur auf seine Heimkehr gewartet hatte. Eisern.

Es war klar, dass jemand Vater ersetzen musste, aber er

musste so ersetzt werden, dass man den Anschein bewahren konnte, Vater sei unersetzlich und im Übrigen sei dies auch nicht nötig.

Als ich fortging, wusch Mutter unsere Schwelle, nachdem meine Füße über sie hinweggegangen waren, ohne dass ihr Gesicht einen milderen Ausdruck angenommen hätte. Sie wartet. Ich nicht. Ich finde ihn jeden Tag und verliere ihn im Morgengrauen aufs Neue. In jedem Aspekt eines Mannes, der mir begegnet, treffe ich ihn wieder und wieder, eifrig wie eine Gottesdienerin, die in den Ikonen ihren Heiland findet, in jeder Ikone denselben. In jedem Mann finde ich den Vater und suche doch das Kind. Wenn meine Schwester und meine Mutter nur mit einem Viertel ihrer Hingabe, mit der sie auf den Vater warteten, sich meinem Sohn gewidmet hätten, hätte diese Hingabe hinreichend genügt, um uns alle glücklich zu machen. Aber einer, der da ist, ist weitaus weniger spannend als einer, der verschwand.

»Wann kommst du wieder, Mama«, hat er gesagt und geheult, bis Rotz über sein Gesicht geronnen ist, mit der Faust die Tränen im Gesicht verteilt. Trotzig vorgeschobene Unterlippe.

»Bald, Kleines«, habe ich geantwortet.

Auf der Oberlippe wuchs ihm ein dichter Schnurrbart, er hatte sich die gesamte Woche nicht rasiert, weil es ihm wieder schlecht ging. Er warf sich an mich und drückte sein feuchtes Gesicht an meinen Hals, stand zu mir hinabgebückt da und zitterte vor Weinkrämpfen. Ich umarmte ihn und hielt ihn fest. So fest ich konnte. Sogar noch ein wenig mehr, da ich fürchtete, er würde die Umarmung sonst nicht wahrnehmen können. Meine Mutter pflanzte sich in der Tür uns gegenüber auf und fixierte mich mit ihrem bitteren Blick.

Trotz ihres Alters stand sie so gerade, wie sie es in ihrer Jugend getan hatte, hager und aufrecht, mit streng nach hinten gekämmtem langen Haar, das sie jeden Morgen in einem Knoten an ihrem Hinterkopf befestigte. Trotz aller Vorwürfe, die ich im Laufe der letzten Wochen zu hören bekam, konnte ich mich, wie immer, auf ihr Wort verlassen. Sie würde sich um alle seine Angelegenheiten kümmern, um seine Arznei, die ich wöchentlich schickte, um seine Krankenschwester, die regelmäßig vorbeikam.

»Ich bin bald wieder hier«, sagte ich noch einmal überzeugend.

Pflicht, Wahl oder Wahrheit habe ich als Kind mit meiner Schwester gespielt. Ich habe keine Wahl, nur die Pflicht. Er beruhigt sich ein wenig, er lässt mich los. Mein Kleid hat vorne einen großen klebrigen Rotzfleck. Er gähnt. Das Medikament, das ich ihm in sein Essen gemischt habe, beginnt wohl zu wirken.

Seine Bewegungen verlangsamen zusehends.

»Bald«, murmelt er und lächelt sogar ein wenig. »Baaald.«

Er ist dünn, fast zu dünn, hat aber bereits ein kleines Bäuchlein angesetzt, er ist blass, Mutter ließ ihn lange nicht mehr ins Freie. Ich beginne mich langsam rückwärts den Gang hinab zu entfernen, die Tür hinter mir, mein Kind am anderen Ende. Die breiten Holzdielen knarren unter meinen Stiefeln, seine Augenlider flattern. Der dunkel gelockte Kopf hängt ihm immer weiter auf die Brust. Er winkt mir schläfrig zu, verliert das Interesse, sinkt auf unseren Holzstuhl, der im Vorzimmer steht, und legt den Kopf auf die Rückenlehne. Meine Mutter erscheint hinter ihm, dunkel gekleidet im Dunkeln, kaum zu erkennen bis auf ihr ebenso blasses Gesicht, und legt ihm ein gestricktes Tuch aus Ziegenhaar um die Schultern. Er stützt sich mit seinem ganzen Gewicht auf sie, und sie führt ihn strauchelnd in sein Zimmer.

Sie halten sich fest umschlungen und straucheln beide, sie

wirken wie zwei frisch verbrüderte Saufkumpane im Morgengrauen, wie zwei schlecht eingeübte Clowns. Ich vermisse die Tröte, grün-gelb gestreift, die einen abscheulichen Ton von sich gibt, so eine habe ich ihm geschenkt, ein Souvenir von meiner ersten Reise. Das einzige Geräusch ist das Zufallen der Tür hinter mir.

Ich drehe mich um, das Gesicht Richtung Dorfstraße, und beginne zu gehen. Bevor ich die Autobushaltestelle erreiche, höre ich Schritte hinter mir. Ich weiß im Voraus, wer mir folgt. Ich verlangsame mein Tempo, ohne den Rucksack abzusetzen, und wende mich nicht um. Sie holt auf, sie geht eine Zeitlang still neben mir her. Sie trägt Schuhe, die ich aus Deutschland mitgebracht habe.

»Muss das wirklich sein?«

Ich schweige und beschleunige wieder. Sie versucht mit mir Schritt zu halten, sie ist längst nicht so sportlich wie ich, es fällt ihr schwer. Ich höre ihren Atem schneller und schneller werden, er bleibt als Nebel zwischen uns stehen. Ich lächle. Mich kostet das zügige Gehen kaum Anstrengung, ich bin eine Wandererin, während sie eine Hockerin geblieben ist.

»Muss das sein?«, wiederholt sie, nun ein wenig lauter, abgehackt, weil sie nach Luft schnappen muss.

»Schlag du mir was Besseres vor«, antworte ich gelassen.

Dieses Gespräch führen wir wieder und wieder, jedes Mal, wenn ich aufbreche, und immer, wenn ich zurückkomme, wartet sie auf ihre Entschädigungen.

»Du weißt, wie schwer er ist«, sagt sie.

Ich bleibe stehen.

Das ist neu.

»Was ist es diesmal«, sage ich, »was willst du diesmal noch mehr haben als sonst, dass du so anfängst?«

Sie weicht meinem Blick aus, Röte wandert über ihre Wangen und breitet sich bis zum Stirnansatz aus. Ich sehe in ihr glühendes Gesicht und beginne mich zu wundern.

»Du bleibst immer länger fort«, sie stottert, die Worte werden undeutlich und immer leiser.

»Jedes Mal länger ...«

»War das bis jetzt ein Nachteil für dich«, sage ich. »Wer hat den Zubau bezahlt. Wer die Heizung. Die Winter waren mehr als eisig.«

Sie kämpft mit etwas, das ihr im Hals stecken bleibt, sie würgt. Ich werde geradezu neugierig, so ein Schauspiel hatten wir noch nie. Sie bleibt plötzlich stehen. Ebenso unerwartet beginnt sie zu schreien, ich habe sie seit langem nicht mehr schreien gehört, wie ungewohnt es ist. Ihre Stimme kippt und ist sofort rauh und brüchig.

»Wir hätten die verdammte Heizung nicht gebraucht!«, brüllt sie. »Wir haben den Zubau nur seinetwegen gemacht! Wenn du dein Leben versauen willst – gut, mach es, Diana! Aber lass meines in Ruhe!«

»Du hättest auch zu zweit gefroren.« Meine Stimme wird verkehrt proportional zu ihrer leiser und geschmeidiger.

»Pjotr hätte uns zu sich geholt«, bricht es aus ihr hervor, »er hätte genug Platz für uns beide, für Mutter und mich, und wir hätten das alte, riesige, unnütze Haus verkauft, das man kaum heizen kann, weil es aus Stein ist und dunkel und alt!«

Ich muss grinsen. Mein Schwesterchen hegt Brautträume, mit über fünfunddreißig Jahren, mit ihrem kantigen Gesicht, mit ihren ungelenken, großen Händen.

»Du machst uns allen das Leben zur Hölle«, stößt sie hervor.

»Ihr lebt mehr als gut von meiner Hölle«, sage ich.

»Bleib hier«, sagt sie, leise, heiser und schnell. »Bleib hier, mit deinem Sohn. Behalt das Haus. Aber lass mich gehen.«

Ich nähere mein Gesicht dem ihren, bis ihre Augen zu einem

riesigen, verschreckt blinzelnden Zyklopenauge zusammenwachsen. Sie will zurückweichen, ich halte ihren Kopf fest. Mit diesen Händen habe ich bereits Männer bewusstlos geschlagen und schweres Bühnenmaterial eigenhändig durch die Kulissen geschoben, wenn ich nachts im Theater blieb, um mir neue Bilder durch den Kopf gehen zu lassen.

»Das, Schwesterchen«, hauche ich in ihr Ohr, »das solltest du Mutter sagen.«

Sie versucht sich aus meinem Klammeraffengriff zu lösen, ich lasse los, ein paar Strähnen langen, farblosen Haares bleiben in meinen Handschuhen verfangen zurück.

»Du hast uns das alles eingebrockt«, zischt sie mich an.

Ich blicke auf meine Uhr. Der Bus müsste jede Minute kommen. Ich wende mich ab. Sie bleibt stehen, sie sieht mir nach.

»Nächste Woche schicke ich das Geld«, schreie ich, als der Bus losfährt.

»Wie sind Sie hergekommen?«
»Es war nicht schwer.«
»Wo haben Sie die Grenze erstmals überquert?«
»Zum Dorf an der Grenze ging ich eine Landstraße entlang.«

2

Zum Dorf an der Grenze gehe ich eine Landstraße entlang. Ich gehe Stunden.

Links und rechts von mir wogen riesige Flächen mit Hafer und Gras. Dunkelgrün, helles Grün, golden. Es riecht nach Kuhdung und Blumen, nach Chemie und ab und zu nach Benzin, wenn mich ein Auto überholt. Staub und Kies unter den Reifen. Manchmal nehmen mich die Leute mit, bei manchen steige ich nicht ein. Die Sonne steht hoch am Himmel. Kaum eine Wolke ist zu sehen. Der schwache Wind bringt etwas Abkühlung. Ich setze mich am Wegesrand hin, als ich meine Füße nicht mehr spüren kann. Ich habe es nicht eilig. Die Grenze am Tag zu überqueren, wäre nicht nur töricht, sondern geradezu halsbrecherisch. Wenn die Soldaten mich erwischen, bringen sie mich nicht hierher zurück, sondern viel weiter, und wenn ich Pech habe, werde ich noch früher von Anrainern entdeckt, die für gute Tipps Geschenke von der Grenzpatrouille erhalten. Die Geschenke ergeben sich aus den Habseligkeiten der Aufgegriffenen. Denen, die noch naiv genug sind, nimmt man ihr Hab und Gut als »Bestechung« ab, die nichts bewirken wird. Den anderen, die man schon kennt wie Menschen auf der Straße, die einem immer wieder über den Weg laufen, als Denkzettel.

Verzweiflung lässt sich weder in Geldbeträgen noch in Worten messen, und die nächste Begegnung mit den üblichen Verdächtigen ist vorprogrammiert. Ich kenne also sowohl das Procedere als auch diese staubige Straße bestens. Ich habe sie unzählige Male ungestraft passiert und werde es wieder tun. Ich trinke aus meiner Plastikflasche, das Wasser ist warm und abgestanden. Etwas weiter vorne gibt es einen Brunnen, an dem ich die Flasche auffüllen werde. Ich trinke in großen Schlucken.

Über meinen schweißnassen Hals und unter mein Baumwollleibchen rinnt das Wasser zwischen meine Brüste. Ich werfe mir eine Handvoll ins Gesicht und leere den letzten Rest ins Gras, lege mich zurück und spüre nach, wo sich die Erde in diesem Augenblick unter mir befindet, ob sie sich bereits weitergedreht hat, ohne mich dabei zu beachten, mächtig und mitleidlos, aber ich habe es geschafft, ich bin immer noch da.

Rücken an Rücken mit ihr.

Schon wieder in Sicherheit.

Die Kornkammer nennt man dieses Gebiet. Die Bauern sind stolz darauf, Korn für das Volk zu ernten, alles, was es braucht, um gesund und stark zu bleiben. Allerdings wird das Korn zum Schleuderpreis ins Ausland geliefert und wir finden uns an dieser Grenze wieder, um dem Korn nachzuziehen.

Das fruchtbarste Gebiet von allen ist Westeuropa, das alle ernährt. Da gibt es Korn, da gibt es Arbeit. Alle wollen wir nur einen Löffel vom Honig, ein Gläschen nur von der Milch, die in Europa fließt.

Ein Teilchen nur, ein elementares Teilchen, um zu überleben.

Das Volk ist schon lange geübt darin, auf Brot zu verzichten und zu überleben, ob in den Gebieten im Süden oder im hohen Norden, an den Küsten, an denen die verschrotteten Gerippe atomarer U-Boote liegen, große schwarze Umrisse steinzeitlicher Untiere, die verborgen in die Nacht strahlen und Wasser und Erdreich durchdringen und verändern. Die Pflanzen werden eigenartig dort und dicht und groß wie in den verwunschenen Wäldern alter Märchen. Wildwuchernd Pflanze, Tier und Mensch.

Im ganzen Land erzeugt man demnach Brot und Raketen. Das Brot geht in den Westen, die Raketen werden vorläufig dem Himmel drohend in Abschusskratern aufgestellt. Fürs Klopapier bleibt oft keine Zeit mehr.

Hygienische Notwendigkeiten trieben sogar meine Mutter aus dem Haus. Ausgerüstet mit großen Taschen und Rucksäcken mit dem Bus ins nächste Dorf.

Sie mochte es nicht, die schützenden Mauern unserer Residenz zu verlassen. Wenn sie sich nach draußen wagte, wurden ihre Bewegungen hastig und ungenau. Dinge fielen ihr aus den Händen und sie hatte es immer eilig. Vermutlich hatte sie Angst, Vater zu versäumen.

Ausflüge waren etwas Seltenes und Aufregendes und das Nachbardorf eine halbe Weltreise. Wir reisten mit dem Bus, der so oft an unseren Fenstern vorbeifuhr, aus dem manchmal fremde Leute ausstiegen und oft Nachbarn, die aus der Stadt pendelten, seltene Leckereien und wilde Geschichten im Gepäck.

Die Nasen an das staubige Glas plattgedrückt, stritten wir uns darum, wer mehr Hasen auf den Äckern erkennen würde, während der Bus über die unebene Landstraße rumpelte, Sand aufwirbelte. Die Felder trugen noch keine Früchte, sondern schienen hauptsächlich aus aufgewühlten Reihen Erde zu bestehen, die an ein Zopfmuster afrikanischer Frisuren erinnerten. Meine Mutter stand mit fest verschlossenen Lippen hinter mir und hielt uns mit ausgestrecktem Arm ans Fenster, um uns vor den Mitreisenden abzuschirmen, die vielleicht Infektionen in sich trugen.

Ihre Spannung löste sich nur wenig, als wir von einem entfernten Verwandten, den wir vielleicht zweimal zuvor gesehen hatten, an der Haltestelle in Empfang genommen wurden. Ich blickte mich gierig um: Es roch anders hier, und es sah auch anders aus, die heruntergekommenen Häuser am Hauptplatz trugen fremde Farben und andere Gesichter in ihren Fenstern.

Eine alte Frau in buntem Rock und dunkelblau aufgedunsenen Beinen sitzt auf einem Hocker auf der Straße und bietet gehäkelte Spitzendecken an. Sie lächelt mich an. Goldohrringe und Goldzähne.

Neben ihr eine Flasche Wein und ein Krug Wasser.

»Steig ein«, drängt mich der fast fremde Onkel, er schubst mich mit einer nach Mann riechenden Hand, die so anders ist als die des Vaters meiner Erinnerung, in sein rostiges Auto. Meine Schwester sitzt schon drin, artig beim Fenster, die Hände im Schoß, während ich alles angreifen, ausprobieren, kaputtmachen und erfahren muss. Meine Nägel sind nach zwei Stunden Reise bereits dunkel gefärbt.

Im Auto stinkt es nach Benzin. Ich will das Fenster hinunterkurbeln, aber meine Mutter verbietet es, aus Angst, wir könnten uns im Zug den Tod holen. Nach einer halben Stunde Fahrt auf der Landstraße wird mir übel.

Ich will anhalten, aber das geht nicht, weil wir uns beeilen müssen. Wir wissen immer noch nicht genau, wohin eigentlich, und die Neugier lenkt mich eine Zeitlang vom Brechreiz ab. Meine Mutter ist unruhig still und antwortet auf die Fragen ihres entfernten Cousins nur einsilbig. Er bricht nach mehreren Konversationsversuchen ab und fährt schweigend weiter, während Wälder an uns vorüberziehen, durchbrochen von Feldern und kleinen Siedlungen, so klein, dass sie nicht einmal aus zehn Häusern bestehen. Armselige kleine Zäune, die der kommunistischen Idee widersprechen wie das Steinhaus der Eltern. Hühner laufen vor dem Auto auseinander. Ziegen sehen uns vorwurfsvoll nach.

»Wo fahren wir hin, Mama«, frage ich.

»Einkaufen«, antwortet der Onkel, nachdem meine Mutter sich zu lange Zeit lässt und er froh ist, die Stille durchbrechen zu können.

»Was?«, hake ich nach.

»Wirst schon sehen«, sagt meine Mutter.

»Ich muss aufs Klo«, füge ich hinzu.

»Zuerst das Papier«, sagt sie.

Der Onkel sieht meine Mutter an, beschließt aber zu schweigen, wie sie vorhin geschwiegen hat. Ich muss mich auf eine unbestimmte Wartezeit gefasst machen und krampfe meinen ganzen Unterleib zusammen. Ich verschließe alle meine Lippen fest und drücke den Hintern in den durchgewetzten Sitz hinein. Nach einer Weile spüre ich meinen Bauch nicht mehr.

»Wann sind wir da?«

»Bald.«

»Bald« erweist sich als eine weitere halbe Stunde durch Wiesen und Felder, am Horizont taucht der Umriss eines Baukomplexes auf. Meterdicke Schornsteine ragen hoch. An ihren oberen Enden hängen dichte Rauchschwaden. Ich stelle mir die Pfeife meines Vaters genau so vor: riesenhaft über mir in den Himmel gebreitet mit langen Schlieren dunklen Rauchs statt Wolken. Statt die riesigen Hallen anzusteuern, biegen wir aber erneut auf einen Feldweg ab, und als ich gerade merke, dass wirklich nichts mehr geht, was Zurückhaltung anbelangt, befinden wir uns schon auf einer breiten, asphaltierten Straße.

Wir halten an und ich stürze in die Büsche, bevor meine Mutter mich greifen kann. Sie schlägt die Hände zusammen und verdreht die Augen. Als ich wieder hochkomme und mir meine tauben Füße vertreten will, sehe ich ein seltsames Panorama.

Entlang der Straßenränder stehen Zelte. Folie auf Holzstecken gespannt. Die Plastikwigwams ziehen sich über die ganze Länge der Straße, die schnurgerade zur Fabrik führt, an der wir vorübergefahren sind, und verlieren sich in der Ferne. Dutzende solcher Zelte links und rechts der Fahrbahn, mal weiß, mal blau gedeckt. Ich mache noch ein paar Schritte auf sie zu: Alle sehen absolut gleich aus. Auch der Inhalt jeden Zeltes ist ident mit dem des Nachbarn: jungfräuliches, weißes, begehrtes Klopapier. Berge aus Klopapierrollen.

Klopapierpyramiden, die eine stolze Höhe von fast zwei Metern erreichen. Sie füllen die Zelte fast vollständig aus, ordentlich aufeinandergestapelt, daneben die beflissenen Verkäufer, die uns mit Bazargesten in ihr Reich locken wollen: Kommen Sie! Kaufen Sie!

Dass der Nachbar links und der Nachbar rechts, dass die gesamte Verkaufsfläche mit demselben Produkt angefüllt ist, scheint niemanden zu stören: Zwischen den Verkaufsständen flanieren Menschen, die unter den angebotenen Waren gustieren, um das allerbeste Stück für sich zu ergattern oder den günstigsten Preis herauszuschlagen.

Das Klopapier reicht bis zum Horizont und für alle. Endlich ist die kommunistische Maxime mit den Gesetzen des Kapitalismus vereint, sozusagen die Quadratur des Kreises.

Die seit Monaten nicht bezahlten Fabrikarbeiter haben sich kurzerhand selbst versorgt und den ausstehenden Lohn in

Rollen an sich genommen. Die Auslieferung der Ware, die seit Monaten ebenfalls nicht funktioniert, hat ein klaffendes Konsumloch in den Geschäften hinterlassen und Tausende Putzbedürftige hierhergelockt: Vielleicht hat nicht jeder Geld oder eine große Wohnung, ein Klo jedoch hat ein jeder. Die Lage der Fabrik hat sich herumgesprochen, und die Einkaufstour kann beginnen. Mancher Verkäufer akzeptiert auch Naturalien, ich sehe Menschen feilschen, die ihrerseits Rucksäcke dabeihaben, die mit Pilzen, Fellen, Weinflaschen beladen sind. Ein mittelalterlicher Markt.

Meine Mutter hängt den Onkel ab und geht zu den ersten Ständen hin, während ich die ganze Länge gerne laufen würde, die Straße bis zum Horizont. Sie ruft mich nach ein paar Metern wieder zurück, knapp und leise, aber ich wende und komme ihr nach, irgendetwas in ihrer Stimme klingt elend. Sie kramt in ihrem alten Samtbeutel, ihre Hände beben. Dann dreht sie sich so zum Verkäufer hin, dass außer mir und meiner Schwester niemand sieht, was sie tut, und bietet ihm auf ausgestreckter, sehr sauberer Hand einen tropfenförmigen, funkelnden Gegenstand an, und ich erkenne einen ihrer Ohrringe. Der Verkäufer nimmt ihn achtlos aus ihren Fingern und reicht uns einen großen Plastiksack. Wir fallen über unsere Rollen her und stopfen sie zuerst in die Säcke und dann ins Auto, während der Onkel am Rand der Straße sitzt, aus seiner Flasche trinkt und uns lachend dabei zusieht. Bald werden wir die Heimreise antreten, meine Mutter wird die blütenweiße Pracht besonders langsam vor dem Haus ausladen und darauf achten, dass es alle Nachbarn auch mitbekommen. Wir sind sauberer als sauber.

Ich sitze verschwitzt am Rand des Kornfelds auf der kleinen Falte Erde, die sich hin zur Landstraße schlägt, und denke an die Kürbisfelder, die auf der anderen Seite der Welt auf mich warten. Perfekt gestreifte kleine und große Sphären, die im Dämmerlicht des Morgens zwischen geringelten Strünken sattorange leuchten. Widerhaken und knallig gefärbte Blüten. Die Stacheln schwer aus der Haut zu entfernen. Die Blüten kann man vorsichtig lösen und essen, wenn der Hunger groß ist, sie schmecken leicht bitter und fühlen sich zart wie Schmetterlingsflügel am Gaumen an. Weit dahinter beginnen erst die Maisfelder, die ich noch überqueren muss, wenn es heller geworden ist.

Ich bleibe kurz stehen, stelle meinen Rucksack ab und sehe mich um. Die lichtabgewandten Kürbisflanken bleiben dunkelgrün. Sie werfen lange Schatten neben die Schatten, die meine Beine werfen.

Die Sonne geht auf und das Rot am Horizont greift auf die Erde und die Kürbisse und auf mich über. Ich kneife die Augen zusammen und sehe die Erde voller Ranken vor mir ausgebreitet, den vom Regen glattgestrichenen Feldboden, ausgetrocknete Rinnsale wie Marsflussbetten. Jeder meiner Schritte dringt in eine perfekt abgeschlossene Welt hinein und bricht sie in neue Landschaft.

»Was haben Sie in Wien gemacht?«

»Verschiedenes.«

»Von irgendetwas haben Sie ja leben müssen.«

»Mal dieses, mal jenes.«

3

Eine Bewegung deckt meine Müdigkeit zu. Die nächste zeichnet harte Linien weich, betont die Wölbung des Mundes, ich schließe mein linkes Auge und fasse den Wimpernkranz in einen geheimnisvoll dunklen Rahmen. Die Lider flattern voller Scheu vor neuer Berührung. Als ob ich mir nicht vertrauen würde. Als wäre die Hand, die geduldig Teile der täglichen Maske auf mich aufträgt, nicht meine. Noch ist die Maske makellos, die Risse in ihr, die sich bald in kleinere und tiefere Fältchen absetzen werden, sind noch fern. Das Make-up billig und die Haut mitgenommen, der Zauber währt nicht lang.

Für die Spanne Zeit, für die er notwendig ist, wird es reichen. Zwischen meiner Nasenwurzel und den Augenwinkeln ist die Haut nun dunkel und bläulich, als hätte ein Vogel mit scharfem Schnabel fest hineingehackt. Ich kenne diesen Vogel. Er heißt Alter. Ein nebelfarbener, ein leiser Vogel ist er, der lange über seinen Opfern kreist, bevor er sie mit kaum hörbarem Flügelschlag auslöscht.

Ich verteile jugendliches Erröten großzügig über mein Gesicht. Eine angebliche Bereitschaft.

Den Mund öffne ich erwartungsvoll und mache meine Lippen feuchtglänzend. Mein Blick ist immer noch hart, es gibt nichts, was ich darüberlegen könnte, um noch weiter zu täuschen.

Die Bühne liegt im Dunkeln vor mir, ruhig, trügerisch.

Bald wird sich das Licht über mich ergießen und alle Makel wieder schonungslos an die Oberfläche zerren.

Ich räuspere mich. Ich lasse meine Stimme aus mir heraussteigen, hoch über mich hinweg, in meiner Sprache, in meinen Worten, die hier keiner versteht.

Ich versuche immer zu verstehen. Spreche mittelmäßig Deutsch, etwas Englisch, ein wenig Polnisch, Tschechisch und Serbisch, Bruchstückchen Türkisch und Arabisch. Sie haben mir Wortsplitter mitgegeben und Kleingeld, und ich habe alles genommen, was ich bekommen konnte. Mein Versteckspiel. Mein Gefundenwerden. Mein Verlorengehen.

Die Sprache ist Teil meiner Haut, Teil meiner Schritte, sie wechselt, wie meine Identität gewechselt werden muss, jeder Schauspieler muss das können, um Erfolg zu haben.

Ein Wiegenlied, für mich und für den Abend. Dieses Lied habe ich meinem Sohn wieder und wieder vorgesungen, zuerst, als er klein und müde, später, als er schon groß und krank war. Das Lied schenkt keine Ruhe, es spendet keinen Trost, aber es macht mich wieder menschlich, wenn ich das Gefühl habe, über gewisse Grenzen zu schreiten, wie über die Schwelle von meines Vaters Haus, über die Grenze meines Landes und über die nächste Grenze und noch eine.

Jede Grenze war eine Schwelle, die ich im Eiswasser gewaschen hinter mir zurückließ, ohne dass jemand einen Blick an mich, die Fortgehende, verschwendet hätte.

So unauffällig, wie ich aufgetaucht bin, bin ich weitergegangen.

Das muss man können, nicht jeder kann das. Meine Freundin Nastja zum Beispiel fiel auf, als sie über die zweite Grenze gehen wollte. Ihr gehetzter Blick fiel auf, ihre schroffen Bewegungen. Man ist ihr gefolgt, hat sie im Wald gejagt wie einen Hasen, wie ein zitterndes Tier, das sich im Dickicht duckt, gefunden, hochgezerrt, in den Wagen gesetzt, der nach Benzin und billigem Fusel roch, und sie wieder zurückgebracht, nicht ohne sie um ihr Erspartes zu bringen.

Ins sichere Drittland. Dort musste sie artig sein, dafür ließ man sie gehen.

Sei ruhig, habe ich ihr eingebläut. Sei immer langsam, bis es keinen Ausweg gibt als den, schnell zu sein. Sei still. Lächle, aber lächle nicht zu viel. Achte auf deinen Gang. Zahle niemals Geld. Naturalien kann dir keiner nehmen. Das ist ein Tischleindeckdich, das dir immer zur Verfügung steht. Lächle und gewähre, dann kommst du weit.

Nastja hat mich angesehen mit ihrem gehetzten Tierblick und genickt. Färb dir die Haare, hab ich ihr gesagt. Nimm bequeme Stiefel, die einen Absatz haben, mit dem es sich zu treten lohnt. Weine nie. Das macht nur Falten und du musst dich erneut bemalen.

Sie hat wieder genickt und zu weinen begonnen.

In Wien haben wir uns wie geplant wiedergetroffen. Solange es ging, uns ein Eckchen Heimat eingerichtet, mit einem kleinen Tisch und gesticktem Tischtuch und einer Thermoskanne voll heißem, süßem Tee. Sie beneidete mich um Slavko. Slavko bedeutete zumindest dreimal in der Woche ein Dach über dem Kopf und ruhigere Arbeit, aber Slavko brauchte keine zwei Frauen unseres Alters. Er brauchte keine Mangelware, niemanden, der schwächer war als ich. Nastja hat noch ihren Traum, den Traum vom Heiraten und einem kleinen Ehemann in einer kleinen Wohnung, mit kleinem Gehalt und kleinem Glück, und sie, die kleine Nastja, für immer zu Hause, nie wieder auf der Straße. Ich habe keinen Platz für Schwächen.

Und ich dulde auch keine in meiner Nähe, wenn sie mich ablenken.

Zu Hause, als wir noch gemeinsam studierten, war sie immer die, die im Hintergrund blieb und wartete, bis ich ihr Vorsprechtermine und Projektbeschreibungen gebracht habe. Unsere Wege auf der Universität trennten sich bald, als sie Schauspielerei und ich Regie als Hauptfach belegte. In den gemeinsamen Vorlesungen saßen wir noch nebeneinander: Literatur, Theorie und die Deutsch- und Englischkurse, in denen sie uns Unsprechbares beibrachten. Hinter dem Rücken der durchaus engagierten Professoren, die noch nie einen Deutschen, noch nie einen Engländer sprechen gehört hatten, wurden sie Feindessprachen genannt, die keiner von uns wirklich einzusetzen wusste. Wir saßen nebeneinander, und ich spürte, wie sie darauf lauerte, dass ich fertig studiert haben und eine erfolgreiche Regisseurin sein würde, in deren Aufführungen sie die Hauptrollen genauso bekäme wie jetzt die Terminzettelchen. Diese Vorstellung machte mich noch stärker. Ihre Hoffnung beflügelte mich. Ich brauchte dieses leise ergebene Warten an meiner Seite, um meine Schritte umso entschlossener zu setzen. Sie wog all den Zweifel auf, den meine Mutter wie Gift in meine Adern träufelte.

Alles hatte sie darangesetzt, um mich von der Übersiedlung in die Stadt, in der ich beschlossen hatte zu inskribieren, wieder abzubringen.

Eine Großstadt, zu gefährlich für ein junges Mädchen. Und ein Studium? Wozu? Ich würde doch sowieso heiraten und die Schwelle waschen. Meine Schwester runzelte die Stirn, genauso wie sie. Eine ergebene Krankenschwester, die den Eingriffen des Chirurgen unbedankt assistiert. Vermutlich hat sie als Kind schon geübt, Mutters Urteil bis ins Ununterscheidbare zu kopieren. Sie gehörte Mutter, ich war das Vaterkind.

Wie sie es mir immer und immer wieder erzählt haben. Meistens in Verbindung mit etwas, das ungehörig oder verboten war, und das natürlich mir zugeordnet worden ist. Meistens zu Recht.

Ich musste diese Information als gegeben zur Kenntnis nehmen, wusste ich doch so gut wie nichts mehr über Vater, eine vage Erinnerung an eine warme, große Brust, an der mein Hinterkopf lehnte, eine Pfeife mit schwarzem Griff und gelblichem Mundstück. Elfenbein. Seine Lieblingspfeife hätte er nie zurückgelassen, wenn er nicht beabsichtigt hätte, wiederzukommen.

*

»Was glauben die Leute«, sagt Nastja und lacht ungläubig. »Was glauben die Leute.«

Ich beschließe, ihr nicht zu antworten, es hat keinen Sinn, ich könnte ihr nichts erklären, nichts begreiflich machen von dem, was mir wichtig ist, sie hat noch nie kapiert, worum es ging, und ich habe oft davon profitiert.

»Diana?«

Der Geruch im Raum ist ätzend, wir haben das Gangfenster gekippt, aber die Luft steht immer noch in dem niedrigen Vorraum, in dem wir sitzen. Wir haben die Tür zum Zimmer geschlossen, damit wir später noch gut schlafen können. Ein kleines Tiegelchen Haarfarbe genügt, um uns in eine Wolke zu hüllen, mit jedem Atemzug wird der Eindruck, wir würden uns in einer Chemiefabrik befinden, nachhaltiger und überzeugender.

Meine Haare sind bereits unter einem Plastiksack verschwunden, zwischendurch tupfe ich die stinkenden Rinnsale, die ihren Weg beständig über meine Ohren, Stirn und Nacken suchen, mit einem zusammengeknüllten Stück Klopapier weg.

Die Farbe juckt auf der Kopfhaut, aber man darf nicht kratzen. Wir teilen uns zwei Flaschen »Norwegisch Blond«, zuerst ist mein dunkler Nachwuchs dran, dann Nastjas ganzer Kopf, ihr ist es nie hell genug, obwohl ihre Spitzen weit oben bereits abbrechen, wenn man sie zu fest anfasst. Nastja wird oft zu fest angefasst.

Die Menschen wollen Ähnlichkeiten finden zwischen ihnen selbst und uns, und wir kommen ihnen gerne entgegen und erblonden gehorsam und schmerzhaft.

»Was glauben die Leute«, hebt Nastja wieder an, diesmal lauter, als fürchtete sie, dass ich sie nicht hören kann und nur darum schweige.

»Halt den Mund«, sage ich und sie schaut mich mit weit offenen blauen Kinderaugen an. Sie ist so perplex über meinen plötzlichen Sinneswandel, dass sie wirklich nichts mehr sagen kann, sie braucht erstaunlich lange, um den Mund wieder zu schließen. Ich stehe auf und lasse die Skelettbürste, mit der ich eben noch ihr Haar in artige Strähnen geteilt habe, auf den Tisch fallen, ich gehe zum Wasserhahn gegenüber und drehe ihn auf und höre dem Geräusch des rinnenden Wassers zu.

Nastja sitzt da und schaut mich an.

»Schau her«, sage ich überflüssigerweise.

»Schau ganz genau her.«

»Du bist verrückt«, sagt sie plötzlich kaum hörbar.

Für eine kräftige Stimme reicht ihr Mut nicht aus. Ich lache.

»Du wolltest doch wissen, was die Leute denken. Schau her.«

»Ich sehe nichts.«

»Weil du zu dämlich bist. Schau genau her: Da kommt das Wasser herausgeflossen, hier trifft es auf den Grund der Abwasch, sammelt sich zu einem höheren Pegel und fließt wieder ab. Dazu ein leises Rauschen und Gurgeln.«

»Du spinnst wirklich, Diana.«

»Keineswegs. Das Wasser ist zu keinem Zeitpunkt verändert, nicht wenn es aus der Wasserleitung spritzt, nicht beim Aufprallen auf den Beckenboden, nicht beim Verschwinden im Ausfluss. Es ist immer dasselbe Wasser, ein großer Strom von sinnlosem Wasser. Genau das spielt sich in jedem Kopf ab, dem du da draußen begegnest. Du spiegelst dich vielleicht kurz in diesem Wasser, aber das ist völlig irrelevant, dein Spiegelbild wird nicht haften bleiben, weder dein Schicksal noch dein Gesicht, deine multipel wechselnde Identität ist völlig austauschbar, es geht nicht darum. Denk daran: Du verschwindest vierundzwanzig Stunden am Tag, jede Sekunde in diesem dunklen schmalen Abfluss, aus dem übrigens schon wieder deine Haare raushängen. Ich habe dir oft gesagt, dass du nach dem Haarewaschen deine verdammten Haare aus dem Abfluss klauben sollst.«

Nastja glotzt. Ich nehme die Bürste und kehre damit an unseren Küchentisch zurück, der gleichzeitig unser Wasch- und Esstisch ist, wir haben nur diesen Vorraum mit Waschgelegenheit und Herd, dahinter das kleine Schlafkabinett, durchs Fenster sieht man eine Betonwand. Ich setze die Bürste vorsichtig auf Nastjas Kopf und drücke die Borsten dann mit einem Ruck fest in ihre Kopfhaut. Sie rührt sich nicht.

Draußen sehe ich die Beine des Hausbesorgers, der mit einem großen Rechen das Laub zusammenkehrt, die Metallzähne verursachen ein gleichmäßiges Scharren, ein beruhigend wiederkehrendes Geräusch, das mich an den Garten meiner Mutter erinnert.

Nastja hat eine Träne am äußersten Winkel ihres großen blauen Auges.

»Na los«, sage ich. »Beweg deinen Arsch und putz es weg.

Wir haben zu wenig Raum, um unabhängig voneinander zu sein.«

*

Nastja hat Fieber, ich koche ihr Tee, während ich sie bellend husten höre, das anschwellende Wüten des Wassers unter dem Emaildeckel kann das Geräusch nicht übertönen, obwohl der Deckel durch den Druck des Dampfes in Bewegung gerät und scheppert. Sie hustet, als ob sie die Reste ihrer Innereien krampfhaft zurückbehalten und nur das Kranke ausscheiden wollen würde, das Böse, aber das geht nicht, das ist keiner von uns je gelungen.

»Leg dich hin«, sage ich, weil ich höre, dass sie ihr Bett schon wieder verlassen will, ihre Hände auf den Kofferdeckeln, die zwischen unseren Betten stehen, sie ist schwach, ihre Plastiknägel kratzen die Plastikfläche entlang.

»Ich muss auf die Toilette«, sagt sie.

»Ich bring dir was«, sage ich. »Bleib liegen.«

Sie will mich abwehren, ich stoße sie zurück ins Bett. Der Gang ist eiskalt. Das Klo ist eiskalt. Das Fenster zerbrochen, der Wind pfeift hinein.

»Du bleibst jetzt liegen«, sage ich noch einmal und gebe ihr unseren zweiten großen Topf.

Nastja wird rot. Ich finde das lächerlich, bei allem, was wir gemeinsam erlebt haben, bei allem, was wir bis jetzt zu geben bereit waren, ist das schlichtweg lächerlich. Sie sitzt da mit dem Topf zwischen ihren knochigen Knien, die Beulen in die geringelten Leggings geleiert haben, mit den dicken bunten Socken, die meine Schwester für mich gestrickt hat. Sie wirkt wie ein Kind, wenn man ihr Gesicht außer Acht lässt. Ich empfinde plötzlich Mitleid mit ihr, mit ihren schmalen Füßen, die in die Wolle unserer Heimat gehüllt auf fremdem Boden stehen müssen, mit einem Wiener Emailtopf in Braun dazwischen, den Deckel hält sie wie einen Schild in der Hand, ein Krieger, der heute keine Schlacht mehr schlagen wird, und es ist sehr fraglich, ob morgen eine stattfinden kann.

»Nimm ein Buch und leg dich hin«, sage ich.

»Ich habe Kopfschmerzen.«

»Dann schlaf.«

Ich gieße das heiße Wasser in eine große Tasse, werfe den Beutel mit dem Kamillentee hinein, Lindenblüten und Honig wären besser gewesen, aber im Supermarkt gab es nur Kamille im Angebot, und der Honig war schon aufgebraucht, ich nehme die Tasse und stelle sie neben ihr Bett, sie will meine Hand streicheln, und ich entziehe sie ihr wieder, ich bin plötzlich wütend über ihre Rücksichtslosigkeit.

»Fass mich nicht an«, fauche ich, »wie kannst du so derartig egomanisch sein! Wenn ich auch krank werde, fliegen wir raus. Ins Bett mit dir!«

Sie legt sich gehorsam wieder hin, ohne den Topf zu benützen, ich weiß, dass sie nun unter der Decke die Schenkel zusammenkneift, hier kann sie es sich leisten, hier sind wir zu Hause.

»Ich will so gerne wieder die Ophelia sein«, jammert Nastja. »Die Ophelia war meine beste Rolle bis jetzt, die wichtigste, die größte.«

Ich kenne diese Geschichte auswendig, gleich wird sie beginnen, sie von vorne zu entspinnen, immer gleiche Erzählsprünge, sie erzählt sie so, wie die alten Frauen im Winter Märchen erzählen, oder Dorfmythen, langsam, mit Pathos, und seien sie noch so bedeutungslos, und handle es sich nur um den Schweinehirten, damals jung und hübsch, der zwei Schweine wieder heil aus dem Wald brachte, die einzigen Schweine, die das Dorf damals besaß, es war Krieg, und die Schweine waren Gold, waren Überleben, waren alles.

Das Licht, das um seinen Kopf schien, Abendlicht gegen Abendwald, sagen sie, wirkte wie ein Heiligenschein, der Heiland selbst sei herabgestiegen, um das Dorf zu retten. Dass es eine Woche darauf geplündert und gebrandschatzt wurde, lassen sie meistens aus. Es ist nicht angenehm, hässliche Dinge aufzubewahren, das tun die hässlichen Dinge ganz von selbst, sie drücken sich ungefragt in unsere Erinnerung wie heiße Brandsiegel, unauslöschlich. Mit der Zeit geraten sie aus der Form, wie alte Narben, während die Haut des Bewusstseins noch wächst, an Spannkraft verliert, an Formen, die sie halten sollte, unmerklich ändern sich die Bilder, ändern sich die Geschichten, ändern sich die Menschen, bis sie sich ganz verloren haben und in ihren erdigen Betten angekommen sind.

Nastjas Stimme wird höher, mädchenhafter, sie sieht sich bestimmt wieder in einem schlichten langen weißen Kleid und mit Plastiklilien im Haar auf der Bühne. Zwanzig Jahre alt, gerade fertig geworden und schon besetzt. Einer Hauptrolle würdig erachtet, nicht in der Peripherie eines Dörfchens, sondern mitten in einer richtigen Stadt, kein großes Theater, aber immerhin. Meine Bemühungen, meine Vermittlung, das wird gerne aus der Geschichte ausgeblendet, früher habe ich auf den Zusatz in unserer Sage bestanden, wie ein kleines Kind penibel auf den immer gleichen Ablauf des vorgelesenen Märchens besteht, unvollständig ist es nicht dasselbe Märchen, nicht dasselbe Ritual, und niemand kann danach entspannt die Augen schließen, seine Wange in den Polster und die Augen fest zudrücken.

»Bist eh die Ophelia«, sage ich. »Für ewig.«

»Können Sie mir vielleicht sagen, wer diese Nastja ist?«
»Meine Freundin.«
»Und wie lange kennen Sie ihre Freundin schon?«
»Sehr lange.«

4

Ich habe immer schon auf Rituale aller Art gepfiffen. Mutters Teezeremonien mit unserem blau-weißen Teeservice aus hauchdünnem Gschel-Porzellan, mit ihren Teegläsern in silbernem Spitzenwerk und dem immer brennend heiß anlaufenden filigranen Griff, den man nur unter Schmerzen anfassen konnte, mit dem Tischtuch und den Marmeladeschälchen habe ich unterlaufen, indem ich in unbeobachteten Momenten die Kanne griff und den geschwungenen Schnabel mit meinen Lippen umschloss und aus der Kanne trank, in gierigen Schlucken, die mir den Hals versengten. Das war eine Herausforderung: vor ihr zu trinken, ohne erwischt zu werden. Aus der Teekanne trinken. Ohne Tasse.

Dabei in die blaue Teekanne hineinblicken wie in einen Brunnen.

Das Auge blinzelt im Dunkeln zurück.

In Nastjas Stadtwohnung schlich ich mich dann nachts in die Küche und trank den Tee der anderen Mitbewohner, trank heimlich ihre Milch, trank einfach aus den Flaschen, in denen sie im Kühlschrank aufbewahrt wurde, wischte die Lippenstiftränder vom Glas, biss Kuchen an.

Nastja hatte ständige Angst, meinetwegen in Verdacht zu

geraten, Ärger zu bekommen, den begehrten Platz zu verlieren, auf den sie zwar durch ihr Studium Anrecht hatte, dessen Verlängerung nach Studienabschluss aber vom Wohlwollen der Behörden abhing. Sie hatte einfach nicht genug Geld, um für längere Sicherheit im Amt zu sorgen, und war immer wieder auf ihr kindliches Äußeres und ihre flehenden Augen angewiesen, um den Vertrag zu verlängern.

»Was tust du denn da«, zischte sie mich an, wenn ich wieder mit füchsischem Ausdruck im Gesicht über den langen Gang an der Wand entlangschlich, Schokoladereste in den Mundwinkeln. Am Gang roch es immerzu nach angebranntem Essen, Rauch und Speck und dreimal in der Woche nach Kohl, den die Dicke im Nebenzimmer zu Rouladen verarbeitete. Der Gang zog sich als Lebensader, die alle Zellen des sich immerzu wandelnden WG-Organismus miteinander verband, durch die riesige Wohnung.

Badezimmer, Küche und vier Zimmer links sowie fünf Kabinette rechts. Menschen zogen ein und aus, manchmal war die Wohnung deutlich überfüllt, vor allem dann, wenn sich Paare scheiden ließen und die neuen Lebenspartner in die weiterhin gemeinsamen Räume einzogen. Manchmal gab es dann Crescendo, Mord und Totschlag. Dann verringerte sich die Zahl der Bewohner wieder. Oft nur vorübergehend, bis die Verletzten wieder aus den Spitälern in häusliche Pflege entlassen wurden. Manchmal kamen in solchen Fällen dann noch die pflegenden Verwandten hinzu. Manchmal war man also wohnquadratmeterflächenbezogen besser dran, den Expartner einfach hinter seiner Trennwand aus weißen Leintüchern in Ruhe zu lassen, um die gesamte Wohnsituation nicht zu gefährden.

»Ich lebe mich ein«, sagte ich dann.

»Denk doch an mich«, flüsterte Nastja, die Hand an der Türklinke zu ihrem kleinen Kämmerchen. »Du kannst immer nach Hause. Wenn ich rausfliege, kann ich nirgendwohin.«

Nastjas Eltern wollten seit Beginn ihres Studiums nichts mehr mit ihr zu tun haben, der Vater Alkoholiker und die Mutter vor allem seine Frau und weniger Nastjas Mutter. Die Tochter hatte sie um ein zusätzliches Einkommen als Näherin betrogen. Mit etwas Verwunderung beobachtete Nastja meine wiederkehrenden Versuche, mich von meiner Mutter zu entfernen, und das wie das Amen im Gebet wiederkehrende Zurückprallen auf sie.

»Du fliegst nicht raus«, flüsterte ich zurück, »du fliegst nicht raus, und wir werden noch weit kommen.«

Sie blickte mich zweifelnd an.

»Wirklich?«

»Versprochen«, sagte ich und drückte mit klebrigen Diebesfingern ihre Hand auf der Klinke hinunter und öffnete die Tür und drängte mit meinem Körper den ihren über die Schwelle. Unsere Körper waren lernfähig, biegsam, robust.

Bald darauf verschaffte ich Nastja ihre erste Hauptrolle, und ihr Vertrauen in meine Worte wurde auf beeindruckende Art und Weise in Stein gemeißelt. Ich verschwieg ihr, dass ich mich erfolglos bei derselben Produktion um die Aufgabe der Regieassistenz beworben hatte. Mein Schweigen war so viel wert wie meine Worte, und ich genoss es. Nastja war bereit, mir blind zu folgen, als persönlicher Lemming der Lemmingkönigin, und ich brauchte ihre Ergebenheit, um nicht zu verzweifeln. Ich hatte ja, im Unterschied zu ihr, keinerlei Einkommen erwirtschaftet. Das war bitter, erfreute aber meine Mutter, denn das Studium war vorbei, das Zimmer im Studentenheim bereits geräumt, und ich musste zumindest kurzfristig wieder nach Hause. Es vergingen keine zwei Wochen, und ich war wieder fort, unterwegs in die Stadt, wo ich mich in Nastjas Wohngemeinschaft einquartierte, illegal, auf einer Zusatzmatratze, die tagsüber unter ihrem Bett verschwand. Außer mir gab es einen weiteren Kostgänger, einen Georgier, der auf der Durchreise hängengeblieben war und in der Badewanne schlief. Morgens wurde er von den Ersten, den Fabrikarbeitern, geweckt und legte sich dann wahllos in eines der frei gewordenen Betten.

Bald darauf ging unser Geld zur Neige, denn die Bezahlung war lächerlich, und wir mussten überlegen, wie wir uns erhalten sollten. Meine Mutter bot voller Grimm und Zufriedenstellung mein Zimmer an, aber keine finanzielle Unterstützung. Wie denn auch. Mehr noch, sie verlangte lautstark, dass ich als die ältere Tochter, als Nachfolgerin meines Vaters, als eine, die eine Ausbildung genossen hatte – eine Ausbildung, gegen die sie sich zuvor heftig gewehrt hatte –, langsam daran denken müsste, Geld nach Hause zu bringen. Das Zimmer war dazu noch nur für mich gedacht, denn Nastja war ihr fremd, nicht aus unserem Dorf, was schon fremd war, nicht aus unserer Familie. Das war das endgültige Nein. Wie jedes Mal in unserer Freundschaft stammte der Plan von mir, und wie so oft war er durch reinen Zufall initiiert worden. Neben dem Theater befand sich ein Restaurant, an das eine Bar angeschlossen war. Ich saß öfter dort, wenn ich auf Nastja wartete, manchmal mit Freunden von der Uni, aber oft alleine. Unsere Freundinnen kamen nicht so gerne an diesen Ort, sie mieden ihn und seine eigenartige Atmosphäre.

Zu diesem Zeitpunkt war die Prostitution in unserem Land offiziell nicht existent, verboten, und kein aufrechter Sowjetbürger verspürte jemals ein Verlangen danach. Die Mädchen an der Bar waren einfach Mädchen an der Bar. Was sie in ihrer Freizeit taten, stand nicht zur Diskussion. Später hatten wir es alle viel leichter, denn das ganze Land begann, sich auf mannigfaltige und höchst legale Art und Weise zu prostituieren. Diese Art der Selbstvermarktung war dann kein Thema mehr und manche sehr junge Frauen sahen darin neuerdings sogar eine Art romantisch verklärte Rebellion gegen das System. Mehr als einmal habe ich in den letzten Jahren überschminkte Teenager auf der Straße aufgeklaubt, links und rechts geohrfeigt und in ihr Elternhaus zurückgebracht, so sie eines besaßen, bevor sich eine gewisse Gewohnheit und die wirklichen Schwierigkeiten bei ihnen einstellen konnten. Die, die ich nirgendwohin bringen konnte, weil sie niemanden interessierten, ließ ich verständnisvoll und mit ein paar gutgemeinten Ratschlägen laufen. Immerhin ließ sich mit solchen Methoden die Konkurrenz halbieren.

Doch damals, als ich jung war, war das alles noch anders. Damals kannten wir einander kaum, damals gab es weder Warnung noch gute Ratschläge, aber auch mit Ratschlägen und Warnungen wäre mein Weg vermutlich genau der geblieben, den ich einschlagen wollte und musste.

Damals mochte ich das rote Halbdunkel, weil es mich an Mutter und unser Haus erinnerte. Es gab mir das Gefühl, in der erwählten Fremde doch noch etwas Bekanntes vorzufinden. Das Lokal war gutbesucht, die Bedienung auffällig hübsch, die Mädchen an der Bar musterten mich misstrauisch. Das machte mir Spaß, und ich schminkte mich zu ihrer Provokation noch auffälliger, mein Mund sollte röter sein als ihre Lippen. Ich saß dort in einer samtig gepolsterten Nische und las in meinen Unterlagen, überlegte Konstellationen der Charaktere, ihre Position auf der Bühne, ihre möglichen Kostüme, ich sah mich und Nastja auf dem Spielbrett aus Holz, ich schob uns hierhin und dorthin, aber in keinem Winkel ergab sich ein Standort, der mich zufriedenstellen konnte.

Als wir nur noch Geld für eine Woche hatten, und zwar für eine Woche voller Nudeln und Brot ohne Butter, kam der Geschäftsführer zu mir, lächelte mich an und lud mich auf ein dreigängiges Menü ein. Ich verschlang es wie ein hungriger Straßenhund. Er sah mir genau zu. Er reichte mir Wein.

Dann fragte er mich, ob ich nicht ab und zu aushelfen wolle, die Bezahlung sei gut. Das ergab einen unerwarteten Bühnenwechsel. Nastja war begeistert, denn sie war gerade für die weibliche Hauptrolle im »Idioten« in die engere Auswahl gekommen, hatte die Rolle aber noch nicht. Wir mussten diese unsichere Zeit irgendwie überbrücken, ohne gezwungen zu sein, meine Mutter aufzusuchen.

Wir waren stolz auf unsere Entscheidung.

Wir konnten leben, wie wir wollten. Wir hatten Kraft.

»Ich kann dort üben«, sagte sie, und ich sah keinen Grund, sie davon abzuhalten, obwohl mir klar war, dass diese beiden Rollen nichts miteinander zu tun haben würden.

*

Ich habe Nastja in unserer Souterrainwohnung eingesperrt, damit sie nicht auf dumme Gedanken kommt und wirklich im Bett bleibt. Damit ich endlich Pause machen kann, wenn sie wieder gesund ist. Ich bin hundemüde. Ich habe kein Fieber, im Unterschied zu ihr, meine Fieberlosigkeit bedeutet Verantwortung. Ich arbeite seit drei Nächten durchgehend.

Ich hole Luft, aber sie lässt sich nur schwer holen, ich ziehe richtig an, als ob ich den Rauch einer Zigarette in meine Lungen holen wollte, und nachdem ich einige Male diese Luftzigarette malträtiert habe, wird mir so richtig schwarz vor Augen, und ich stütze mich an die Wand des Hauses neben mir.

Es ist jetzt bereits heller Morgen, die Nacht ist unwiederbringlich verschwunden, und mit ihr unsere Miete, ich fluche, ich beiße in meine Lippe. Der Platz um den Westbahnhof, der im Schatten des gewaltigen Baugerüstgerippes liegt, wird immer geschäftiger, die U-Bahnen spucken in kurzen Intervallen Menschen aus, die in Büros, Geschäfte, Arztpraxen und Kaffeehäuser strömen, auch sie müssen verdienen, jeder muss verdienen, und alle haben sie bekommen, was sie verdient haben, und das treibt sie nächsten Monat erneut aus ihren Wohnungen und warmen Betten. Ich muss nach Hause, ich muss ins Bett, ich bin so leer, dass ich fürchte, mich aufzulösen. Der Platz dreht sich erneut, ich bleibe wieder stehen.

Halte meine Hand mit den abgespreizten fünf Fingern in die Wand gedrückt und spüre den Mauerputz und spüre Bewegung dahinter, als ob unter der Mauerhaut Adern wären, ein Blutstrom, etwas, das pulsiert und lebendig ist, wärmer als meine Haut und stärker als mein Puls. Ruhig, behäbig, ein sehr sehr großes Wesen, weit größer als eine Kuh und größer als ein Elefant.

Ich lege meine Wange an die Hauswand, ich drücke mich an sie, und da ist nichts mehr, kein Herzschlag, keine Bewegung, nur kalter Putz, der in mein Gesicht bröckelt.

An mir vorbei gehen die Passanten zügig, dynamisch, flexibel, so wie man sie bestellt hat. Ich muss lachen. Die Straße dreht sich, die Wand, der Himmel, ich verstehe nicht, warum ich auf einmal in den Himmel blicke, die Sonne scheint und blendet mich. Ich schließe die Augen, ein hohes Geräusch in meinen Ohren, und es ist kurzfristig wieder Nacht. Ich und die Dunkelheit und sonst niemand.

Ich erwache in den Morgen hinein, weil jemand über meine Füße gestolpert ist, ein Schulkind, das nicht auf seinen Weg achtet, die schwere Schultasche biegt den kleinen Rücken durch, und der Junge krallt sich in die Lederriemen, um ein

Gegengewicht zu bilden. Er sagt nicht Entschuldigung, weil er selbst so erschrocken ist. Er macht große Augen und sein Mund, aus dem nichts herauskommt, steht offen, er flüchtet in die U-Bahnpassage hinab, und mir wird klar, dass ich am Boden liege, während all diese Fremden an mir in einem langen Strom, der mir elegant ausweicht, vorüberziehen. Ich ziehe mich hoch und rutsche auf dem Hintern an die Hausmauer zurück. Mein helles Kleid, denke ich. Einer der halterlosen Strümpfe ist zerrissen, das war er aber vielleicht schon vorher, ich streiche den Saum des Kleides darüber. Ich will nicht, dass man den Strumpfansatz sieht, nicht wegen meiner schlaffer werdenden Schenkel, das wäre egal, aber wegen der Schulkinder. Aufstehen funktioniert nicht, meine Arme sind zu schwach, und ich fluche erneut, ich kann mir das nicht leisten, und ich mache den nächsten Versuch und ziehe mich mit aller Kraft bis zur Hausmauer zurück und lehne mich an. Lege den Kopf nach hinten und schließe die Augen wieder. Höre das mannigfaltige Aufsetzen vieler Füße auf dem Asphalt, Stöckelschuhe, beschlagene Herrenschnürer, das leise Schleifen von Turnschuhen – eine eigenartige Musik, ein Stakkato der Morgenstadt, ein kleines Konzert für Nachteulen, wie ich eine bin.

Ich habe furchtbaren Durst. Meine Lippen schmecken nach Meer.

Sie fluten und schleifen und stöckeln rastlos an mir vorüber, ich weiß nicht, wie viel Zeit vergangen ist, vielleicht viel, vielleicht wenig. Irgendwann fällt mir etwas klimpernd in den Schoß, und ich öffne die Augen wieder und sehe die zwei kleinen Zwanzig-Cent-Münzen verständnislos an. Es dauert lange, bis ich begreife.

»Erzählen Sie mir doch einmal von Ihrer Mutter.«
»Was wollen Sie wissen?«
»Was Ihnen als Erstes einfällt.«
»Mir fällt nichts ein.«
»Machen Sie die Augen zu und erzählen Sie mir, was Sie als Erstes sehen.«

5

Die Hände ineinandergemengt in die Hände der anderen Kinder und ins feuchte Erdreich, in die dunklen, langgezogenen Pfützen der Dorfstraße nach dem Regen, in den Schlamm, den wir durch unser ekstatisches Wühlen darin erzeugt haben, keine weiche Masse mehr, die an Ton erinnert, sondern feiner, sandiger Brei mit glänzenden Partikeln. Die Hände der Kinder und auch meine warm, glatt, gemeinsam, endlich aus der Sauberkeit meines Elternhauses herausgelöst, vereint mit all den anderen Ziegenhütern und Gänsetreibern des Dorfes. Wir schreien, wir lachen, wir stoßen uns um und wälzen uns im Dreck, panieren uns mit Sand, der eine goldbraune Schicht um die Schlammflecken auf unsere goldgebräunte Haut stäubt wie Schmetterlingsflügel, warmes Wasser spritzt unter unseren Fingerkuppen hervor und sprenkelt allen ohne Ausnahme Sommersprossen in die Gesichter, und wir sind endlich alle ein großes, sommerlich unbekümmertes, lärmendes Wesen, zehnmal so groß wie die Erwachsenen und zwanzigmal so laut.

Ich fühle, wie ich mich in diesem heißen lärmigen Ganzen auflöse, aber nicht untergehe, die Schreie entweichen leichter aus meinem Mund, wenn meine Stimme in all den anderen versteckt und von ihnen verstärkt bleibt.

Ich kneife die Augen zu, das Wasser spritzt mir auf den Oberkörper und ins Gesicht, und die Haut des Nachbarmädchens, das ich nur vom Sehen kenne, weil ich nicht aus unserem gut umzäunten Haus herauskommen darf, um mich mit dem Pöbel zu vermischen, streift meine und ist Samt.

Umso unerwarteter trifft mich der Schlag, aus dem Hinterhalt, von hinten, gezielt und kräftig auf meinen Hinterkopf mit flacher Hand, weit von unten nach oben ausholend.

Mein Schrei bekommt einen Sprung. Das Unterkiefer schlägt mit voller Wucht auf das obere, die Zähne aufeinander, der Laut, den sie dabei erzeugen, klingt mechanisch zwischen meinen Ohren nach wie das Rattern der Nähmaschine meiner Mutter, wenn die dicke Nadel plötzlich auf ein Hindernis im Stoff stößt, auf einen Knopf oder Teile eines Reißverschlusses, wenn sie Kleider repariert.

Die Stimmen verwischen kurzfristig zum Rauschen, das zum salzigen Geschmack in meinem Mund gerinnt.

Minuten später sitze ich an unserem Küchentisch, während sie mich schweigend mit zu heißem Wasser und schnellen Bewegungen reinigt, und spucke Seifenlaugenreste in ein blutiges Taschentuch. Ich weine nicht. Ich sammle die ekelhaft schmeckende Flüssigkeit in meinem Mund, schwenke sie einmal von links nach rechts und wieder zurück und lasse sie ins rosige Papier tröpfeln, während die Oberfläche des Handtuchs aus grob gewebtem Stoff meine Haut von der braungoldenen Schicht befreit und gleichzeitig neue, flammende Flächen an meiner Brust anbringt, die hinter den Bewegungen meiner Mutter aufleuchten, als würde sie mich bemalen. Ikonenrot.

Meine Schwester steht reglos in der Tür, angelehnt an den breiten Holzrahmen mit dem splitternden Lack darauf. Helles

Haar auf Leinenkleidchen, weiße dünne Hand auf weißem Lack. Schatten unter ihren Augen, hinter ihr im Flur. Kühler Lufthauch der dicken Steinwände vom Keller dringt in die Küche, deren Fenster weit geöffnet sind. Draußen ein mächtiger Lindenbaum, begossen mit Sonnenflecken, und hereingewehtes Kindergeschrei vom Dorfplatz.

»Und Ihr Vater?«
»Vielleicht war er politisch aktiv. Vielleicht ist er auch nur vor ihr geflüchtet.«
»Wissen Sie etwas über die Beziehung Ihrer Eltern?«
»Nur, dass er eine Bibliothek hatte und sie immer noch auf ihn wartet.«

6

Ich schlich mich gerne heimlich in die Bibliothek meines Vaters, sein größtes, sein offensichtlichstes und gleichzeitig sein geheimstes Zeichen an mich. Ich lehnte mich dort an die Regale, Rücken an Rücken mit seinen Büchern. Altes Leder, Staub und die dicken bodenlangen Vorhänge, die, wenn man die Nase fest hineindrückte, eine schwache Note Pfeifenrauch freigaben, ich atmete hinein, um sie zu wärmen, und sog die Luft mit aller Kraft ein, die Augen fest geschlossen, ich wollte die Gegenwart ausatmen und meine Vergangenheit hineinholen. In meinen Kopf, vor meine Augen. Wer war er, dieser Mann, der so viel Platz in unserem Haus bekam und dennoch so wenig mit uns zu tun hatte, wie roch er, was tat er? Liebte er mich wohl, wie meine Mutter mich liebte? In diesen Augenblicken zog ich meine fast immer rinnende Nase aus den starren Stoffbahnen hervor und wandte mich ab. Wenn das so war, konnte er mir mit seiner Vergangenheit gestohlen bleiben. Männer waren nicht wie Mutter, beruhigte ich mich. Männer waren laut und herrisch und hielten sich nicht zurück, weder mit dem Lachen noch mit dem Furzen, noch mit unflätigem Schimpfen, sie waren nicht leise und gefährlich wie meine Mutter, sie waren laut, leicht einzuschätzen in ihrer Grobheit. Sie waren lustig, vor allem wenn sie ein wenig, jedoch nicht zu viel getrunken hatten.

Aber mein Vater, wurde meine Mutter nicht müde zu sagen, mein Vater sei ein ganz anderer gewesen, ein Stiller, ein Gerechter. Ich kehrte also erneut in die Bibliothek zurück. Ich nahm mir Bücher heraus, später, als ich sie bereits lesen konnte, hörte ich auf, meine Nase in die Vorhänge zu drücken, und steckte sie lieber zwischen die engbedruckten Buchseiten. Ich musste Vaters Botschaften entschlüsseln, die er mir hinterlegt hatte. Ich musste, so dachte ich, meiner Mutter voraus sein, um ihr entkommen zu können. Die meisten blieben mir ein Rätsel, ich hatte keine Geduld, den Geschichten lange zu folgen, ich stellte mir andere Dinge vor, und meine eigenen Geschichten überholten die gelesenen Sätze, brachen aus, legten sich über sie, ich wollte prägen und nicht geführt werden, so wie auch er gewesen war, frei und unabhängig.

Meine Schwester schlich mir oft nach und bettelte mich an, ihr vorzulesen, ihre Hände waren wesentlich geschickter als ihre Gedanken, die immerzu stolperten, sich unterwegs verhedderten, auf halbem Wege von ihr wieder im Stich gelassen wurden.

»Das verstehe ich nicht«, sagte sie, »erkläre es mir.«

Manchmal hatte ich keine Lust und erfand Dinge, die gar nicht in den Büchern vorkamen, sie jedoch hatte ein gutes Gedächtnis, die nicht fertig gedachten Sätze lagen darin für Jahre verwahrt, eine Kiste, die schwer und grob, aber beständig gezimmert war, und sie holte die hingeworfenen Märchenbrocken für mich einzeln wieder daraus hervor, wenn ich bereits keine Ahnung mehr hatte, was ich ihr erzählt hatte, um sie loszuwerden.

»Sag Mutter, dass sie dir vorlesen soll«, sagte ich, und sie ging gehorsam weg, um nach kurzer Zeit wieder mit ihrem Buch aufzutauchen.

»Mutter hat keine Zeit«, lautete die übliche Erklärung, und ich seufzte, nahm das Buch und belog sie erneut.

Jedes vermeintlich gelüftete Geheimnis rief in diesem Raum stets neue herbei, es war, als wäre ich der Zauberlehrling und die Bücher wenig hilfsbereite Geister, die mich umso mehr verhöhnten, je mehr ich ihnen auf die Schliche kommen wollte. Volksmärchen, Sagen und Liederbücher wechselten sich ab mit wissenschaftlich anmutenden Aufsätzen, die ich nach spätestens zwei Seiten wieder aus der Hand legte. Bei meinem sonntäglichen Stöbern fiel mir ein Buch in die Hände, das neben dem Titel eine handgeschriebene Widmung trug, ich kannte die Schrift meines Vaters, obwohl ich seine Stimme nicht kannte, manche Bücher waren voller zwischen die Zeilen gekritzelter Bemerkungen, Nachträge, Widersprüche, die mit Rufzeichen versehen waren. Aus einigen Büchern waren mir ganze Seiten voller Notizen entgegengefallen, ausgebleicht von der Sonne, von einem Meeresdunkel zu einem Kornblumenhell, vermutlich vor meiner Geburt niedergeschrieben und nach seinem Verschwinden nie mehr ans Tageslicht gekommen bis zu dem Augenblick, als ich die schützenden, lederbezogenen Buchdeckel aufriss auf der Suche nach ihm.

»Lies das nicht«, sagte meine Mutter, als ich ihr erstmals schwitzend vor Aufregung diese Notizen gebracht hatte. »Wehe dir«, und sie klang das erste Mal seit langer Zeit ängstlich und schlug mich, als ich die Papiere nicht sofort wieder in ihrem Versteck verstauen wollte. Dann nahm sie mir das Buch weg und versperrte die Bibliothek, und ich verbrachte mehrere Wochen damit, mit verschiedenen Drähten und Stöckchen an dem verrosteten Schloss herumzuexperimentieren, bis der

Raum wieder mir gehörte: Ich hatte Blut geleckt, ich hatte das Gefühl, dass eine Erklärung für alles, was in diesem Haus geschah, nur in diesem Raum zu finden wäre.

Das Buch wirkte ein wenig abgegriffen, hatte einen Stoffbezug und schwarze Lettern, in denen »Der Golem« auf die Titelseite geprägt worden war. Golem, das sagte mir nichts, aber Vaters Bücher bedeuteten mir selten etwas Bekanntes, und ich hatte längst aufgegeben, mir einen Reim auf die Dinge machen zu wollen, die ihn interessiert hatten. Der Golem also, auch gut, dachte ich, schlug die erste Seite auf und entdeckte den Namen meiner Mutter.

Das war das erste Buch der Bibliothek, das eine Widmung trug, er hatte es wohl für sie gekauft, absurd, ich hatte meine Mutter noch nie lesen gesehen. Wenn sie mit der Hausarbeit fertig war, und bevor sie sich mechanisch in die nächste stürzte, saß sie manchmal reglos in ihrem Lehnstuhl und sah starr aus dem Fenster in den Hof hinaus. Sie saß da wie eine übergroße Puppe, mit bewegungslosen Augen, die sich reptilienhaft nur selten mit einem Blinzeln schlossen.

Ich raste die steile Treppe hinab, in die Küche. Eine Suppe köchelte auf dem Herd, hexenhaft entwichen Dampfschwaden aus dem Topf. Die Küche roch feucht nach Gewürzen und Pilzen. Auf dem Holztisch lag ein Huhn, das mir seine Schenkel nackt entgegenspreizte. Ein paar helle Federn lagen noch auf den Dielen verstreut zu Füßen meiner Mutter, dünne Füße wie weiße helle Stöckchen, die in Filzpantoffeln mündeten. Sie schwieg, sah mich lange und bohrend an, schlug das Buch zu, das ich ihr mitgebracht hatte, und ging wortlos aus dem Raum.

»Warum machst du das«, brüllte ich, rannte ihr nach und packte sie an der Schulter. Sie streifte meine Hand in seltsamer Ruhe wieder ab.

»Leg es zurück«, sagte sie.

»Sieh es dir wenigstens einmal an!«, schrie ich wieder.

Sie senkte den Blick, wich mir aus.

»Leg es zurück. Es gehört weder dir noch mir, sondern Vater.«

»Aber da ist eine Widmung!«

Ich öffnete das Buch wieder, blätterte zu der Seite vor, wo in Handschrift ihr Name eingetragen war. In Liebe, stand darunter.

»Ich werde es mir nicht ansehen. Leg es zurück. Es gehört nicht uns, sondern Vater«, wiederholte sie.

»Aber da steht doch, dass es dir gehört«, sagte ich. »Da, schau mal.«

Sie begann zu zittern.

Da dachte ich, dass ich sie bereits besiegt hatte, ohne in den Ring zu steigen: Sie konnte offensichtlich nicht lesen. Ich hatte sie in der Hand, wie zuvor vermutlich schon mein Vater. Dachte ich. Damals.

*

Die Vorstellung, dass ein Mann sich ein eigenes Wesen schaffen konnte, eines, das ihm aufs Wort gehorchte, gespeist nur durch Magie, ein mächtiger, ergebener Verbündeter, war bezaubernd.

Wie gerne wäre ich dieser gelehrte Mann gewesen, dessen Hand die Zeichen in die leere Golemstirn geritzt hatte, um ihn so zum Leben zu erwecken, wie eine Frau es niemals tun könnte …

Denn während eine Frau das Häufchen Elend, das aus ihrem Leib in die Welt gerutscht war, ohne dass sie wirklich begriff, wie es zustande kommen konnte, eine ermüdend lange Zeit hinweg pflegen und hegen und wachsen lassen musste, bevor es ihr irgendeinen Nutzen erbrachte, während eine Frau durch das von ihr geschaffene Wesen gebunden war, wurde in diesem Fall nur der Golem an seinen Meister gebunden und niemals umgekehrt. Er war ab seiner ersten Bewegung bereit, sich als nützlich zu erweisen und zu dienen. Ich wollte kein Kind haben, dachte ich mir damals, ich wollte einen Golem. Bekommen hatte ich einen belastenden, nichtsnutzigen Sohn.

*

Warum gerade dieses Buch, fragte ich mich später, als ich es wieder und wieder gelesen hatte, wieso dieses Buch, das ein Monster beschreibt, einen Homunkulus, der so gar nichts mit Familie und Liebe und Frauen zu tun hat. Was wollte er ihr damit vermitteln, wozu? Ob er dieses Buch abends auspackte, im Schein der Petroleumlampe, die immer noch auf ihrem Nachtkästchen stand, daraus vorlas, bevor sie in ruhigen Schlaf fiel, bevor sich seine Hände über ihren sehnigen Körper bewegten, das makellos weiße Nachthemd hochschoben, zwischen ihre dünnen Beine drangen? Ob diese hellen dünnen Beine, deren Knie stark hervortraten, auseinanderfielen wie verblühende Blütenblätter bei seiner Berührung? Oder ob sie sich bogensehnig noch mehr verspannten, leicht angewinkelt an den Unterleib hochgezogen, und das Eindringen seiner vermutlich nach Pfeifenrauch stinkenden Finger schwerfiel, weil sie trocken blieb wie ihre Kehle, und er wohl fluchte, wie es viele am Anfang bei mir getan hatten, fluchte und auf seine Hände spuckte, um sie doch noch in der Wärme ihres ungastlichen Schoßes versenken zu können, sie auseinanderzuziehen, einen verborgenen Weg zu suchen. Vielleicht wurde sein Atem schneller und ihrer leiser, als ob sie sich vor ihm zurückziehen würde, in dem Ausmaß, in dem er in sie hineinwuchs. Ich stelle mir vor, wie es wohl war, als er ihr mich einpflanzte, und später meine Schwester, zwei kleine Homunkuli schwebend im rötlichen Halbdunkel, versehen mit seinem Zeichen auf der Stirn, und wie viele vor uns wohl als blutige Klumpen aus ihrem kühlen Leib gestoßen wurden. Ob sie sich wohl daran freute, leer geblieben zu sein, erleichtert, ihn nur für sich zu haben, erleichtert, sich selbst nicht mit anderen teilen zu müssen. Sie fürchtete wohl, es sei zu wenig da für mehrere. Ich wusste später, sie hatte recht damit.

Noch später wusste ich auch, wie es anders geht, wie man sich lockert, wie Erde gut gepflügt wird, in die nichts fällt, was sie nicht brauchen kann, wie man atmet, damit der Zuhörer Freude daran hat, wie man die Luft entweichen lässt, dass es nach Gesang klingt, wie man die Hüften schwingt, um den Tanz abzukürzen.

»Sie geben an, das erste Mal hätte man Sie vor einem Jahr aufgegriffen.«

»Das ist richtig.«

7

Der Beamte packt mich am Oberarm und schüttelt mich durch, meine Lacktasche rutscht von meiner Schulter und fällt auf den Boden. Er hat einen Schnurrbart und ein ausgeprägtes Doppelkinn, seine Beine schließen konisch an seinen Rumpf an, er trägt eine Brille, die Mütze hat er während unseres Gerangels ebenfalls verloren.

»Ist schon gut«, sage ich trocken und geschäftlich. »Lassen Sie mich los.«

Er wischt sich den Schweiß von der Oberlippe, mit der anderen Hand fixiert er immer noch meine offene Bluse, unter der der schwarze BH hervorleuchtet. Zwei Knöpfe sind gleich am Beginn der Amtshandlung abgesprungen. Ich zucke mit einer Schulter, da der andere Arm festgeschraubt ist in seiner Pranke. Sein Atem geht schwer. Mein Buch liegt immer noch zwischen uns.

»Welche Sprache?«, fragt er, sobald er wieder Luft bekommt.

»Russisch«, sage ich, »lassen Sie mich jetzt los, bitte?«

Er setzt sich auf das Kaffeehaustischchen, das hinter uns steht, sein Hintern bedeckt augenblicklich fast die ganze Marmorfläche der Steinplatte. Mein Cocktailglas liegt in mehreren Scherben verteilt zu unseren Füßen, klebrige rote Flüssigkeit am Boden. Etwas weiter rote Tröpfchen, die wie Hänsels und Gretels Brotkrumenspur direkt ins Klo führen, auf dem das Männchen dargestellt ist.

Der Rettungswagen malt draußen schönes blaues Licht auf das Schaufenster des Ladens und auf den Asphalt der Straße. Er seufzt. Ich hebe mit eleganter Bewegung seine Dienstkappe auf, schiebe sie mir schief auf den Hinterkopf, fühle mich wie Kim Basinger, lächle ihn kokett an.

»Er hat angefangen.«

»Das war ein glatter Nasenbeinbruch. Schwere Körperverletzung sozusagen.«

»Er hat angefangen«, wiederhole ich stur.

»Er ist hier geboren.«

Ich öffne die Bluse noch ein wenig weiter. Er weicht mir aus. Er schaut mich nicht an, er hebt mein Buch auf und stopft es ungeschickt in meine Tasche.

»Tatsache ist, Sie sind bei einer illegalen Tätigkeit aufgegriffen worden.«

»Bitte, das wenigstens müssen Sie nicht zu Protokoll nehmen …«

Sex zieht nicht, es ist so weit, dass Sex nicht mehr zieht. Diese Gedanken kann ich mir später quälend durch den Kopf gehen lassen, nicht jetzt, jetzt gilt das Gesetz des Handelns, das kein Zögern duldet. Ich beginne leise und herzerweichend zu weinen. In meinem Bewusstsein rasen Bilder der Abschiebung, des mühseligen Wegs zurück, Bilder meines Sohnes, der seine Arzneien nicht mehr bekommt, von einem Tag auf den anderen. Das hilft. Ich wirke wirklich elend und ganz furchtbar arm.

Die Gäste, die aus dem Lokal geflohen sind, als die Funkstreife vorfuhr, beginnen zaghaft wieder zurückzukommen, jedenfalls jene, denen die Aufnahme ihrer Personalien nicht schadet. Von draußen sieht ein neugieriges Schnapsnasengesicht hinein, ob inländisch oder nicht, lässt sich aus der Entfernung nicht sagen, die Haut ist zwar dunkel, der Gamsbart aber echt.

Slavko schüttelt kaum merklich den Kopf hinter der Theke. Er trägt seinen roten Jogginganzug, wie immer am Sonntag. Rot ist die Farbe der Schönheit, erklärt er mir. Krasno. Krasno bedeutet sowohl schön als auch rot auf Altrussisch. Am Tage des Herrn soll man das schönste Gewand tragen, doziert er am Montag um sechs Uhr früh, während er mit präzisen Bewegungen das Geld in der Kassa zählt und ich die Tische abwische, bevor das Erbrochene am Klo dran ist. An jedem Tag der Woche trägt er ein anderes Modell, er ist penibel, um nicht zu sagen pedantisch, seine Woche ist nach Farben geordnet. Grün am Montag, Blau am Dienstag, Gelb am Mittwoch, Grau am Donnerstag und Schwarz am Freitag, am Samstag strahlt er in unschuldigem Weiß, das schön mit seinem schwarzen, langen Pagenkopf kontrastiert, den ich ihm immer nachfärben muss, wenn der perlgraue Nachwuchs länger wird als drei Zentimeter. Hauptberuflich ist er Geschäftsführer eines Würstelstandes im fünften Bezirk. Würstelkaiser und König der Nacht in Personalunion. Er schüttelt seinen Pagenkopf, der ihm etwas damenhaft Strenges verleiht, der Nachwuchs glänzt rosa im Barlicht, das von oben auf seinen Scheitel fällt. Den Ärger werde ich ihm konsequent wieder abarbeiten, das steht schon fest. Der Betrieb ist für Stunden unterbrochen, viele Kunden werden heute nicht mehr erscheinen, die Mädchen, die den Umsatz natürlich heben, sind geflüchtet.

Er schüttelt den Kopf, auf seiner mit rotem Plastik bezogenen Brust pendelt ein großer Anhänger, Keramik, mit Madonna und Kind darauf, Rot in Rot und Gold.

Der zweite Polizeibeamte kommt hinter dem Rettungswagen hervor und schlendert auf uns zu. Er ist noch sehr jung. Ein hübsches Gesicht, blondes Haar, fast so gelblich wie meines, ein durchtrainierter Leib. Ungefähr so alt wie mein Sohn. Er verdreht die Augen beim Eintreten. Er duftet so gut nach gesicherten Verhältnissen, nach gepflegter Hausmannskost, dass ich am liebsten einen tiefen Zug von ihm nehmen würde, damit ein wenig davon auf mich abfärbt.

»Der Trottel hat die Anzeige zurückgezogen«, schnaubt er. »Was machen wir jetzt?«

Ich spüre mein Herz kurz rasten und dann eilig weiterhetzen.

»Angst vor Ehefrau fressen Seele auf«, Slavko wird unverschämt.

Mein Gegenspieler ist in Gedanken versunken, er sagt lange nichts. Er hat die Mütze längst aus meinen zitternden Händen genommen und knetet sie nun in seinen Fingern, die aufgeschwemmt und weißlich wirken. Vielleicht ernährt er sich nicht gesund. Der Rettungswagen schaltet seine Sirene ein und fährt los, kurz ist die Straße in festliches Blaulicht getaucht.

»Hast du heute dein Horoskop gelesen«, fragt er plötzlich den Jungen, dessen Gesicht lang und noch länger wird.

»Was machen wir?«, wiederholt er ungeduldig, die Frage nach dem Horoskop hat er glücklich verdrängt.

»Wo kein Kläger, da kein Richter«, assistiert Slavko mit furchtbarem Akzent von der Bar her. Wenn ich abgeschoben werde, falle ich für Monate aus.

Ich bin verlässlich und billig.

»Bitte«, schluchze ich, »ich könnte Ihre Mutter sein, bitte …«

»Dann wär ich ein Hurensohn«, schneidet er mir verächtlich das Wort ab.

Der Ältere schnauft vor sich hin, er kämpft, wie wir zuvor zu zweit gekämpft haben, er ringt alleine weiter.

»Bitte«, flüstere ich. »Ich habe ein krankes Kind.«

»Habt ihr doch alle«, winkt der Junge ab.

Der Alte wetzt noch wilder auf dem Plastikhocker herum.

»Warum?«, fragt er mich gequält.

Ich weiß, dass ich ihn habe. Ich gewinne meistens. Ich kenne Polizisten, die mit Geld ruhigzustellen sind. Oder mit körperlicher Aufmerksamkeit. Moralisch leidende Polizisten haben bei mir definitiv Premiere.

»Das Spital erstattet sowieso Anzeige.«

»Gegen unbekannt«, sagt Slavko. Er hat langjährige Erfahrung damit.

Slavko bringt Getränke. Ich muss ebenfalls anstoßen. Mit Vitaminsaft.

Das Handy des Jungen läutet.

»Mausi, ich kann grad nicht, bitte später.«

»Geh nur, ich mach das«, schlägt ihm der andere vor.

Der Junge verdreht schon wieder die Augen. Eine oft verwendete Mimik, ausdrucksarm, würde man bei uns an der Schauspielschule sagen, und ihn zu vielen Grimassen vor dem Spiegel verdonnern. Er geht vor dem Fenster auf und ab. Mausi hat viel zu erzählen.

Der dicke Polizist, der immer noch schwitzt, hat einen seltsamen Blick, fällt mir auf, jetzt, wo mein Puls normal ist und der Tunnel in meinem Sichtfeld verschwindet. Irgendwie gehetzt, unglücklich, fast verängstigt, würde ich sagen, wenn mir nicht klar wäre, dass ich mir das nur einbilden kann. Er drückt mir meine Tasche in die Hand. Er verstaut seine Papiere, den Kugelschreiber, er dreht sein Walkie-Talkie ab. Ich warte schweigend. Slavko verdrückt sich unauffällig in den Lagerraum hinter der Bar, um die Magie des Moments nicht zu stören.

Der Junge tritt wieder ein.

»Ich hab's schon erledigt«, sagt der Dicke unvermittelt. »Gehen wir.«

Der Junge sieht überrascht aus, aber auch erleichtert, kein

weiterer Papierkram für ihn heute Nacht. Er gähnt, sein Kindergesicht bekommt etwas noch Weicheres. »Geh vor«, der Dicke erhebt sich und macht Anstalten, das mit Blut besudelte Klo zu betreten. »Ich komm gleich.«

Ich sehe ihn immer noch schweigend an und schließe langsam die Bluse mit den verbliebenen Knöpfen. Der junge Mann schlendert beschwingt hinaus, er pfeift, er packt einen in weißes Wachspapier verpackten Gegenstand aus und wirft die Serviette, die drinnen liegt, hinter sich. Sie flattert langsam wie eine weiße Fahne neben dem Polizeiwagen zu Boden. Der Dicke kommt wieder aus der Toilette, sein Gesicht ist ganz nass, er geht an mir vorbei, ohne mich anzuschauen. Bei der Tür dreht er sich plötzlich um. Mein Herz nimmt noch einmal kräftig Anlauf unter der Gänsehaut, die Kragenspitzen der Bluse wippen im Takt.

»Wie heißt das Buch?«, fragt er.

»Idiot«, antworte ich und muss mir ein unpassendes Lachen verkneifen. Durch das Fenster sehe ich seinen Kollegen, der hinter dem Steuer sitzt, herzhaft in eine Wurstsemmel beißen. »Dostojewski.«

»Ich heiße Leopold.«

Seine Stimme ganz heiser und nah an meinem Ohr. Wieder bekommt sein Gesicht etwas entsetzlich Gehetztes.

»Leo.«

*

Ich liege auf Leos braunem Schnürlsamtsofa, einen karierten Polster hinter meinen Schulterblättern, meine nackten Füße unter der Plüschdecke, es ist warm. Draußen höre ich die Autos durch die Pfützen der regennassen Straße fahren. Es ist dunkel, schon früh am Nachmittag dunkel, und ich habe voller Vorfreude an der Samtschnur der Messinglampe gezogen, um das angenehme leise Klicken zu hören, bevor meine Lagerstatt in gedämpftes Licht getaucht wird. Ich mag dieses Klicken, es verspricht Komfort und ruhiges Leben, genauso wie die Zentralheizung und die dicken Samtvorhänge, die nach Rauch und Essensdämpfen riechen. An der Wand über mir hängt ein kleines Gamsgeweih auf Holzbrettchen montiert, ich betrachte die zarte Schädeldecke, aus der die dunkel verzweigten Hornästchen sprießen, und muss unweigerlich an kleine Teufelchen denken, die wahrscheinlich von einem Jäger in grünem Loden zur Strecke gebracht worden sind. Ich habe noch einige Stunden Zeit, bis Leo von der Arbeit heimkommt. Zeit nur für mich, ich kann tun und lassen, was immer ich möchte, mich duschen zum Beispiel, etwas aus dem Kühlschrank nehmen, Leos Fernseher aufdrehen und einen passenden Sender suchen, Leo hat viele Kanäle, über neunzig, mir ist unbegreiflich, wofür man so viel Auswahl braucht.

Ich trinke Tee und lese das Buch, das ich so oft lese, wenn ich mich aus dem Hier und Jetzt entfernen will, das Buch, das ich immer mithabe als meine persönliche Medizin, die ich nun als Rekonvaleszente einnehme, weil Zeit und Raum dafür bleiben. Das Buch, das damals zwischen uns gefallen ist und unsere Annäherung entzündet hat. Ich versuche, nicht an Nastja zu denken, die immer öfter Nacht für Nacht alleine in unserem Zimmerchen schläft, alleine frühstückt, alleine abends aufbricht oder, wenn sie Glück hat, auch untertags. Den Stricküberwurf nur noch über ihre Matratze gebreitet, meine ist aufgestellt an der Wand. Sie hat jetzt mehr Platz und mehr Stille. Sie ruft mich nicht oft an, weil sie kein Geld verschwenden möchte, und ich rufe nur ungern zurück, wenn Leo da ist, um ihn nicht zu verärgern. Er mag es nicht, wenn er mich in einer fremden Sprache reden hört, das macht ihn wieder misstrauisch, macht mich weniger wert, und ich bemühe mich redlich, passend zu bleiben. Noch mehr quält mich die Angst, er könnte Nastjas Nummer herausfinden und ihre Stimme trotz aller Schauspielkunst erkennen. Ich habe sofort ihr Bild vor Augen, wie sie im Regen steht.

Ich will nicht an Nastja denken, noch an Leo, ich trinke den nächsten Schluck und spüle beide mit dem süßherben Geschmack aus meinem Bewusstsein, in dem sie nichts verloren haben, ich will lesen. Meine Gedanken schweifen ab und können dem Verlauf der Geschichte nicht folgen, obwohl ich das Buch nun zum dritten Mal lese. Dostojewskis Geschichte wandelt sich unerwartet zu einer fremden, während unsere Leo-Geschichte zu einer weniger fremden wird, jeden weiteren Tag, den ich in dieser Wohnung verbringe. Jede Nacht, nach der ich mich vorsichtig aus dem Haus schleiche, darauf achtend, dass mich keiner sieht, bringt mich diesem Bezirk und dieser kleinen grauen Gasse näher, näher an eine trügerische Sicherheit, näher an die Illusion eines Ankommens, und je länger ich fortbleibe, desto mehr leidet die Heiratswillige, aber Unbegehrte. Nastja.

Beim letzten Mal, als ich wieder in der kleinen Souterrainwohnung auftauchte und auf sie wartete, fiel mir auf, wie gepflegt der Raum schien, seit ich ihn verlassen hatte, Nastja wäre wirklich gerne Hausfrau, denke ich, so peinlich liebevoll, wie sie die Kissen auf ihrem Bett verteilt, die Vorhänge vors Fenster zieht, um eine österreichische Intimität wahren zu können, wozu, denke ich mir immer, sie sehen sowieso alles, sie holen sich alles, es ist völlig egal, ob man sich verhängt oder nicht, ob man sich säubert, es wird ja doch schmutzig. Das, worum es geht, sollte man sowieso nie öffnen.

Die Tür geht auf, Nastja kommt herein, sie trägt einen neuen Mantel, den ich ihr aus Leos Wohnung mitgebracht habe.

Sie zuckt zusammen, als sie mich so reglos im Vorraum im Halbdunkel sitzen sieht, dann fällt sie mir um den Hals. Der hellblaue Mantel rutscht ihr von den Schultern, er ist zu groß, und er fällt zu Boden. Sie hebt ihn nicht auf. Sie kann mir auffällig nicht in die Augen sehen.

»Willst du Wein?«

»Nein«, sage ich. »Nur Tee.«

Während wir warten, redet sie ununterbrochen Unsinnigkeiten, wer was wann wo gesagt hat, was sie sich kaufen wird, und von zu Hause ist ein Brief gekommen. Die Stimme ist hoch, sie kippt, sie erinnert mich an das Zwitschern der Vögel, wenn die Katze sich ihrem Nest nähert. Ihre Augen huschen während des Redeschwalls hin und her, rastlos. Ich werde mir noch Zeit lassen, sie zu fragen. Schließlich gehen ihr die Themen aus, sie spricht langsamer. Wir schweigen, während der Tee immer noch zieht.

»Sagst du mir jetzt, worum es geht?«, frage ich dann nach einiger Zeit.

Nastja schaut mich erschrocken an. Sie windet ihre Finger ineinander, dann die Füße, sie ist ganz gordischer Knoten, und ich helfe ihr nicht.

»Ich arbeite jetzt bei Slavko«, gesteht sie schließlich.

»Das ist nett von dir«, sage ich. »Gut, dass du an mich denkst.«

»Du warst zwei Wochen nicht da, Diana.«

»Das habe ich für uns gemacht.«

»Ich auch. Der Job wäre sonst an jemanden Fremden gegangen.«

Wir schweigen wieder.

»Ich brauche Geld.«

»Wir brauchen alle irgendwas, Nastja«, unterbreche ich sie. »Ich zum Beispiel brauche Ruhe.«

»Ich seh nicht ein, warum du dich hier einschleichen kannst und ich nicht!«, schreit sie plötzlich, »Wieso nimmt dich der? Wieso nicht mich!«

»Ich habe es dir schon erklärt, verdammt noch mal. Da geht's nicht um mich. Es geht nicht um dich. Es geht um seinen Aberglauben. Solltest du schon mitbekommen haben, oder.«

»Du verbündest dich mit dem Feind«, sagt Nastja leiser und versucht zu lachen, und ich sage: »Ich opfere mich für uns auf, du dumme Kuh.«

Ich denke an Leo, an uns, wie wir im Rahmen von Slavkos Glastür stehen, draußen das Blaulicht und drinnen das Rotlicht und wir auf der Schwelle. An seine geweiteten hellen Augen, das Flattern meines Pulses, seine Zurückweisung und mein grenzenloses Entsetzen. Ich wickle mich fester in Leos Kuscheldecke ein, die beruhigend abgestanden riecht. Wenn ich daran denke, wie knapp ich damals an einem gewaltigen Rückschlag vorbeigeschrammt bin, wird mir immer noch ein wenig schwindlig. Ein Fußweg nach Hause, in der Kälte, ohne Geld, mit Nastja alleine in Wien, mit meinem Sohn ohne Medizin, das war unvorstellbar.

Er ließ mich laufen. Er ließ mich tatsächlich laufen, mehr noch, er erschien ein paar Tage später und lud mich ein, mit ihm essen zu gehen, ich lächelte und sah mich nach Slavko um, der mir aufmunternd zunickte, während mir das Blut wieder in den Adern gefror. Aber nein, es war keine Falle, schon wieder, er meinte es nicht zweideutig, er wollte wirklich nur mit mir essen gehen. Mir eine warme Mahlzeit spendieren, so nannte er es. Wir saßen peinlich berührt schweigend da und er spendierte mir eine warme Mahlzeit in einem unscheinbaren, holzgetäfelten Gasthaus in der Nähe, in einer Seitengasse, die vom

Gürtel Richtung neunten Bezirk hinunterführte. Wir saßen in den Rauchschwaden anderer Gäste und sahen uns nicht an.

Er aß nichts, was die Situation noch weiter verschärfte, und beobachtete mich genau, bis ich den letzten Bissen Gulasch hinuntergewürgt hatte. Wir schwiegen. Mein Deutsch fügte sich bei seinem Anblick noch schwerer zusammen als sonst. Ich war so lange im Windschatten der mir bekannten Sprachen unterwegs gewesen, bis ich mich an meine Wort- und Wertlosigkeit gewöhnt hatte.

»Was glotzt du so«, hätte ich ihn am liebsten gefragt, aber ich wagte es nicht. Die Zeit zog sich, wir schwiegen, ich zerbröselte die Reste der Semmel in kleine helle Krumen, die sich in der rostroten Sauce nach und nach auflösten. Als der Teller endlich abserviert wurde, fragte er mich, ob ich noch Hunger hätte, ich verneinte. Ich wollte wieder zu Slavko, so schnell wie möglich.

»Ist gut«, meinte er. »Keine Nachspeise.«

»Keine Nachspeise.«

Er brachte mich zurück. Er ging sehr langsam. Ich rannte vor ihm her. Ich war immer noch nicht sicher, ob er mich bewachte oder eskortierte, ich hatte erneut Angst, bis wir vor Slavkos Lokal standen.

»Ich muss etwas Gutes tun«, sagte er, bevor ich hineinging, so gehetzt und entschuldigend, wie er sich damals vorgestellt hatte.

Das überraschte mich derart, dass ich lächeln musste. Ich hielt inne und blickte ihm zum ersten Mal ins Gesicht. Er hatte kleine blaue Augen. Er schwitzte.

»Warum?«, fragte ich.

Er sah beschämt zu Boden.

Slavko kam von der Bar. Er trug Grün heute, ein waldiges

Plastikgrün mit gelben Reißverschlüssen, die wieder hervorragend zu seinem Goldkettchen passten. Er stimmt das Goldkettchen auf die Sportanzüge ab. In Wirklichkeit ist er ein Ästhet, wie selten einer. Slavko schwenkte ein Tablett mit Gläsern voll ebenso goldgelben Bieres mit Schaumkrone, er wollte anstoßen, er mochte diese unerwartete Erweiterung seines Kompetenzbereiches, oder er fürchtete die auffällig häufigen Kontrollen, wer weiß. Slavko ist ein Janus, den man schwer durchschauen kann, eine Janussphinx mit schwarzem Pagenkopf und Plastikschuhen, er blickt in die Zukunft und in die Vergangenheit und sieht dort immerzu nur mich, die ich für ihn fast umsonst arbeiten will, für ein Dach über dem Kopf, für ein wenig Sicherheit und ein regelmäßiges Trinkgeld, das bei uns zu Hause das Zehnfache wert ist.

»Wegen dem Horoskop.«

Ich erinnere mich, er sprach damals schon davon, in der Nacht vor zwei Tagen, als ich starr neben ihm am Bartischchen saß und sein hübscher Kollege mich angewidert musterte.

»Warum Horoskop?«, hakte ich nach.

»Im Horoskop stand drin: Ich muss was Gutes tun. Vor Mitternacht. Es war aber schon zehn nach.«

Ich sah ihn immer noch verständnislos an.

»Deswegen dachte ich, ich komme nochmal her und mach noch was. Zum Ausgleich.«

Ich schwieg, während sich vor meinem inneren, sozusagen dritten Auge ein großes Panorama an Möglichkeiten eröffnete, ich wollte gar nicht daran denken, aber die Gedanken kamen von selbst, ungefragt und umso präziser.

»Ich muss mein Karma sauber bekommen, wissen Sie.«

»Vielleicht ich kann Ihnen helfen«, sagte ich.

*

Nastja rief mich an, pünktlich wie vereinbart.

»Was brauchst du jetzt?«, fragt sie mich verführerisch. »Soll er ein Haus kaufen, dich heiraten, ins Kino gehen?«

Sie lacht, ich bleibe still.

»Ich brauche Geld«, sage ich nach einer kurzen Nachdenkpause, »dann kann ich die Medizin für zwei Wochen schicken, und dann habe ich etwas Luft.«

»Gut«, notiert sie eifrig wie eine Sekretärin, »Geld. Was noch?«

»Ich weiß nicht recht.«

»Beeil dich, Diana. Er könnte jeden Augenblick klingeln.«

Ich stelle mir unser Stiegenhaus vor, dunkel, heruntergekommen, die Wohnung im ebenerdigen Geschoß, gleich neben dem Hauswart, durchs Fenster blickt man auf die ausgewaschene Wand des Nebenhauses. Unten links ein bemühtes Graffiti.

Sie hat einen bunten Perlschnurvorhang davorgehängt. Stoffblumen in einer Plastikvase und einen großen Weihnachtsstern im Topf. Ein roter Perserläufer führt durch den schmalen Gang, ihre Schuhe in Reih und Glied aufgereiht, die ganze Länge des Vorraums entlang, die gröberen am Anfang, nahe der Tür, je näher zum Wohnschlafzimmer, desto ausgefallener und filigraner. Ich stelle mir vor, dass unter ihrem Bett die exquisitesten Modelle versteckt sind, Louis Vuitton und Prada, während beim Eingang die Vollplastikstiefel von Deichmann geparkt werden, Sohle Plastik, innen Plastik, außen Kunststoff. So echt wie ihr dramatisch schwarzes Haar, das ihr in wilden Strähnen ins Gesicht fällt, wenn sie arbeitet, und das unschuldig über ihrem weißlackierten Lehnstuhl hängt, wenn ich sie privat besuche. Darunter trägt sie ihr Blond zu einem flotten halblangen Stufenschnitt verarbeitet, die Helligkeit tut ihr gut, es macht sie langweilig und jung. Ich weiß, dass sie jetzt das dunkle Haar mit einem roten Stoffband an ihrer Stirn bändigt, die Lippen rot und die Fingernägel, fast dasselbe Rot wie das meiner schwellenwaschenden Mutter ist das, ein vertrautes Rot, ein gefährliches. Das Gesicht dunkel getönt mit Bronzepuder, die Augen verschwinden hinter dunklen Balken. Wenn man sie später aus dem Bad kommen sieht, würde sogar ich sie schwer erkennen. Nastja ist sehr zufrieden mit ihrer Wandlungsfähigkeit. Nastja wartet auf die ihr von mir versprochene Rolle nach ihrer Probezeit mit Leo. Sie ist so dumm und anhänglich wie immer, wie früher, als ich ihr in Dagestan noch tatsächlich Rollen vermitteln konnte. Was für ein Glück, dass ihr nicht in den Sinn kommt, wie ich das hier in Wien bewerkstelligen wollte. Die Information, dass eine Wahrsagerin gesucht würde, für einen Film, eine mit Akzent, hat vollauf gereicht.

»Und jetzt«, habe ich ihr gesagt, »musst du mich überzeugen, denn wenn du mich nicht überzeugst, dann kann ich das auch nicht bei jemand anderem machen.«

Sie hat wortlos genickt und hat sich die Perücke besorgt.

Am Gang hängen vergrößerte Bilder von Tarotkarten, eingescannt von ihrem Bruder, und von mir heimlich bei Slavko ausgedruckt.

Ich mag die Königin der Schwerter. Streng ist sie und schmerzvoll, statisch, erbarmungslos und präzise, so, wie ich gerne wäre, so gerne wäre.

»Nastja«, sage ich schnell, »einen neuen Arzt soll er sich suchen.«

»Ist gut«, meint sie. »Ich ruf dich an, wenn er weg ist.«

Sie hängt auf, ich höre eine Weile dem Besetztzeichen zu.

Ich stelle mir vor, wie sie ihr Zimmer verdunkelt, mit ihren blau-schwarzen Vorhängen, auf die wir gemeinsam goldene Sterne genäht haben, auf dem kleinen marokkanischen Teetischchen die Räucherkegel entzündet, von denen ich immer Kopfschmerzen bekomme, und deren Geruch so gut wie nicht mehr aus den Kleidern zu bekommen ist, es sei denn, man übertönt sie mit noch schwereren Düften.

Der arme Leo stinkt jetzt immerzu nach ihr. Seine Kollegen sehen ihn scheel an, ich habe es bereits auf der Straße beobachtet, aber sein Verhalten in letzter Zeit dürfte sie daran gewöhnt haben, dass er seltsam wird und seltsam bleibt und kein Ende der Seltsamkeitssteigerung in Sicht ist. Er erzählt, dass sie ihn schätzen, dass er einer der beliebtesten Kollegen gewesen sei, früher, als er noch nicht aufgeschwemmt und hässlich und bleich gewesen ist.

Ich beobachte, wie sie hinter seinem Rücken tuscheln. Er wird wohl bald in Frühpension gehen, und dann hat er keinen Wert mehr für mich. Ich hoffe jedenfalls, dass er keinen Wert mehr für mich haben wird, ich kann einen weiteren Krüppel an meiner Seite nicht brauchen, der keinen Nutzen abwirft. Ich bin die Königin der Schwerter.

Ich seufze ein wenig, ich sehe ihn förmlich vor mir, wie er ungelenk von einem Bein aufs andere steigend an Nastjas Tür klingelt, wie die orientalische Musik, die man gerade noch wahrnehmen kann, wenn man draußen steht, sich auf einmal in einem Schwall über ihn ergießt, als sie ihm öffnet, schamlos mit ihrem Hintern wedelnd wie eine Hündin vorgeht, in das Dunkel hinein. Wie er schwitzend Platz nimmt am anderen Ende des Holztischchens, die Brille fester gegen seinen feuchten Nasenrücken drückt, und sitzt und hofft und hofft, mit allem Ehrgeiz, der ihm geblieben ist. Und Nastja senkt ihre eigentlich fistelig hohe Stimme zu einem dunklen Ton hinab – sie sagt kichernd, dass sie später davon rülpsen muss, manchmal –, senkt ihre lackierten Greifernägel auf die mit der identen Rückseite zu ihr aufliegenden Karten, und dann geht es los.

Mit dieser Stimme der Madame Mireille hebt sie an, meine Bestellungen aus den bunten Kartenoberflächen herauszulesen, jede Enthüllung eine neue Botschaft, jedes Bild ein Schritt auf dem langen Weg. Seine Zukunft, seine Heilung, wenn er das täte und jenes und dann noch Folgendes.

Die Prophezeiungen variieren stark, je nachdem, was ich ihr vorher diktiert habe.

Der Gehängte ist heute besonders dominant, aber der Stern würde ihm leuchten, wenn er, frei nach der Königin der Münzen, sich ein wenig von materiellen Dingen entfernen und sich einen klaren, kraftvollen Kopf im nun hievon gereinigten Energiekörper bewahren würde. Er schielt halb neugierig, halb abgestoßen auf ihre Hände, auf seine Zukunftswegweiser.

Er hat schon so viel Materielles losgelassen, warum denn noch mehr. Seine Eltern beginnen schon unangenehme Fragen zu stellen. Andererseits erzählt er mir manchmal, wenn wir uns abends sehen, dass es ein tatsächliches Gefühl von Reinigung ist, ein geradezu buddhistisches Feeling, Feeling hat er gesagt, und ich habe an Taschentücher und an WC-Steine denken müssen, an Kondome.

Ich verdränge das Gefühl, das mich manchmal überkommt, wenn wir uns treffen, das Gefühl, das ich von meinem Sohn kenne, es ist nicht das gleiche, aber ähnlich, dieser hilflose Männerkopf, der an meiner Brust Schutz sucht und Rettung. Diese Entspannung macht mich wütend, ich könnte morden, ich könnte diesen Kopf, der mit geschlossenen Augen blind an meiner Schulter ruht, in meinen Händen zerquetschen wie überreifes Obst, ich könnte schreien.

Aber ich bleibe still sitzen, nehme diese Hilflosigkeit in mir auf, ruhig und gleichmäßig, bis der Rhythmus meines Atems in seinen übergreift und ihn beruhigt, bis sich unsere Brustkörbe in einen verwandeln und ich nicht mehr trennen kann, wo sein schaler Atem meine Haut streift und wo meiner.

So sitzen wir stundenlang, im Finstern aneinander gelehnt.

*

Die grüne Linie der Bäume hebt sich und schwenkt nach links ab, die Sonne blendet plötzlich, bevor wir wieder in den Schatten getaucht werden, bunte Plakatwand, Kassahäuschen, eine Traube Besucher, ein Kiosk mit rosa Zuckerwatte, laute Musik.

»Es geht weiter, meine Herrschaften«, dröhnt die übermenschlich verstärkte Stimme mit blechernem Unterton, »wer kann nicht mehr? Wer hat noch nicht?«

Unter meinen Schuhen pfeift der Fahrtwind, Leo hält mich an den Schultern fest, mit der anderen Hand drückt er seine Brille fester ins Gesicht. Wir drehen uns erneut nach rechts unten und gleich darauf wieder schräg hinauf. Die silberne Gondel schwingt unerwartet im Drehen um die eigene Achse, Boden und Himmel vermengen sich, ein großes Gebäude mit ausgestopften Monsterkörpern auf dem roten Sims fliegt vorüber, sie heben die Krallen und senken die Arme entmutigt wieder ab, nachdem sie schon wieder ins Leere gegriffen haben. Jemand kreischt.

Es riecht nach Bratwurst und in Fett gebackenem Teig, nach Bier und Erbrochenem.

Leos Schal klatscht mir ins Gesicht und raubt mir die Sicht, und Leo lacht, lacht lauthals und unbekümmert, tief aus seinem Bauch heraus, während ich versuche, meine Hand aus seiner zu lösen, um mich wieder zu befreien. Er lässt absichtlich nicht los, und ich knuffe ihn mit dem Ellbogen und muss plötzlich selbst lachen, mitten im Flug. Nur ich und Leo und unser Gelächter.

Alles ist unerwartet und schwerelos, losgelöst vom Üblichen wie meine Füße aus den unbequemen Pumps, die zu Hause unter Leos Bett liegen. Mein Magen hebt sich der Kehle entgegen und es kommt doch nur Luft heraus, nichts Anrüchiges. Ich hole Fahrtwind in meine Lungen hinein und stelle mir vor, wie er alles Verkrustete und Sieche aus mir hinausbläst, in zwei feinen Strömen aus meinen Nasenlöchern und in einem Schwall Lachen aus zahnarztweit geöffnetem Mund. Die Gondel verliert an Geschwindigkeit und bremst schwungvoll an der Ausstiegsstelle, hinter uns stöhnt jemand.

»Du Lahmarsch«, spottet die junge Frau, die ihren Freund aus seinem Sitzplatz hieven muss, er ist ganz grün im Gesicht und hat eine glänzende Trenzspur am Kinn. Ihre Haare glänzen ebenfalls. Frisch errötet in der Sonne.

Ihre Hüfte quillt aus der engen Hose, als sie sich bückt, um ihn besser zu fassen zu kriegen. Über dem blauen Jeansbund erscheint eine bäuerlich anmutende Zierleiste, blau auf blasser Haut, die ich erst mit einer verfrüht auftauchenden Vene verwechsle.

Die Zierleiste wandert zuerst nach links und dann unmotiviert nach rechts, mir ist schwindlig. Der Boden, plötzlich bewegungslos, scheint immer noch unter meinen Sohlen, die ich hilflos brutal in die Erde bohre, zu fliehen.

»Haha, du Lahmarsch«, wiederholt Leo glücklich.

Er steht stabil und massig vor dem Geländer, das die Stufen zum Ausgang begrenzt. An ihm vorbei drängen sich zukünftige Passagiere, die glanzlackierten Greifarme der Todeskrake füllen sich erneut mit Wagemutigen und weniger Entschlossenen, die von ihren wenig einfühlsamen Begleitern unter verbalen Erniedrigungen zu ihrem Vergnügen gezwungen werden.

Hinter Leo dreht sich in einigem Abstand gemächlich das Riesenrad, das der allgemeinen Rummelplatzbeschleunigung seit Jahren erfolgreich trotzt. Speed kills, eine in Wien oft vertretene Haltung. Nur »hudeln« ist erlaubt.

Hudeln habe ich in Wien erst erlernen müssen, war ich doch bis dahin nur ab und zu gehetzt oder überdreht. Hudeln erlaubt eine Art Kurzhysterie mit geringem Effizienzfaktor, zeitlich begrenzt und von niemandem verurteilt. Hätte die Französische Revolution in Österreich ihren Ursprung gehabt, hätte der Wiener um seine Freiheit gehudelt und den Plan zugunsten von frischen Powidltascherln in Semmelbröseln bald wieder fallengelassen. Die roten Waggons heben sich langsam dem Höhepunkt des gewaltigen Speichenrades entgegen, der Ausblick von ganz oben ist überwältigend, vor einer halben Stunde waren wir noch dort. Ganz Wien zu meinen Füßen liegend. Darauf habe ich lange gewartet. Japanische Touristen stehen geduldig Schlange, die Fotoapparate im Anschlag. Der Ort wird von den Kameras geliebt. Der dritte Mann. Sisi. Sogar Pornos wurden schon öfter in den sanft schaukelnden Kabinen gedreht.

Leos Haare sind durcheinander und die Bäckchen gut durchblutet, die Brille sitzt ihm schief auf der Nase. Ich kann erstmals eine Ähnlichkeit zwischen ihm und den Fotos erkennen, die er mir gezeigt hat, Leo in Uniform, Leo auf Reisen, Leo im Dienstwagen, Leo am gedeckten Sonntagstisch seiner Eltern, die ganze Familie um den Gugelhupf gruppiert. Sogar eine Ähnlichkeit mit jenem Leo, der stolz einen Schulranzen und eine Minikrawatte trug und dessen Mutter ihm genauso stolz von hinten die Hand auf die Schulter legte.

»Haha.«

Ich lasse das Geländer los, an dem ich immer noch Halt suche, und mache einen ungeschickten Schritt auf ihn zu. Meine Füße, so fremd in bequemen Sportschuhen mit Strassbesatz, die Leo mir geschenkt hat, funkeln die Sonne in den Himmel zurück, die sich in ihnen spiegelt, und blenden mich. Ich versuche den luftleeren Raum zwischen den Sohlen und meiner Erde zu überwinden, um wieder Wurzeln zu schlagen. Beton fühlt sich falsch an. Ich kann ihn nicht spüren, ich torkle an Leo vorbei, der immer noch lacht. Endlich bin ich siecher als er, mit meinen Luftwurzeln abgespeist.

Mein Magen legt sich ungefragt in die nächste Flugkurve, obwohl ich längst gelandet bin, ich habe keine Ahnung, wie ich ihn davon überzeugen soll, und stolpere in Richtung einer kleinen Grasfläche am Rand des asphaltierten Weges.

Leo hat aufgehört zu lachen, ich sehe ihn aus dem Augenwinkel die Stirn runzeln, über seiner Sonnenbrille staut sich die Haut bis zum Haaransatz.

Ich will nach der Erdfläche greifen, die grünen Halme einfangen, die sich vor meinen Augen in alle Richtungen bewegen, verliere das Gleichgewicht und kippe aus der hockenden Jagdhaltung auf die Knie, fange mich mit den Fingern und würge die Luftwurzeln hoch, die mir den Atem behindern, wie ein Hund altes Fell hochwürgt.

»Was ist«, keucht Leo, der mir zu schnell gefolgt ist. »Ich hab geglaubt, du machst Spaß.«

Auf seiner Stirn erscheinen wieder ein paar Schweißperlen. Ich spucke bitteren Schleim auf die Wiese, ziehe meine Finger aus der Erde, ziehe meine Knie vom Gras hoch, richte mich auf, spucke nochmals aus, streife meine Hände an meiner Hose ab und lächle ihn an.

»Ich hab Spaß gemacht«, sage ich.

»Wirklich?«, bohrt er misstrauisch nach.

»Ja.«

Meine Stimme klingt so fest und überzeugend, wie sie klingt, wenn ich meinem Sohn verspreche, bald wieder da zu sein. Ich dulde keinen Widerspruch.

»Echt, wirklich«, greint Leo weiter, der den Unterton nicht kennt.

»Hast du zugehört«, zische ich ihn an und greife seine Hand so fest, dass die Knorpel knacken. Leo lacht unbeholfen, weil jede Aggression ihn verlegen macht, statt ihn in die Schranken zu weisen oder zu erniedrigen.

»Na dann ist ja gut.«

Er zieht ein wenig verwirrt an seiner Hand, die in meiner eingeschweißt ist, und als er sie nicht sofort freibekommt, versetzt er unsere beider Arme in sanften Schwung, hin und her, bis wir dastehen wie ein jugendliches Liebespaar.

Und als ich darüber schmunzeln muss und meine Finger aus der Umklammerung löse in einen angenehmen Händedruck, lässt er nicht los, sondern streicht über meine Haut.

Wir setzen uns gleichzeitig in Bewegung, aufeinander zu und geradeaus die Gasse zwischen den Vergnügungsbuden entlang, Pferdekarussell mit stechendem Tiergeruch links, Spielhalle rechts, dann ein Schießstand mit riesenhaften Plüschtieren und Papierrosen, Leo will mir eine schießen, aber ich lache ihn aus, und er lässt es bleiben, und ich lehne mich kurz an ihn an und er lehnt sich mir entgegen.

Das Schweizerhaus ist ein Pflichtbesuch im Prater, erklärt mir Leo ernsthaft, als würde er mir gut gehütetes, uraltes Wissen über seine Heimat verraten, das man erst nach langer Zeit erfahren darf.

Das Schweizerhaus mit Bier und Schweinefleisch, zusammengedreht zu einer kümmelkrustigen Schnecke, aus der in der Mitte ein Knochen herausragt.

»Eine Stelze!«, jubelt Leo und wuchtet seine Stelzen in den engen Plastikstuhl am Plastiktisch und rückt fachmännisch die rotkarierte Tischdecke zurecht.

»Früher war ich oft hier.«

Er lehnt sich zurück, sein Bauch hat kaum Platz zwischen Deckenrand und Hemdknopfleiste.

»Habt ihr auch so was?«, fragt er mich plötzlich, als ob ihm jetzt erst eingefallen ist, dass ich möglicherweise auch noch eine Vergangenheit habe, nicht nur er. Die rotkarierten Decken gibt es nicht bei uns zu Hause, nicht diese Art von Rot und Weiß, die so kleinlich ineinander übergehen.

»Am liebsten habe ich Gegrilltes. Ich liebe Schaschlikfleisch, knusprig über offenem Feuer gebraten, Lamm oder Rind«, antworte ich.

Schweinernes schätze ich weniger, habe mir aber unterwegs durchaus angewöhnt, es zu essen, um Geld zu sparen. Die Wiener Passion fürs Schweinefleisch ist mir nie so richtig verständlich gewesen. Aber auch bei uns gibt es laubbedeckte Tische und angeheiterte, vollgefressene Gesellschaften darum herum, die ihre Einsamkeit und den Überfluss leben.

»Ich meine, feiert ihr auch, so wie wir?«

»Alle Menschen feiern gern«, sage ich ausweichend.

Ich will nicht schon wieder als Spiegel herhalten müssen. Das ist etwas, das den Einheimischen scheinbar sehr wichtig ist – diese vielen, drängenden Fremden erst gehörig abzuwerten, sich dann aber in einer seltsamen, fast masochistischen Regung mit Lust von ihnen beobachten und erklären zu lassen, sich in dem Blick des zuvor Erniedrigten zu sonnen und sich vermutlich besser und heiler zu fühlen, als sichere, bequeme Bewohner eines sicheren, bequemen Landes, das mit Neid belagert wird, um es irgendwann doch noch zu besetzen. Das bedeutet, dass auch dieser illustrative Blick nur kurz geduldet wird, bevor er aus besagten Sicherheitsgründen wieder abgewehrt werden muss und die Entwertung weitergehen kann. Zwischen den Tischen eilen Kellner umher, deren Unterleiber in weiße, lange Schürzen gehüllt sind, auf ihren Tabletts klirren die beschlagenen gelben Riesengläser mit seitwärts geneigter Schaumkrone aneinander. Gebratene Hähnchen, Berge von Bratkartoffeln, Leos geliebte Stelzen werden kreuz und quer durch den Garten getragen. Ich fühle mich in diesem Schlaraffenland etwas deplaziert, genieße aber die Speisendüfte und die angenehme Sommerwärme der Luft. Die Bedienung kommt zu uns, ein hagerer Kellner mit Brille, er ist abgehetzt, sein Revier viel zu groß, als dass er es ohne Reklamationen der Gäste abdecken könnte, immer wartet irgendjemand stirnrunzelnd auf ihn und wedelt nervös mit den Händen und verlangt. Leo bestellt fröhlich, er bestellt viel zu viel, wir werden nicht mal die Hälfte essen können.

»Zwei Krügel Gösser«, schließt er seinen Redeschwall, während der Kellner kaum mit dem Schreiben mitkommt.

»Nein, nein«, unterbreche ich ihn, »kein Bier. Ich trinke kein Bier.«

Kaum habe ich den Mund aufgemacht, ist es Leo auch schon unangenehm. Ich habe viel von ihm gelernt. Habe geübt. Habe intensiv ferngesehen und Radio gehört. Ich mache natürlich viele Fehler und ich klinge immer noch fremd, und er kann nicht darüber hinweggehen, über diese Eindeutigkeit, die er sich immer wieder vergessen macht.

»Doch, trinkst du wohl«, schmettert er mich ab. »Im Schweizerhaus trinkt man Bier zur Stelze.«

»Nicht ich«, schnappe ich zurück.

»Was jetzt«, drängt der Kellner nervös. Am Nebentisch winken gleich zwei verschiedene Arme heftig.

Leo, der sich sonst immer fügt, wenn ich die Stimme hebe, fühlt sich in diesem Etablissement so sicher und zu Hause, dass er den Aufstand probt. Mit einem Arm drückt er mich an sich, wuschelt mir die Haare auf mit der anderen Hand und bestätigt mit fester Stimme seine Bestellung ohne Rücksichtnahme auf meine Wünsche.

»Du bist hier Gast«, stellt er fest. »Du musst lernen, was man hier macht.«

»Das hier ist ein Gastgarten«, stelle ich leise fest. »Da ist jeder Gast. Trottel.«

Er lacht wieder verlegen.

»Ich zahl ja sowieso alles«, fügt er hinzu.

Wir schweigen abermals. Dann winkt Leo wie ein Verrückter mit dem Arm.

»Kellner«, brüllt er. »Kellner! Ein Mineralwasser noch, bitte.«

Wir lehnen uns in unsere Plastikstühle zurück, in den Schatten der Kastanien, die den Garten in dschungelhaftes Grün tauchen.

*

Ich habe in meiner luftgefüllten Folienblase Platz genommen. Ich atme vorsichtig ein und aus, leise, unauffällig, ich halte eine Frauenzeitschrift in der Hand und erwecke gerne den Anschein einer Leserin, während ich an dem bunten Magazinrand vorbei auf den hygienisch gepflegten Boden schiele.

Spiegelnd heben sich die gerade gereinigten Flächen von den vernachlässigten Bereichen ab. In der Spiegelung kann man sich gestochen scharf sehen, ich sehe die Beine der Putzfrau im braunen Kittel, ihre weißen Socken in beigen Gesundheitsschuhen, ihre kräftigen Waden mit Krampfadern marmoriert, in rhythmischer Bewegung, sie tanzt mit ihrem Besen, wie Aschenputtel vor dem Ball, in den kurzen Pausen zieht sie ihr Fachbedarfswägelchen hinter sich her. An den Wänden sitzen die Zuschauer und folgen ihrer Darbietung.

Die guten kommen später ins Töpfchen, die schlechten ins

Kröpfchen. Es ist hektisch und still außerhalb meiner Blase. Uniformierte Beine, dann langsam die zittrigen Füße in Hausschlapfen, Stöckelschuhe auf unpassenden Socken, silberne Räder der Tragbahren, Krankenstühle wie überdimensionale Kinderwagen.

In der Ferne jault jemand langgezogen, nicht so, wie die Hunde am griechischen Strand, sondern schrill und ängstlich.

Jemand bricht neben den Toiletten zusammen, jemand isst intensiv einen Hotdog und trinkt dazu, es riecht nach süßem Dosengetränk und scharfem Senf, es zischt, jemand weint.

Wir sind in eine Notlösung eingelegt, wie in Nährflüssigkeit, Nährflüssigkeit, die vermutlich ein paar Stöcke über uns in jemandes Magen durch die Sonde gepumpt wird, wir sind alle eine Notlösung, die Frau mit dem fiebernden Kind und den Augenringen genauso wie die kotzende Alte, der Wehrdiener mit Pickeln im Gesicht und einem Gipsbein im Rollstuhl, der Alkoholiker, der gerade die Flüssigkeiten seines Körpers in die Außenwelt entlässt, ohne es zu bemerken. Alles in allem würdig, eines Notfallraums würdig, eines Notfallraums der Notfallambulanz, die gerade umgebaut wird. Der Notfallraum wird renoviert und die eintrudelnden Gastkörper auch, sofern sie sich reparieren lassen.

Überall gespannte Folie, die gespenstisch im Zug der ab und zu aufgleitenden Schiebetür ein- und ausatmet, mal schneller, mal langsam, federleichte Pseudolungenflügel heben und senken sich mit leisem Knistern, manche Patienten hier wären froh, ein so einwandfrei funktionierendes Organ in ihrer Brust zu tragen, so einer sitzt neben mir, in den orangen Plastikschalensitz eingesunken, mit einem durchsichtigen Plastikbügel auf der Nase, Plastik in den Nasenlöchern, am Rücken, über dem Kopf.

Er sieht mich nicht an, niemanden sieht er an. Niemand

sieht hier jemanden an, jeder ist in seinem Unglück vollkommen und abgeschottet und gänzlich uninteressiert.

Er zieht an seinem Nasenschlauch wie an einer Wasserpfeife auf dem Basar, die Feuchtigkeit in seinem Sauerstoffgerät gurgelt fröhlich mit.

Ich sitze im Wartezimmer der Notfallambulanz und warte auf Leo, einen Arzt oder wenigstens auf eine Krankenschwester. Durch die verhängten Fenster kann man das Leuchten des Vollmondes erkennen, groß, gelb, intensiv, und die Lichter vorbeifahrender Autos. Es hat geregnet und der Asphalt spiegelt den Himmel zurück, wo er hingehört. Das Wartezimmer ist ein großer Raum, der in der Mitte von einem Plastikvorhang getrennt wird, in den Raum der Wartenden und einen Raum der Empfangenden, durch die Spalten, die sich in der weißen Gardine auftun, erkennt man einen weißen Tisch und eine Lampe und weißgekleidete Gestalten in einem hellen Raum. Die einzigen Farbtupfer sind Haare, Hände und Gesichter.

So steril ist es hier, dass es tot ist, ich vermisse den Geruch der Erde, ich vermisse ihre Unregelmäßigkeiten und Veränderungen, die Zeichen von Leben sind, alles, was steht, ist gestorben, die Luft steht hier und die Zeit.

Die Zeit steht, obwohl das Ticken der silbernen Uhr auf der Wand hinter mir deutlich zu hören ist, metallisch abgehackt klingt sie wie die vielen kleinen silbernen Instrumente am Tisch des Arztes, als er sie wieder ablegt, wie jetzt eben. Er legt sie nicht ab diesmal, er wirft sie fast hin, seine Stimme verstärkt sich um mehrere, gereizte Töne, hinter dem Vorhang kommt irgendetwas in Bewegung. Ich möchte fragen, wann Leo wiederkommt, ich will wissen, ob ich heute alleine von hier wegfahre oder nicht, ob ich mich neben Leo schlafen legen kann oder doch noch zur Arbeit muss, wenn er nicht da ist.

Ich beuge mich vor, der Vorhang schwingt kurz zur Seite, man sieht die Menschen dahinter endlich ganz, unzerteilt von weißen Stoffplastikbahnen, und ich erkenne den Patienten, der eine heftige Auseinandersetzung mit dem dicken Arzt zu haben scheint: Er ist erst vor einer Dreiviertelstunde frisch verbunden an mir vorbeigegangen, Richtung Ausgang, mit sehnsüchtigem Blick auf den großen vollen Mond hinter der Glasscheibe und von einem Pfleger aufmerksam gestützt.

Ich habe nicht mitgekriegt, wie er den Kreisverkehr von dem Ausgang des Spitals wieder zur Erstaufnahme und in den Bereich hinter den Vorhang geschafft hat, ungefragt backstage sozusagen, und der Arzt ist genauso gereizt wie jeder Regisseur, der einen Zaungast in den Räumen, die den Schauspielern vorbehalten sind, vorfindet.

Der Patient ist ein Mann von ungefähr Mitte bis Ende dreißig, er hat einen weinerlichen Gesichtsausdruck und blonde Löckchen, die ihm etwas Kleinkindhaftes verleihen, und als er den Mund verzieht und antwortet, klingt seine Stimme quäkend.

»Ich will, dass Sie mich aufnehmen!«, verlangt er, während er hurtig den Verband abwickelt, der noch vor nicht einmal einer Stunde kunstvoll um seinen Arm angebracht worden ist, die Hälfte des Stoffes hängt bereits zwischen seinen Schenkeln bis zum Boden hinunter und verleiht ihm etwas schlampig Mumienhaftes.

Babymumie, denke ich mir, vorgealtert, aber kindchenhaft geblieben.

»Sie sind bereits behandelt worden«, sagt der Arzt schon ziemlich laut, sodass sich andere Patienten vorbeugen und hineinspähen wollen.

»Bin ich nicht«, kreischt die Babymumie empört. »Ich bin gerade erst gekommen.«

»Ich habe Sie vor einer Stunde behandelt«, wiederholt der Arzt etwas leiser.

»Ich will, dass Sie mich sofort aufnehmen.«

»Sie haben sich selbst verletzt und ich habe Sie bereits verbunden.«

»Ich hab gar keinen Verband!«, triumphiert die Mumie.

»Sie haben ihn gerade heruntergewickelt.«

Der Arzt weist mit eleganter Handbewegung Richtung Boden, wo sogar ich von meiner Position aus ein weißes Mullhäufchen am Boden erkennen kann.

»Wenn Sie mich nicht behandeln, gehe ich nicht weg. Ich bin ein vollwertiger Patient.«

Vollwertiger!

Die Mumie wird immer lauter, während der Arzt immer leiser und langsamer wird, fast väterlich wird er, gediegen. Am Ende der Diskussion haben sie sogar einen Kompromiss zusammengebracht: Der Verband wird erneuert, woraufhin sich der Patient verpflichtet, nach erfolgter Behandlung, die, je nach Blickwinkel, die erste oder bereits die zweite darstellt, widerspruchslos nach Hause zu gehen.

Routiniert werden die letzten Zipfel des Stoffes um das dargebotene Handgelenk gewickelt, der Patient zieht den bandagierten Arm zurück, erhebt sich. Der Arzt verabschiedet sich erleichtert, während er wortlos zum Vorhang geht, ihn zurückschiebt, einen Schritt in den Warteraum macht, am Absatz wendet und wieder zurückkommt, felsenfest wie in die Mitte des Behandlungszimmers geschraubt stehen bleibt und wiederholt: »Ich will, dass Sie mich aufnehmen.«

Eigentlich hat er gar nicht unrecht, denke ich mir, ich will das eigentlich genauso dringlich wie er, jeder will doch irgendwie aufgenommen werden, jeder ist bereit, sich dafür zu entblößen.

Der Arzt blickt ihn unter der Brille hervor an, er schweigt, er schätzt. Dann macht er mit einem entschlossenen Ruck den Vorhang so zu, dass niemand mehr hindurchsehen kann, obwohl das Schauspiel bereits einige Zuschauer angezogen hat, der pickelübersäte Grundwehrdiener ist mit seinem Rollstuhl näher herangefahren und hat seine abstehenden Ohren wie eine Satellitenanlage so nahe wie möglich in Stellung gebracht. Er bemerkt mich, die ihn beobachtet, lächelt ertappt und grinst mich an. Ich lächle nicht zurück, und er wird so rot zwischen seinen Satellitenschüsseln, dass die Tupfen der Pickel auf seiner Haut nicht mehr auszumachen sind.

Der Frischverbundene und Bleibewillige wird an den staunenden Wartenden vorbei unsanft von einem Pfleger Richtung Ausgang entfernt, er hängt sich an dessen Arm wie ein Kind, das Gummipuppe spielt, und hinter mir, weit gangaufwärts, höre ich ihn noch klagen: »Ich muss aufs Klo! Lassen Sie mich los!« Und dann, als keine Reaktion folgt: »Ich weiß, dass Sie mich loslassen müssen.« Und das Seufzen des Begleiters und eine zufallende Tür gleich darauf.

Während er und die Geräusche seines Hinauswurfs sich immer weiter entfernen, wächst der Lärm im Eingangsbereich gewaltig an, ein Rettungswagen fährt mit Blaulicht und Sirene vor, mehrere Ärzte laufen hektisch an mir vorbei, einer trägt eine schwere Kiste mit Ausrüstung, seine Kollegin schaut ernst und lächelt kampflüstern, bereit, sich dem Verderben in den Weg zu stellen, fast stolz.

Als die Rotkreuzamazone verschwunden ist und die automatischen Türen sich hinter dem kleinen Trupp geschlossen haben, rollen Krankenschwestern ein zusätzliches Bett auf den Gang und verscheuchen Angehörige, die sich vor dem Schockraum zusammengeballt haben. Wie im Wetterhäuschen öffnen sich Türen, um Lebende und Tote, Gesundende und Erkrankte passieren zu lassen, sie machen Lärm, und Wind machen sie auch. Ich ziehe meinen Schal fester um meine Schultern, der Wind ist kühl, draußen hat es zu regnen begonnen, die sich erneut öffnenden Glasfronten atmen Feuchtigkeit herein.

»Haben Sie eine Zigarette?«, fragt mich der Grundwehrdiener. Wie hat er es bloß geschafft, unbemerkt so nah an mein Gesicht zu kommen? Ich kann die weißen Eiterkügelchen, von einer dünnen Hautschicht überzogen, unter den roten Hügeln auf seiner Stirn deutlich erkennen. »Immerhin verteidige ich Ihre Heimat.«

Sein Atem weist ihn als denjenigen aus, der hier vor kurzem den Hotdog verspeist hat. Ich schüttele sadistisch den Kopf. Ich würde selbst gerne rauchen, aber Leo hat die Zigaretten in seiner Manteltasche, und der Mantel ist bei Leo geblieben. Wo Leo geblieben ist, weiß ich immer noch nicht.

»Ich riskiere hier nämlich meinen Hals für Sie«, fügt er anklagend hinzu. »Jetzt habe ich mir beim Manöver das Bein gebrochen. Sehen Sie?«

Er hebt den vollgekritzelten Gips.

»Sicher nicht«, lächle ich ihn an, er hört meinen Akzent und dreht sich weg, ohne ein weiteres Wort an mich zu verschwenden.

Bevor er zu der Frau gegenüber rollt, rufe ich ihm noch hinterher: »Rauchen ist schädlich für Kinder.«

»Verpiss dich«, murmelt er leise, und dann höre ich ihn wieder fragen: »Haben Sie eine Zigarette für mich?«

Sie antwortet, auch sie spricht nicht gut Deutsch, viel schlechter als ich sogar, und sie weiß es und stottert, als würde sie sich der mangelhaften Satzerzeugnisse schämen, die ihren fremden Mund verlassen, und wieder hat der arme Junge niemanden erwischt, dessen Land er verteidigen könnte.

Als ich schon nach Leo gefragt habe und endlich erfahre, dass er nicht wiederkommt und schon auf die Station gebracht worden ist, dass ich seine Tasche abgeben kann und seine Hoffnungen, und dass ich heimgehen kann, denn es bricht bereits der Morgen an, als ich also schwankend aufstehe und zum Ausgang gehen will, kommt mir einer entgegen, der mir bereits bekannt scheint. Beim nochmaligen Hinsehen erkenne ich den Babymumienmann von vorhin. Er wird von zwei genervt-zerknirschten Sanitätern in die Empfangshalle zurückgeleitet und wirkt beleidigt wie ein Kaiser, der einen Putschversuch hinter sich hat, aber dennoch siegreich ist.

Er tritt majestätisch an den Schalter der Empfangsdame heran, legt seinen Arm auf die Schalterablage, und ich denke erst, dass er einen Strumpf darüber gezogen hat, und dann erkenne ich, dass die Haut mit roten Striemen aus geronnenem Blut geringelt ist, und er verkündet: »Ich hab's doch gesagt: Wenn ich verweigere, können die mich nicht aufnehmen auf der Baumgartnerhöhe, das weiß ich. Und Sie müssen mich behandeln, das weiß ich auch.«

Dann schließt sich die Glastür hinter mir und ich stehe draußen, den letzten Rest des Vollmonds über mir und im nassen Asphalt zu meinen Füßen, mein Kopf ist schwer und ich will nur noch schlafen, aber ich reiße mich zusammen und trotte den Gürtel entlang, dorthin, wo die Lichter der Lokale noch brennen.

*

Zwei hübsche Rettungsfahrer bringen einen grauen Plastikledersitz mit Leo darauf in die Wohnung, Leo ist schwer und sie schwitzen sichtlich, Leo pendelt zwischen ihnen wie auf einer Schaukel, leicht hin und zurück, und er strahlt übers ganze Gesicht, strahlt wie ein kleiner Junge, wenn die Großmutter mit seinem Lieblingskuchen und einem gekühlten Saft auf dem lackierten Tablett in den Garten tritt, wie es meine Mutter niemals für meinen Sohn gemacht hätte, der niemals lachend auf einer Schaukel schwang, den Kopf zurückgelehnt und die Haare fliegend.

Draußen lauert die Gefahr, draußen ist es billig und dreckig und nicht standesgemäß, das hat sie zwar nie gesagt, aber bedeutet, mit einem abschätzigen Blick, mit einer Bewegung der knochigen Schulter unter dem dunklen Kleid, während sie in der Küche die Edelsteine putzte, die noch ihrer Mutter gehört hatten. Große durchsichtig geronnene Tränen von früherem Reichtum, in Goldfassung gezurrt und in Zeitlosigkeit, sie würde eher hungern, als diese Juwelen zu verkaufen, Ohrgehänge, Geschmeide, einen Ring, zackenförmig wie ein Stern.

Eines Nachts, als ich in meinem Bett neben meiner Schwester hochschreckte, nicht mehr einschlafen konnte, auch nicht an ihren warmen Rücken geschmiegt, und mich auf den Gang stahl, sah ich sie. Wie sie mit den Juwelen reglos vor dem einzigen beschlagenen Spiegel stand, der einem das Ebenbild wie aus weiter Ferne alter Malereien zeigte. Große Edelsteintriangeln an ihren Ohren, deren Läppchen vom Gewicht des Schmuckes absurd verlängert wurden, um den Hals ein Collier, harnischgleich auf die flache Brust gelegt.

Leos Augen funkeln mit Mutters Steinen um die Wette, er schwingt in seiner grauen Sesselschaukel zwischen den jungen Männern vor und zurück, bis sie ihn in die Wohnung gehievt haben, er gibt ihnen Trinkgeld, das erste Mal sehe ich ihn wirklich viel Trinkgeld geben.

Er kramt angewärmte Scheine unter seinem Gesäß hervor, einige fallen vor seine Füße in den Krankenhauspantoffeln. Die Jungs setzen ihn ab, auf den Sessel im Korridor, und er bückt sich schnaufend und kichernd und gibt den beiden das

Geld. Sie stopfen überrascht und peinlich berührt von Leos infantilem Überschwang, aber erfreut über den unerwarteten Zuverdienst die Scheine in die Taschen.

»Die Untersuchung war gut!«, jubelt Leo und stürzt das Glas Wasser hinunter, das ich ihm untertänig reiche als Geisha im rot gemusterten Bademantel.

Die Ärzte sind zufrieden, meint er. Sie hätten seine Medikamente vorsichtig herabgesetzt. Eine dreißigprozentige Chance hätte er, dass er wieder gesund werde.

»Dreißig Prozent«, schreit er, so stolz auf sich, so fröhlich, als ob es mindestens hundertzehn Prozent wären.

»Das müssen wir feiern«, fährt er eifrig fort, »ich will mit dir wegfahren. Wir fahren weg. Du und ich!«

Ich lehne mich an die Holzvertäfelung seines Vorzimmers. Ganz fest, bis die Härchen des Bademantels am Furnier plattgedrückt werden und meine Schulterblätter auch.

Ich will nicht mit Leo wegfahren. Ich weiß schon jetzt, wohin die Reise gehen wird, ich habe die vielen identen Fotos seiner Urlaube mit Annemarie in seiner angeblich geheimen Annemarielade gesehen, 1995, 1996, 1997, 1998, 1999, fleißig ins Album eingeklebt und mit Datum versehen wie alter Wein. Nur dass diese Alben mit der Zeit weder besser noch geheimnisvoller werden, nur gelblich verfärbt und ausgebrannt wie Leos Körper. Seit sie weg ist, fehlen auch die Alben, er hat seit ein paar Jahren entweder keinen Urlaub mehr gemacht oder keine Fotos.

Ich will nicht, dass Leo gesund wird. Ich will ihn haben, ganz, mit Haut und Haar, aber nicht lange, so wie man sich absichtlich ein kurzlebiges Haustier nimmt und von Anfang an weiß, dass die Verantwortung nicht lange währen wird.

Wenn er gesund wird, braucht er weder meine Hilfe noch den Rat der Karten.

Wenn er gesund wird, kommt Annemarie zurück und nimmt mir die Wohnung, das Geld, Leos Unterstützung und Aufmerksamkeit. Dann wird Leo bald merken, dass ich nicht standesgemäß bin, eine abartige Lösung, ein absurder Versuch, sein Leben wieder in den Griff zu bekommen, den er nicht mehr benötigt, wenn es auf Schiene läuft.

Dann bin ich nicht mal mehr als seine Putzfrau gut.

Ich sehe ihn hasserfüllt an, seine Freude stößt mich ab, wie kann er sich so egoistisch an seinen elenden dreißig Prozent berauschen und mit mir feiern wollen! Mit mir, die er bei erstbester Gelegenheit entsorgen wird auf der Müllhalde seiner problematischen Krankheitsvergangenheit, bevor er die von mir sauber gewischte Tür für Annemarie weit öffnet? Ich stelle mir vor, wie er mir, bevor er mich hinauswirft, noch aufträgt, seine geheime Lade zu öffnen, die Dinge, die seit zwei Jahren darin schlafen, zu entstauben und zu putzen und wieder in der Wohnung zu verteilen, die gemeinsamen Fotos, die widerlichen Wollwandteppiche, die zwei Henkeltassen mit blumenumranktem »Leo« und »Annemarie« darauf, aus Mariazell.

Ich werfe also Leos Glas, das er mir so leer zurückreicht, wie alles in meinem Leben leer zurückgegeben wird, ohne Kommentar, werfe das verräterisch leere Glas vom verräterischen Leo vor seine Füße aufs Linoleum und will es zersplittern sehen wie unser verräterisches Zusammensein, das mich krank macht und befangen und ängstlich, es zu verlieren.

Leo sieht mich erstaunt an, immer noch wirkt er wie ein Kind, das nicht fassen kann, dass jemand absichtlich böse Dinge tut. Er hat den Mund offen stehen, er schüttelt den Kopf ein wenig, gleich wird er mir versichern, dass diese Zerstörungswut nur zufällig und vor allem unabsichtlich ist, eine schnelle Entschuldigung für mich suchen, so wie er sie bald für sich suchen wird, wenn er gesundet.

Ich will Leos Entschuldigungen nicht, er kann mich nicht entschulden, noch sich, unser Wir soll zerspringen wie das verdammte Glas vor seinen gestreiften Hausschuhen.

Das Glas springt kurz vom Boden hoch und rollt dann in einem Stück seitwärts an Leos Füßen vorbei den Gang entlang. Leo folgt ihm mit seinem Blick, dann steht er schwerfällig auf, um ihm hinterherzuwanken, ohne etwas zu sagen. Ich stehe immer noch lässig an die Kommode gelehnt, sage auch nichts und sehe ihm zu, wie er sich unsicher bückt und nach dem Glas fischt und keucht und das Gleichgewicht verliert. Er stützt sich auf seinen feisten Armen ab, mit seinem unförmigen Hintern senkrecht in der Höhe. Die Größe der Proportionen entspricht dem windelverstärkten Hintern eines Babys, und ich muss plötzlich lachen, während er auf die Knie fällt und immer noch nichts sagt, sich langsam umwälzt und aufsetzt, nach dem Glas greift und es hochhebt und zwischen uns in die Luft hält wie einen Blumenstrauß oder ein Schild.

»Was machen Sie, wenn Sie das Gefühl haben,
nichts geht mehr?«
»Ich habe kein solches Gefühl.«
»Waren Sie denn nie verzweifelt?«
»Das muss man sich leisten können.«

8

Mein Rücken liegt auf dem feuchten Grasrücken der Erde, beide sind überzogen von einer dünnen Schicht Nässe. Es ist schwül, wir schwitzen, unsere Feuchtigkeit berührt sich und vermengt uns, die Erde und mich. Rücken an Rücken wie zwei Duellanten. An ihrem Baumstämme wie Borsten misstrauisch aufgestellt, an meinem bloß die hellen Härchen, denn ich friere trotz der lauwarmen Luft um mich.

Zehn Schritte haben wir, bevor wir uns einander zuwenden, bevor der erste Schuss fällt. Ich werde betrügen. Ich werde betrügen wie immer, ich habe es noch nie geschafft, auf die Lüge zu verzichten, auf die Täuschung, ich bin zu schwach, mit offenen Karten zu spielen, ich bin zu stark, um unterzugehen, jetzt noch nicht.

Ich drücke meine Schulterblätter fester in meine Gegnerin hinein, ich fühle, wie sie Kuhlen in ihre Oberfläche formen, spüre kleine Klümpchen ihres Leibes an meinem Nacken, losgelöst von ihrem unendlich schweren Ganzen, so viel schwerer als ich, so viel größer, unbeteiligt und gnadenlos und doch das Zuhause.

Halt mich fest. Nimm mich zurück. Aber unbefleckt nimm

mich zurück, nimm mich ganz, verstecke mich bei dir, lösche mich aus, verändere mich, bis ich eine andere werde, eine Kuh vielleicht oder eine Pflanze. Meine Finger suchen ihren Weg durch das Gras, reißen unbarmherzig Halme aus auf ihrem Weg, ungeduldig bohre ich sie in den Boden neben mir, der Nagel meines Ringfingers bricht ab, der Schmerz ist kurz, aber wirkungsvoll, ich hebe die Hand an meinen Mund und lutsche an ihm, kleine Brösel schwarzer Erde bleiben an meinen Lippen zurück.

Schwarzes Brot wie zu Hause, denke ich und lecke sie ab. Schwarzbrot meiner Mutter fällt mir ein, das sie am Sonntag selbst gebacken hatte, in ein besticktes Tuch eingeschlagen, grobes Tuch, schwerer Stoff mit roter Stickerei, alles an ihr ist schwer, rot, schwarz, vertraut, das dampfende Brot auf dem klobigen Holztisch der Küche, die dampfende Schwelle aus Stein, die dampfenden Hände über den Schneewehen, die halbverhangenen, dunklen Augen, so dunkel wie ihr Schwarzbrot, das sie liebevoll an ihre flache Brust gedrückt hält, jeder Laib Brot perfekt rund, der Bauch einer Fruchtbaren, deren Frucht genießbar ist, nicht nur genießbar, sondern gut, von einer glatten Beschaffenheit die Kruste, duftend, zu Hause. Die langen, glatten Haare zu einem strengen Knoten gedreht, an den Schläfen scheint schon lange die Haut durch, rote Ohrringe in den ebenfalls durchscheinenden kleinen Ohren.

Ich werde hungrig, plötzlich und überwältigend hungrig, dieser Hunger reißt mich von der Erde, aus dem Gras heraus, auf die Beine, mir ist übel vor Hunger, über mir die Sonne, die Wiese dreht sich, ein Kaleidoskop in Grün und Gelb, am Rand der Wiese eine Reihe Kastanienbäume dreht sich zügig mit.

*

Leos Wohnung hat zwei große Fenster, gegenüber die Wand des Hauses auf der anderen Seite der schmalen Gasse. Straßenbahnen halten direkt beim Eingang, ihr schrilles Bremsen reißt Leo jede Nacht aus seinem Schlaf, den er sucht und sucht und so selten findet, wenn er ihn braucht, in der Früh ist er benebelt von dem Schlaf, der ihn nun umso fester in seinem Griff hält, ihn verhöhnend, hatte er doch die halbe Nacht auf der Jagd nach ihm verbracht, und ist trotzdem nur Sammler geblieben, Minutenjäger, Stundenzähler, Erbsenklauber, Haarspalter.

»Mein Schlaf«, sagt er, als hätte er ihn geerbt, erworben, mit Vertrag gepachtet, und als würde er nun um ihn betrogen werden, täglich aufs Neue, was ihn zusehends empört, wie jeden anderen auch, der um sein Hab und Gut geprellt wird durch undurchsichtige Gaunereien. Er übt vor für seinen großen Schlaf, der vermutlich unmittelbar bevorsteht, und wie jeder, der seinem Hobby mit Hingabe frönt, möchte er dabei nicht gestört werden. Stundenlang liegt er am Rücken, die Hände mal andächtig, mal majestätisch über dem hoch aufragenden Hügel des Bauches auf die Brust gelegt, auf der sich graublonde Haare wie kleine, feuchte Schlangen einringeln. Mal sieht er stundenlang an die Decke, die Spinnweben in den Ecken habe ich entfernt, damit nicht alles, was er sieht, ihn an Verfall erinnern muss, geblieben sind die von der Sonne ausgeleuchteten Umrisse des Lusters, den seine Exfrau mitgenommen hat. Er betrachtet das abgenutzte Kabel, das sich aus einem falschen Stuckgeschwür aus der Decke windet, den leeren weißen Ring der Aufhängung, die kleinen Fetzen, die sich aus dem Kabelgeflecht lösen. Knipst die Tischlampe an, die ich ihm auf sein Nachtkästchen gestellt habe, eine weiße Kugel aus einem billigen Möbelgeschäft, einfach, aber sehr ruhig, wie ich finde, und dimmt das Licht mit dem Dimmer, den ich ihm dazu geschenkt habe, bis sein Schlafraum ein gemütliches Halbdunkel ist und ein gelber Mond dem gelben Mond seines Gesichts leuchtet. Dann fixiert er seine aufgedunsenen Füße, die unter der vom Bauch angehobenen Decke hervorschauen, die Zehen leicht abstehend. Breite gerillte Nägel. Leo verbringt viel Zeit liegend. Sein Leben verläuft in den kurzen Schüben meiner Besuche und den endlosen Zeitinseln dazwischen, manchmal dehnen sie sich aus, wenn ich viel zu tun habe oder wenn seine Bedürftigkeit mich zu sehr anekelt und ich diese Abneigung nicht überwinden kann oder möchte.

Seine Eltern rufen oft an und er legt auf, oder er hebt gar nicht erst ab. Sie möchten ihn abholen, sie möchten ihn ins Spital fahren, sie wollen seine Sparbücher in Sicherheit bringen, sie wollen mich erwischen, mich dabei erwischen, wie ich den letzten Rest aus ihrem Sohn sauge, aber ich bin vorsichtig wie jeder Vampir und Leo aggressiv ihnen gegenüber, und sie stehen oft vor verschlossenen Türen und läuten lange und vergeblich.

Wenn sie gegangen sind, hole ich den Korb, den sie auf der Schwelle zurücklassen, und nehme mir die Dinge, die nicht verderblich sind, nehme Vitaminpräparate, Dosen, Trockenfrüchte heraus und verpacke sie und bringe sie zur Post.

Die Fenster von Leos Wohnung gehen also nicht auf die Hauptstraße hinaus, sondern auf eine enge Gasse, die fast so dunkel und schmal ist wie die in Venedig. Die Fenster der gegenüberliegenden Wohnungen werden jedoch weder von dunklen Holzläden geschützt noch von den großzügigen Laken, die in Italien auf Leinen, zwischen den Häusern gespannt, in den warmen Wind gehängt werden, von Wäsche unterbrochen, Höschen unterschiedlichster Größen, Boxershorts, Kinderstrumpfhosen, eine eigenartige, aber sehr ausführliche Visitenkarte der Bewohner.

Manche der Fenster der gegenüberliegenden Fassade sind

mit schweren Vorhängen vor Blicken der Nachbarn geschützt, andere mit der für Österreich typischen durchbrochenen Spitze, hinter der man undeutliche Schemen in Bewegung erkennen kann, die die Vorhänge ebenfalls in Bewegung bringen, zusammengefügte Schneeflockenstrukturen, vom Hauch der Bewohner in Schwung versetzt, kühl, kühl innen und noch abweisender außen. Die Pflanzen, die unmittelbar hinter dem Vorhang auf dem Fensterbrett stehen, kann man meistens gut erkennen, ein roter Weihnachtsstern wie der in Nastjas Wohnung, im weißen Keramiktopf mit Goldrand.

Ich war einmal in Holland, längere Zeit, einen verregneten Sommer lang, und immer, wenn ich an die meditativ flache Landschaft denke, langgezogenes Braun-Grün von einer Seite des Horizonts bis zur anderen, mit einem tiefhängenden blaugrauen Himmel darüber, der viel näher an die mit weidenden Tieren übersäten Grasflächen gedrückt schien als hier, fallen mir die ebenso weiten und unbekümmert offenen Glasfronten ein, die die Holländer unbedeckt beließen. Als ich abends durch die Gassen feinerer und weniger feiner Bezirke ging, konnte ich die Einwohner beim Abendessen beobachten, beim Spielen, Fernsehen, beim Streiten.

Dieser unverhüllte Anblick fremder Intimitäten stimmte mich zuerst betroffen, dann neugierig, ich blieb vor einem großen ebenerdigen Fenster stehen und inspizierte die liebevoll, aber etwas geschmacklos eingerichtete Wohnung, die eine Heimeligkeit verströmte, wenn man über die Möbel hinwegsah, die eindeutig sehr neues Antik waren. Drinnen ein Ehepaar. Große Porzellanschalen, Kaffee oder Tee, ich konnte die Rauchfäden aus dem Aschenbecher aufsteigen sehen, der neben der Frau auf dem Tisch abgestellt war, sie trug viele Ringe an ihren dünnen Fingern, und zwischen ihnen die dünne Zigarette, und grüne Ohrringe. Ihr Haar, halblang und hinters Ohr gesteckt, gab einen schlaffen, hellen Hals frei. Sie sprach zwischen den kleinen Schlucken, ohne den Blick von ihrer Zeitschrift zu heben, ich sah sie ihre Worte genauso portionieren wie die vielen Löffelchen Zucker, die sie nebenbei in ihre Tasse rührte. Hinter ihr hing ein Ölbild mit einem über die Grachten segelnden Schwein, von einer Stoffstehlampe mit gebogenem Korpus beleuchtet. Die Glastür in den kleinen Garten war angelehnt.

Ihr Mann stand mit dem Rücken zu uns beiden am Herd und rührte ebenfalls, mit einem größeren Löffel als sie, und sprach vermutlich auch mit größeren Worten, die mehr Gewicht brauchten und weniger Geschwindigkeit, auch er sprach ohne sich umzudrehen, in seine Beschäftigung vertieft.

Ich sog die Luft ein, neugierig, was er wohl so konzentriert und bedächtig kochte, aber die Glasscheibe zwischen ihnen und mir machte das unmöglich. Ich roch den Asphalt, Abfälle im überfüllten Mistkübel, Abgase und mich und mein deutliches Parfüm und nichts anderes. Um den Inhalt seines Topfes zu erkennen, trat ich noch näher an das Fenster heran, und die Frau blickte plötzlich auf und verstummte, die blau gemusterte Porzellanschale auf halbem Weg zwischen Mund und Tischoberfläche, und ich schämte mich meines Eindringens und ging schnell weiter.

Umso mehr macht mich die aggressiv zur Schau gestellte, die künstliche Einsicht von angeblich Intimem wütend, wie Leos Nachbarn in der Wohnung schräg gegenüber es gerne machen. Aber ich und meine schlecht verständliche Wut sind völlig harmlos, sowohl für Leo als auch für jene, die hier geboren und aufgezogen wurden mit der warmen Milch der gesetzlichen Sicherheit, die sie in jene Langeweile stürzt, deren Folgen mich nun zur Raserei bringen. Dieses Sichzurschaustellen ist billig, denn es geschieht ohne Not und Grund, es ist so verwerflich, dass mir die Galle in meinen Hals hochsteigt und ihn satanspilzgelb verätzt. Ich könnte natürlich schnell am Fenster vorbeigehen, die Augen auf Leos Linoleum gesenkt, auf die alten verpissten Zeitungen, die seinem Kater gehört haben, und die er mir nicht erlaubt zu entsorgen. Von weitem erkenne ich bereits ihr Fenster, die zur Seite gezogenen grünen Stoffbahnen, ihre nackten Körper in Bewegung, und weiß, dass ich gleich töten könnte, morden, reißen wie eine mittelalterliche Bestie, faule Eier hinüberwerfen, Leos gebrauchte Klobürste wie einen Morgenstern hinterher.

Ich könnte wegsehen. Wegsehen ist Mutters Spezialität, nicht meine. Den unwillkommensten Besucher meines Körpers habe ich noch genau inspiziert, den Schorf am Kopf meines Sohnes, das Blut unter meinen Schuhsohlen, Leos beschämte Tränen in der Nacht. Inspiziert und genau bewertet und abgelegt zu meinem Theaterfundus. Was davon noch brauchbar ist, werde ich zu gegebener Zeit wieder hervorholen, beleuchten, inszenieren und den Vorhang raffen.

Ich bin knapp daran, einen Atomkrieg über die Gasse zu eröffnen. Die junge Frau wirft mir einen überlegenen Blick zu. Vermutlich hält sie mich für die Ehefrau eines Spießers, schon etwas verwelkt, mit Bausparvertrag und einer Kosmetikerin ums Eck, die mir den Damenbart wegharzt und mit der ich alberne Frauenzeitschriften durchgehe. Eingesetzt im Rahmen von Leos Fenster, von Leos Leben, werde ich harmlos, zahm, bürgerlich. Meine kurze Atempause, ein vorübergehender Rastplatz, ganz anders als die übrigen Rastplätze meines Weges, verstreut an Autobahnen und Vororten von Industriestädtchen. Wien ist gemütlich. Wenn ich abends das Haus verlasse, um das Geld zu sammeln, auf das drei Menschen warten und mein Theater, stelle ich mich niemals ohne Grund zur Schau.

»Sie scheinen diesen Leo gemocht zu haben.«
»Ich weiß es nicht.«
»Vielleicht wollen Sie es nicht wissen.«
»Vielleicht.«
»Wie lange haben Sie bei Leo gelebt?«
»Vom Winterbeginn bis zum Ende des Sommers, glaube ich …«

9

In Leos Wohnung ist es heiß, nicht sommerlich heiß, sondern wüstenheiß, Leo und ich brüten beduinenhaft in Leintücher gewickelt in der stehenden, alles zukleisternden Hitze. Leos Wasser im Glas von gleicher Wärme wie die Feuchtigkeit in unseren Gesichtern, der Schweiß, der zwischen uns ins Leintuch rinnt, ist vermutlich noch heißer. Das Leintuch wirft Falten um meinen Oberkörper und meine Schenkel, verläuft in Hügeln in Richtung Bettende. Im Halbdunkel des frühen Morgens wirken sie wie eine Wüstenlandschaft. Weiße Sandkörper, eine Düne, noch eine, viele, in unregelmäßigen Reihen nebeneinander wie ein endloses Liebeslager. Der Mond sinkt hinter die Wölbungen der Erde, die sich hier nur in glattem, feinem Sand zeigt, gerade noch betretbar bei Nacht, lebensgefährlich bei Tag. Der Himmel ist noch kaum von dem Grat zu unterscheiden, ein etwas helleres Blau mit dem Versprechen noch sengenderer Hitze.

Irgendwo heult ein Tier, langgezogen und heiser.

Dieses Heulen habe ich in Griechenland oft gehört, wo an

den Stränden, an denen ich übernachtete, ganze Rudel von verwilderten Hunden gelebt haben, hungrig wie ich und genauso verschlagen. Ausgesetzt und verängstigt, verschmolzen sie bald zu einem großen, vielmauligen Ganzen, mit vielen Augen und Ohren und scharrenden Pfoten, große, kleine, säugende und mörderische Einzelleiber. Manchmal machten sie Jagd auf andere Tiere, und es soll auch vorgekommen sein, dass sie Menschen angefallen haben.

Ich schlief damals oft am Strand und hatte keine Angst vor ihnen, ich fühlte, dass ich mehr Teil ihres Rudels war als manche Hunde, genauso hungrig und genauso fremd. Einmal kamen ein paar von ihnen wie Kundschafter zu meinem Schlafplatz, vorsichtig und lautlos, mit wachem Blick und aufgestellten Ohren. Sie kamen nicht in Feindschaft. Ich hatte wachgelegen, dem Wind zugehört und dem Rauschen der Wellen, auf betrunkenes Gelächter oder das Klatschen des Wassers unter einem Ruder wartend, um jederzeit meine Sachen packen zu können, um zu flüchten oder zu arbeiten. Der Strand war ruhig, weil die Hunde da waren, ihre Anwesenheit hatte sich herumgesprochen und hielt viele davon ab, ihn in der Nacht heimzusuchen.

Die Hunde erschienen lautlos am Hügel, dunkle Umrisse gegen dunklen Nachthimmel, dort, wo sie nicht waren, intensiv leuchtend weiße Punkte der Sterne. Ihre Anwesenheit nur angedeutet von einer Abwesenheit von etwas anderem, von nichts sonst, Stille und Wind und ihr Lauschen und mein Atmen, lange Zeit. Über allem der Mond, den wir alle drei ansahen, in ekstatischem Schweigen in seine Helligkeit vertieft, und je länger wir so reglos verharrten, desto verbindender wurde diese Anbetung.

An griechischen Stränden barfuß gehen: Der Sand ist schon in der Früh brennend unter den Sohlen, so intensiv aufgehitzt zu Mittag, dass ich um meine Plastiksandalen fürchte und nicht daran denken will, wie ich sie von meiner Haut abziehe wie eine stinkende zweite bunte Haut. Ich will Leos dampfende Haut von mir abziehen, bevor er mich zukleistert, meine Poren verstopft, bevor mein Geruch so abstoßend wird wie seiner, der immer gegenwärtig ist, in seinem Schweiß, in seinem Atem, in seiner Berührung, mit der er überwuchern will, an mir anwachsen, durch mich hindurch gesund werden an meiner statt. Ich rücke in der tropischen Hitze von ihm ab, und er rollt mir flüsternd nach, er gibt Laute von sich, die an ein Tier, an einen Säugling erinnern. Leo wirft eine schlaffe Hand aus wie einen Fangarm, dem ich gerade noch ausweichen kann, er fällt ins leintuchbezogene Leere zwischen uns und zerstört die weiße Wüstenlandschaft, unter der ich mich geschmeidig hervorziehe, die Beine anwinkle, langsam, und die Füße vorsichtig aufs grüne Linoleum setze, setze zehn rote Punkte auf streifiges Grün ins Licht der runden Leolampe.

Ich schleiche ins Bad, schiebe mein Gesicht auf der Spiegelfläche zur Seite, ich will mich jetzt nicht sehen, weder mich noch Leo will ich sehen. Schütte kaltes Wasser über den Nacken, hole mir eine Kopfschmerztablette aus dem Schminktäschchen, das schon seinen fixen Platz im Regal bezogen und Leos Rasierwässerchen verdrängt hat, die er nicht mehr verwendet. Schließe die Kästchentür. Hänge den ganzen Kopf ins Becken und drehe den Hahn auf. Meine Haare beginnen sich in der Feuchtigkeit zu kräuseln wie Schlangen, mein Gesicht erscheint hinterhältig im Halbdunkel wie das der Gorgo in Perseus' Schild, ich ducke mich unter meinem Blick geschickt hinweg und bin in Sicherheit.

Auf dem Balkon, der in den Hinterhof geht, ist es heiß und still, die Vögel beginnen sich zu regen. Leos Aschenbecher am Rand des Gitters, voll mit Asche, ich nehme ihn und schütte ihn aus in den Hof hinunter, leichter Wind kommt auf und verbläst die Asche seitwärts zum Nachbarbalkon. Ich sehe hinauf, es ist diesig, man kann keine Sterne erkennen, keinen Sand unter mir, keine Tiere. Ich stehe im Stillen und warte und erkenne, dass ich auf Leos Atem lausche, und als ich nichts hören kann, ergreift mich eine unbeschreibliche Unruhe, und ich werfe den Aschenbecher absichtlich hinunter auf den Boden, damit er scheppert und Lärm macht, und höre immer noch nichts und warte ein wenig und schleiche zurück in das Stickige hinein und lege mein Ohr auf seine nasse Brust und spüre sie in Bewegung und bin wieder gelöst.

*

»Willst du einen Kaffee, Leo?«, flöte ich aus der Küche, während meine Finger die Schublade vor mir durchwühlen, die Hände zittern, und ich muss mich darauf konzentrieren, dass meine Bewegungen nicht zu fahrig werden, sonst hört er mich klimpern.

»Wir haben doch gerade«, hebt er an, er ist irgendwo in der Wohnung, im Halbdunkel, unsichtbar irgendwo in der Wohnung liegend. Oder sitzend, denn ich höre seine schwerfälligen Schritte nicht, und ich muss wenigstens seine Stimme hören, um zu wissen, wie weit weg er sich von mir befindet.

Seine Stimme ist leise, ich kann sie nicht orten, ist er nun im Schlafzimmer oder im Bad.

»Ich habe einen aufgestellt«, rufe ich, in der Schublade sind nur unzählige Schachteln seiner Medikamente, halb daraus hervorquellende, falsch zusammengelegte Beipackzettel, leere Kapselhüllen, bunt verpackte Kondome, ein Päckchen Zigaretten.

Ich schließe die Lade vorsichtig und nehme mir seinen

Mantel vor, der über einem Stuhl neben dem Küchentisch hängt. Säuberlich die Schulterpolster auf der Lehne plaziert, nicht so hingeworfen wie meiner, schwarze Falten von weichem Stoff, unter denen ein brauner Schuh hervorragt, der Pfennigabsatz ist abgetreten. Ich sollte zum Schuster. Ich sollte zum Arzt. Seit Tagen quälen mich brennende Schmerzen im Unterleib, die ich mit sanftem Druck meiner Hände wieder in mich zurücktreiben will, in mich hinein und dann ganz weg. Endlich höre ich ihn, entspannt und schläfrig, er habe sich schon hingelegt.

»Ich bin müde. So müde.«

»Ich komm gleich«, lüge ich freudig, ich habe viel mehr Zeit, als ich dachte, sehr viel mehr Zeit. Meine manikürte Hand verschwindet in seinen weiten, tiefen Manteltaschen, ich gleite in sein Geheimnis hinein, das ich unbedingt lüften möchte, und wühle in ihm herum, wie er gerne in mir wühlen würde, wenn er noch könnte, geschmeidig, brutal und ungeduldig. Ich ertaste ein Feuerzeug, ein Papiertaschentuch, mehrere Stücke aus hartem Papier. Ich ziehe sie hervor und werfe sie anschließend enttäuscht wieder zurück. Zwei Fahrscheine. Kleingeld. Die andere Tasche ist leer.

Ich nehme einen Schluck kalten Kaffee aus seiner Schale, die noch auf der Küchenzeile steht, ein kleiner Rest dunkler Pfütze, abgesetzt am Boden. Wenn ich Glück habe, ist er schon eingeschlafen. Die Federn im Bett quietschen, er wälzt sich von einer Seite auf die andere, ich bin ganz angespannte Bogensehne, Raubtier, das noch auf der Lauer liegt, bereit, zum günstigen Zeitpunkt aus seinem Versteck hervorzubrechen und zu kämpfen. Wenn er sein Handy in der Hosentasche verborgen hat, muss ich bis zum Einbruch der Nacht warten, warten auf den Ruck, mit dem er den obersten Knopf öffnet, auf das Rascheln des Jeansstoffs an seinen stämmigen Waden entlang, auf das Zusammensacken auf dem Parkett, auf seine schwitzige Wärme an meinem Bauch, an meinem Rücken, auf das pfeifende Geräusch, das seiner Kehle entweicht, wenn er endlich eingeschlafen ist.

Ich beginne einen erneuten Rundgang durch das Vorzimmer, ich klopfe die Jacken ab, die alte Uniform, ich sehe unter den Bergen von alten feuchten Zeitungen nach, die den Boden bedecken, *Krone*, *Österreich*. Im Eck steht ein verwaistes Katzenkistchen, der Kater ist schon weg, er hat ihn zu seinen Eltern gebracht, obwohl das Tier ihm in schlaflosen Nächten Entspannung brachte, denn ich bin ein billigeres Tier, das sich selbst versorgen kann, wenn er zu schwach dazu ist. Ich lehne mich im Vorzimmer an die dunkle Furnierkommode. Mein Blick wandert unruhig, ohne dass ich ihm ein Ziel anbieten könnte. Es ist ein undefiniertes Gefühl, das mich so angespannt und sinnlos im Vorzimmer im Halbdunkel stehen lässt, fast so wie meine Mutter in unserem stand, als ich wieder einmal fortging, mit starrem Blick, der kein Gegenüber sucht und auch keines braucht, ich muss also an meine Mutter denken und dann unvermeidlich logisch an meinen Sohn.

Ob er auch so übel schwitzend am Bett meiner Mutter kniet, mit heiserer Stimme um Aufnahme bittend, dann fordernd, die Nacht ist tief und ihre Geräusche verwirrend, im Dunkel könnte alles wahr sein, was seine Bilder im Kopf ihm einreden wollen. Ob sie wohl aus ihrem immer leichten Schlaf erwacht, in der Hoffnung, der Atem an ihrer Wange könnte der ihres Mannes sein, endlich, und wie lange es wohl dauert, bis die Enttäuschung sie vollends aufweckt und die Träume sie endgültig der realen Finsternis um ihr Bett überlassen, in der bloß mein Sohn ist und sie, niemand sonst.

Sie sehen sich an, unverwandt sehen sie sich wohl an, ich sehe sie sich unverwandt ansehen, im Dunkeln, es ist noch lange kein Morgengrauen, mit wütender Angst, mit der Gewissheit, etwas Falsches zu bekommen, etwas Enttäuschendes, etwas, das sie nicht suchten, aber ohne das sie auch nicht weitermachen können, er in seiner Sehnsucht befangen, sie in ihrer Hoffnung, vereint durch die Bande, die ich ihnen aufzwinge mit meiner immer wiederkehrenden Abwesenheit. Draußen bellt ein Hund, der vom Nachbarn wahrscheinlich, den die zuschlagende Kinderzimmertür geweckt hat, die polternden Schritte im Gang, weil mein Sohn den Lichtschalter nicht findet und sich in seiner Unruhe nicht orientieren kann und gegen unsere alten Bauernkästen prallt. Ich sehe mich neben ihm stehen, dort im finsteren Gang zwischen den bemalten Bauernmöbeln, den rauhen Teppichläufer mit hineingewebten roten Hähnen unter meinen bloßen Fußsohlen, wie ich meinen Kopf müde an seine Schulter lege. Er riecht so vertraut, wie nichts sonst auf der Welt, ich kann die erbrochene Muttermilch an seinen Mundwinkeln noch riechen, ich lege meinen Kopf mit all seinem Gewicht an seiner Schulter ab und sage:

»Wann stirbst du endlich.«

Das Telefon, das auf der Kommode steht, läutet. Festnetz, das Leo nie verwendet, läutet in meine Vergangenheit hinein und holt mich aus ihr hervor, ungebeten, aber erfreulich, und ich brauche einen Moment, um mich zurückholen zu lassen, und es klingelt nochmals, schrill und intensiv. Leo regt sich in seinem Schlafzimmer und stöhnt und stammelt irgendetwas, und ich hebe schnell ab, und sie ist dran.

»Leo?«

Ich höre ihre Stimme das erste Mal, hoch, etwas hysterisch, aber immer noch mädchenhaft. Ich schmunzle, es ist auch wirklich komisch, immerhin habe ich seit zwei Stunden versucht, ihre Nummer ausfindig zu machen, habe Leos Arbeitstisch durchwühlt, seine Kleider. Ich habe ihre Briefe gefunden, alte, von sehr viel früher, bevor sie diese Wohnung verlassen hat, sogar bevor sie das erste Mal eingetreten ist. Naive Briefe auf kitschigen Ansichtskarten, eingewickelt in ein Tuch, das sie bestickt hat, ihr Foto im Goldrahmen obenauf, umgedreht mit dem Gesicht nach unten in ihre eigene Schrift hinein, ihre im Lachen verengten Augen auf ihre eigenen Trinksprüche und Glückwünsche gebohrt, erstarrt hinter der Brille mit Goldrand. Alles an ihr ist Gold, Haut und Haar und Ausstattung, nur die Zähne noch nicht. Die blonden Strähnen mit einer eigenartigen Föhnwelle ins Gesicht frisiert, mit Ohrringen. Um den schon damals sehr breiten Hals eine Kette mit kleinem Kreuz, das in ihre Dirndlbluse hängt, auf die sonnenverbrannte Haut des Dekolletees, ein unruhiger roter Fleck, umgeben von Sommersprossen. Hinter ihr kleine braungebeizte Täfelchen auf Holzwandverkleidung mit eingeschmorter Schrift, altdeutsch. Auf der Alm, da gibt's ka Sünd. Oh, du lieber Augustin.

Ich hebe also ab, meine Hand streckt sich automatisch nach dem Hörer, ich beobachte sie fasziniert, das Kettchen um mein Handgelenk, das silbrig im Halbdunkel zittert. Ich könnte jetzt einige Dinge endgültig ins Rollen bringen. Ich bin Gott, und das Schicksal fügt sich zutraulich in meine Handfläche und rollt sich innen im glatten Plastik des Hörers zusammen. Ich hole tief Luft aus allem meinem mit Leo Gemeinsamen: die abgestandene Luft der Wohnung, die Düfte der letzten gemeinsamen Mahlzeit, die Haut, die auf Haut liegt, die Kotzschüssel neben dem Bett, mein heiseres Gemurmel, es wird besser, es wird besser, es wird bald gut, entspann dich. Entspann dich.

»Leo?!«, wiederholt sie, noch durchdringender.

»Falsch verbunden«, sage ich zu meiner eigenen Überraschung. Der magische Moment verstreicht. Ich verfolge meine Handbewegung abermals, wie sie den nun nutzlosen Hörer, der seine erheblich wichtige Rolle in meinem Leben einfach nicht spielen wollte, wieder auf seinen angestammten Platz am Telefonkorpus drückt. Oh, du lieber Augustin. Gleich darauf klingelt es erneut. Ich habe, wie so oft, wieder eine neue Chance bekommen, die Wanderrichtung zu ändern, und werde mich, wie immer, unfähig erweisen, die einmal eingeschlagene Route zu verwerfen.

»Leo!«, schreit sie mich an, »was ist los, ich mach mir Sorgen.«

»Hier bei Augustin«, ich klinge gereizt und ruhig, während mein Herz innerhalb von Sekunden auf Marathonlauf umschaltet. »Falsch verbunden.« Diesmal mache ich mir keine Mühe, den Hörer auf die Gabel zurückzulegen, sondern reiße mit einem Ruck das Kabel aus der Wand.

*

»Leo«, frage ich scheinheilig, »willst du mit mir Darts spielen?«

Leo drückt sich mit dem Ellbogen von seinen vielen Kissen hoch, die Federn der Matratze quietschen, sein Tablett mit dem leeren Geschirr gerät in Schieflage, er erwischt mit dem einen Arm nur mehr seine Tasse, der Teller, aus dem er eben noch Borschtsch geschlürft hat, scheppert zu Boden und übrig gebliebene Rübenstücke fallen heraus, akkurate tiefrote Quader. Sie fallen wie kleine Würfel auf ein riesiges Spielbrett aus Holz und ich bin in Spiellaune, noch viel mehr als vorher.

»Hier?«

Leo sieht mich fassungslos an, die Tasse andächtig an seine Brust gedrückt. Er hat schon viel von mir gehört, mit dem er wenig anfangen konnte, aber das übertrifft scheinbar alles.

»Ich habe seit zwei Jahren nicht mehr gespielt«, sagt er, »woher weißt du, dass ich überhaupt gespielt habe? Ich habe dir nichts davon erzählt.«

Ich verfluche meine Wut, die mich zu unkontrollierten Aktionen hinreißt. Natürlich hat er mir nichts davon erzählt, so wie er nichts erwähnt, was mit seiner Exfrau zusammenhängt, dieses Kapitel seines Lebens ist zwar nicht abgeschlossen, aber gut zugesperrt.

So gründlich wie die Lade in seiner Kommode, die ich während meiner Streifzüge durch die Wohnung längst entdeckt habe, ebenso wie den Schlüssel, den er in seinem ehemaligen Schreibtisch versteckt, der zum reinen Lagerplatz mutiert ist, mit hohen Türmen abgelegten Papierkrams darauf, mit Medizinflaschen und Fläschchen, alten Zeitungen, Bierdosen und vollen Aschenbechern durchmengt. Alle Tage wieder erklärt er mir, dass er heute darangehen wird, diesen Tisch in Ordnung zu bringen, um sich endlich hinzusetzen und seine berufliche Korrespondenz weiterzuführen. Er hat den wahren Grund seines Zustandes weder der Arbeit gemeldet noch seinen Kollegen, offiziell befindet er sich im Krankenstand, und ich ahne, dass er wirklich immer noch glaubt, aus diesem in seinen Beruf zurückzukehren und gesund zu werden, damit alles so weitergehen kann, wie er es gewohnt ist.

Ich bin sicher, dass er auch damit rechnet, mich in diesem ersehnten Augenblick wieder fallenzulassen und sich jemanden Standesgemäßeren zu suchen. Er hat mich keinem einzigen Freund vorgestellt, nicht mal einem Bekannten, ich habe gehört, wie er seinem Nachbarn aus dem Stock darüber erklärt hat, dass ich eine günstige Putzfrau bin, und ich weiß auch, dass er angenommen hat, ich würde ihn nicht verstehen, weil er in starkem Dialekt gesprochen hat.

Ich bin sehr hellhörig. Versuche all sein Kontaktaufnehmen

zur Außenwelt zu verstehen, zu begreifen, zu katalogisieren und einzuschätzen, alles, was er an Hilfe von auswärts bekommen kann, macht mich unnötiger und gefährdeter. Ich ertappe mich dabei, dass ich fast eifersüchtig werde auf diese Fluchtversuche, die völlig harmlos sind: Seine Nachbarn wissen um seinen Zustand Bescheid, sie haben sich, bevor ich kam, über die Gerüche, die aus seiner Wohnung drangen, bei der Hausverwaltung beschwert, ohne ihm in irgendeiner Weise zu helfen oder ihn wenigstens über ihr Vorhaben zu informieren.

Sie haben ihn schon die Treppe raufkeuchen gehört, bevor er ganz bettlägerig wurde, eine halbe Stunde brauchte er, um die Einkäufe aus dem Supermarkt in seine Wohnung zu schaffen.

Ich sage mir das vor, immer und immer wieder, trotzdem überkommt mich ab und zu eine leichte Unruhe, die mich durch Leos Wohnung treibt, seine Telefonanrufe durchgehen lässt, seine Nachrichten auf Tonband, seine Post. Manchmal kommen Glückwunschkarten seiner Kollegen zu Ostern und Weihnachten, Genesungswunschkarten, zuerst noch viele, später immer spärlicher. Ab und zu Briefe, von Freunden und Verwandten, die ich kommentarlos öffne, lese und entsorge. Manche klebe ich vorsichtig wieder zusammen und überreiche sie ihm, wenn ich Lust darauf habe. Meine Liebe ist das Schutzschild Gottes, das ihn vor meiner Wut schützt. Vorläufig. Gott ist nämlich tot und ich lebe.

»Wo ist der Postschlüssel«, greint Leo, »ich will einmal selbst nach der Post sehen, vielleicht schaust du nicht richtig nach.«

Dass seine Exfrau so lange nichts mehr von sich hören lässt, wundert ihn, er kann nicht glauben, dass seine Kollegen auf ihn vergessen haben. Diese bereiten mir die geringsten Sorgen: Seit über zwei Monaten hat ihm tatsächlich niemand mehr geschrieben und mir damit Arbeit bereitet.

»Ich habe ihn dir doch gegeben«, sage ich und lächle und halte seinem Blick stand.

»Das kann nicht sein«, seine Stimme zittert leicht, »wo ist er denn, ich habe ihn lange nicht mehr gesehen. Wo ist mein Handy?«

»Du weißt doch, die Medikamente benebeln dich.«

Ich antworte darauf wie immer in solchen Situationen, geduldig und mütterlich, sanfter, als meine Mutter jemals gewesen wäre, die meine zwölfjährige Stirn mit wesentlich gröberen Bewegungen kühlte, als sie unsere Schwelle wusch.

Jetzt, wo er sein Bett kaum noch verlassen kann, ist also mein Wunsch, mit Leo Darts zu spielen, völlig absurd, lächerlich, so eindeutig irreal, dass es sogar Leo überrascht, der doch immer wieder daran glauben kann, dass er an seinen Schreibtisch zurückkehren wird, in seine Wachstube, in sein Dienstauto.

In seine Welt, weit weg von meiner. Ich habe die Tafel mit den konzentrischen Kreisen darauf in seiner Kommode gefunden, als Abschluss seines Bollwerks gegen die Vergangenheit über dem auf dem Gesicht nach unten liegenden Foto seiner Exfrau, das wiederum auf allen ihren alten Briefen lag. Sie haben wohl beide gerne gespielt. Zusammen ihre kleinen Wünsche auf ihre kleinen Ziele im Wohnzimmer abgefeuert. Ich habe zwar die Tafel gefunden, aber keinen einzigen Pfeil, weder in der versperrten Lade noch in den anderen, und ich will kein Geld ausgeben für die Dinge, die mir außer einem einmaligen Vergnügen nichts bringen werden, das ist ein Luxus, den sich vielleicht andere gönnen können und dürfen, ich aber nicht.

Einmal, als ich besonders einsam gewesen bin, und als ich fürchtete, den Weg nach Hause nicht mehr zu schaffen, nicht weil ich zu schwach gewesen wäre, ihn zu gehen, sondern weil ich ahnte, dass ich mich vermutlich unter den nächstbesten Zug auf die Gleise einer mir unbekannten Kleinstadt werfen könnte. Mich vor verdutzten Schulkindern und Altbauern auf die verlockenden, im Sonnenlicht gleißenden stahlblauen Metalladern des bequemeren Weges werfen. Da habe ich mir eine kleine Geige aus Steingut gekauft, eine kleine, von Hand bemalte Geige, nur so lang wie mein Zeigefinger, mit einer schönen Glasur in Blau und Weiß, wie die Tasse der Frau blau und weiß gewesen war, in deren Fenster ich in Holland starrte.

Diese Geige war mein kleines, dampfendes warmes Zuhause geworden und mein eigener erlaubter Luxus zum höheren Zweck des Nutzens für die anderen. Weil ich mir mit dieser kleinen Geige, die ich an meine Wange gedrückt hielt, großen Tanz und schöne Abendmusik vorstellte, und ein junges Mädchen, das in keine Großstadt geht, um dort Lüge zu leben, sondern auf einen Ball, und dessen Vater, der es auf diesen Ball bringt, statt hinterrücks zu verschwinden, ich vor mir auf dem verschneiten Weg zum Bahnhof gehen sah, mir voraus, und sie lachten und wiesen mir den Weg vorbei an den Gleisen, die ich mit kurzem Zaudern passierte, ohne der Versuchung zu erliegen.

»Spiel mit mir, Leo«, fordere ich nochmals.

Leo lächelt unsicher, er kennt mich als Tobende und Versorgende, nicht aber als Verspielte, ich denke, dass ihn das einerseits freut, andererseits hat er in unseren einsamen Wochen Zeit genug gehabt, mich besser kennenzulernen, und er ist vielleicht ein spät berufener Esoteriker, aber noch nicht vollkommen verblödet.

»Ich weiß nicht«, murmelt er und wirft die Decke beiseite, um das Aufstehen zu proben. Unter der Decke kommt ein Schwall Wärme und Geruch hervor, aber ich empfinde diesen Geruch mittlerweile als vertraut und er stört mich nicht.

Ich erwische mich dabei, dass dieser Geruch mir hilft, in langen rastlosen Nächten doch noch in den Schlaf zu fallen, steinschwer zu fallen, durch Leos Arm, den er um mich gelegt hat, durch die Polster und die Matratze mit der Gummiauflage, das Betoneisenskelett des Hauses und die asphaltierte Straße hindurch bis in tiefes, weiches Erdreich, das mich endlich auffängt, bevor mir mit der Fallgeschwindigkeit der Atem ausgeht.

»Sag mir, wo die Pfeile sind«, muntere ich ihn auf und streiche zart über seine Haut. »Ich hole sie und du kannst üben.«

Leo legt mir seinen Arm um die Schultern und hängt sich mit vollem Leogewicht an mein Rückgrat. Ich ziehe ihn unwillig weiter, bis er halb aus dem Bett heraushängt wie ein Darm aus einer offenen Wunde.

»Ich komme nicht bis ins Arbeitszimmer«, stößt er hervor. Er klingt, als ob er den Tränen nahe wäre, sie aber mit aller Kraft unterdrückt, vermutlich fehlt ihm genau diese für den Versuch aufzustehen. Ich bin gnadenlos, ich zerre weiter an ihm.

»Komm, Leo. Das geht.«

Ich will selbst nicht daran glauben, dass er einfach in diesem Bett mit mir bis ans Ende der Tage liegen wird, ich will nicht mit ihm gemeinsam unter seiner vertraut stinkenden Decke gefangen hier liegen, ohne eine Aussicht, dieses Zimmer je wieder zu verlassen, und die Feuchtigkeit um seine Augen tut mir weh. Ich kippe ihn mit Anstrengung zurück auf die Polster und gehe suchen.

»Im Arbeitszimmer, im kleinen Kasten, neben dem Schreibtisch. Im Federpennal«, weist mich Leo laut an, er klingt wie ein Chirurg, der seine Assistentin zu präzisem Arbeiten animieren möchte und die Worte besonders deutlich artikuliert.

Das Kästchen kann ich erst öffnen, nachdem ich ganze

Stöße von Zeitungen und Arbeitsunterlagen beiseite geschoben habe, sie fächern sich vor mir auf wie Nastjas Tarotkarten, ich ziehe wahllos eine heraus, sie lautet: »Sehr geehrter Herr Brandstegl, wie bereits vorhin besprochen, geht die beanspruchte Dauer Ihres Urlaubs in Ordnung. Wir haben bereits für Ihre Vertretung gesorgt.«

Der Name ist unleserlich, Leo hat eine Kaffeetasse auf dem Brief abgestellt, viele Male, absichtlich, die braunen konzentrischen Kreise überlappen sich und verbinden längs gezogene Kaffeeflecken auf dem Papier zu abstrakter Malerei, aus der hie und da Buchstaben hervorscheinen und ein Stempel mit blauer Unterschrift.

Ich drehe das Blatt, die Unterschrift ist jetzt oben, Leos Name unten, kopfüber hängend. Leo ist der Gehängte, Brief ist Karte und alles ist anders.

»Hast du's?«, schreit Leo aus Leibeskräften aus seinem Krankenzimmer heraus, und ich antworte nicht, ich lasse die Leotarotkarte auf den Haufen seiner restlichen Geschichte fallen und greife ins Kästchen und finde das Pennal. Er hat es bestimmt in einem Schulbedarf im Ausverkauf erworben, um zu sparen. Ein Skateboard ziert die Seite, die man beim Aufziehen des Reißverschlusses aufklappt. Ich nehme den Pfeil heraus, der abgegriffen, fast abgekaut darin liegt, und beeile mich, das Theater hat mich viel gekostet, viel Zeit und viel Aufwand, ich werfe das Pennal einfach auf den Boden zu den anderen Gegenständen, die Tür hinter mir zu und laufe ins Vorzimmer.

»Hast du's?«, wiederholt Leo noch lauter, als ich an seiner Tür vorbeigehe, in den Flur, zum geöffneten Fenster, auf dem das junge Mädchen halbnackt hockt und sich in der warmen Herbstsonne provokativ räkelt. Ihr Haar kunstvoll im Gesicht. Als sie ihr grünes Auge faul in meine Richtung hinübergleiten lässt, ziele ich und werfe und verfehle es nur knapp. Sie schreit und greift nach ihrer Schulter, aus der Leos abgekauter Plastikgriff ragt, mit der rostigen Nadel des Pfeils in ihrer Haut, die schon von einem kleinen karmesinroten Tropfen benetzt ist, und ich nutze den Moment und ducke mich unter dem Fenster und schleiche lautlos in den Gang zurück.

»Sie setzen Gewalt als Konfliktlösung ein. Ist das sinnvoll?«

»Ich muss für niemanden Vorbild sein, finde ich.«

»Sie haben doch einen Sohn, sagten Sie.«

»Er ist schon groß.«

»Was macht er?«

»Darüber möchte ich nicht sprechen.«

»Und als er klein war?«

10

Mein Sohn spielt im Garten, er läuft zwischen den hohen Gladiolenstämmen umher, die ihn um mehrere Köpfe überragen, rote, gelbe, weiße Fontänen von aufgehenden Blumenblättern, er lacht, er schwenkt ein weißes Schmetterlingsnetz auf einem feinen hölzernen Stäbchen. Um ihn herum flattern die Objekte seiner Jagd auf, als er mit einer groben, wilden Bewegung in den Busch springt, der den Schmetterlingen am besten schmeckt. Ganze Schwärme steigen um ihn herum auf und verstreuen sich mit unruhigen Zickzacklinien in den Sommerhimmel. Er lässt das Netz fallen und legt seinen Kopf in den Nacken, um ihnen nachzusehen, halb geblendet, sein Haar glänzt in der Sonne wie Vogelgefieder, er ist so klein und leicht, dass ich fürchte, er könnte in das stechende Blau ohne jedes Weiß entschwinden, den Schmetterlingen hinterher, wenn er es nur wollte. Er schreit.

Meine Mutter hat sich hingelegt, die Sonne machte sie noch im Haus müde, wo sie sich vor ihr verbarg, im Unterschied zu mir und meinem Sohn ist ihre Haut auch im Mittsommer noch hell und unberührt, so farblos fast wie ihr Haar, das sie immer noch lang trägt, in einem Zopf gebunden, unter einem Tuch aus leichtem Stoff versteckt, wie ihre Haut hinter den leichten Baumwollvorhängen versteckt wird. Sie ist unberührt und mädchenhaft, mit vorwurfsvollem Blick auf meine bloßen, braungebrannten Beine, mit denen ich ins Haus laufe, ohne mir Hausschuhe überzustreifen, und den Dreck des Gartens ins Vorzimmer trage, die staubigen Abdrücke meiner Füße markieren meinen Weg durch das Erdgeschoß und seine Räume ganz genau: in die vollgeräumte Speisekammer, wo unzählige bauchige Marmeladetöpfe in ordentlichen Reihen das Holzregal füllen. Viele Stunden geduldiger Arbeit eingeschlossen in Glas. Bernsteinmarmelade.

Meine Schwester geht täglich um Beeren in den Wald, wenn ich da bin, helfe ich ihr ab und zu, und mein Sohn begleitet uns gerne, der Wald ist riesig und unberechenbar, es gibt dort Füchse und Bären, und wenn man weiß, wo man suchen soll, riesige wilde Erdbeer- und Himbeer- und Heidelbeerfelder. Wenn man sie erreicht hat, kann es den ganzen Tag dauern, bis wir unsere geflochtenen Körbe angefüllt haben. Ich betreibe eine Umkehr von Aschenputtel und stecke meinem Sohn die besten Exemplare in den verschmierten Mund, während die wurmigeren im Korb landen, bis mich meine Schwester dabei erwischt und schimpft. Die Beeren sind für den Markt bestimmt, für fremde Gaumen, die es wert sind, gefüttert zu werden.

Im Herbst muss der Erlös der eingekochten Marmelade die Beheizung des Hauses garantieren können. Wir speichern uns die Sommerwärme ins Glas, indem wir den Reichtum des Waldes speichern. Bernsteingläser, denke ich wieder, eine goldgelbe Reihe, dann eine schwarzviolette, eine in Rubinrot gehalten. Ich greife nach einem davon und nehme es unverschämt.

Ich suche nach dem schönsten, nach der perfekten Farbe, satt und dicht, schraube es noch auf dem Weg in die Küche auf, tauche den Finger ein und lecke ihn ab. So schmeckt das Leben auch, denke ich mir, so dicht, so intensiv fruchtig und süß. Ich tropfe eine goldgelbe Spur hinter mir her ins Bad, in die Küche, wo ich die gläserne Wasserkaraffe fülle, um meinem Sohn zu trinken zu bringen.

Ich sitze mit meinem Sohn auf der Terrasse, die in den Garten führt, ein Tablett auf meinem Schoß, ein Krug kalten Wassers neben uns auf den moosüberzogenen Steinstufen. Er hat Blütenblätter hineingestreut, die er zwischen den Himbeerstauden abgerissen hat, akkurate, weiße Halbmonde, so zart wie kleine Schmetterlingsflügel, schwimmen auf der Oberfläche und kleben sich an den Rand der Glaskaraffe. Die gelben Mittelteile der Himbeerblüten hat er gesammelt, in seiner kleinen Kinderhand verborgen, die er mir nun unter die Nase hält und vorsichtig öffnet, als wären echte Schmetterlinge darin, die jeden Augenblick auseinanderstieben könnten. Seine Hand duftet nach Kinderschweiß und Sommergras.

»Schau«, sagt er und lächelt geheimnisvoll.

»Was hast du da?«, frage ich ihn, um das Spiel nicht zum Stocken zu bringen.

»Spatzen«, antwortet er mir, noch leiser als vorher, seinen Mund nahe an meinem Ohr, der Atem kitzelt mich ganz leicht hinter den Ohrläppchen, fast erotisch. Ich möchte, dass er weiterspricht, schließe die Augen.

»Spatzen«, wiederhole ich. »Was machst du mit Spatzen?«

Und er sagt: »Ich warte, bis große Tauben aus ihnen geworden sind.« Und ich sage: »Aus Spatzen werden nur Spatzen, Liebes, keine Tauben.«

Und er lacht. Lacht sehr selbstsicher über die Torheiten einer groben Erwachsenen.

»Aus meinen Spatzen werden Tauben. Um Mitternacht, wenn du schläfst.«

»Gut«, sage ich und lehne mich näher hin zu seinem Kindermund, umarme ihn und lege meinen Kopf zu seinem. Es ist heiß, ich höre Hummeln brummen, kein Windhauch rührt den Kastanienbaum, in dessen Schatten wir sitzen.

»Warum Tauben, was brauchst du denn Tauben, mein Täubchen.«

»Tauben bringen die Briefe«, sagt er mit großer Selbstverständlichkeit.

»Du kannst doch gar nicht lesen.«

»Für Großmutter«, sagt er. »Wenn Großvater wieder da ist, geht sie mit mir Eis essen.« Dann macht er eine kleine Pause. »Sie schlägt mich, wenn du nicht da bist.«

»Wie lange waren Sie von zu Hause weg?«
»Üblicherweise immer ein, zwei Monate. Je nachdem.«
»Und wie lange waren Sie dann in der Heimat?«
»Maximal zwei Wochen.«
»Sind Sie lieber unterwegs gewesen?«
»Natürlich nicht. Ich habe einen Sohn.«
»Aber Sie gingen dennoch immer wieder fort.«
»Ich dachte, ich hätte das bereits erklärt.«

11

Wenn ich über das Wiener Pflaster gehe, denke ich oft an den Weg bis zum Haus meines Vaters. An die Wegstationen, an die Tankstellen, an die Bahnhöfe. An die Stadtzentren und leeren Felder.

Ich gehe und denke, dass es hier kein Ghetto gibt, das Ghetto muss nicht eingezäunt und abgegrenzt werden hier, es ist allgegenwärtig, es durchdringt alle Schichten der Gesellschaft und lange, lange wartet man auf den Golem, der einen vor dieser Entzweiung bewahren soll.

Das Wiener Pflaster ist anders als die silbern schimmernde Granitechsenhaut der Prager Innenstadt, anders als die riesigen Plätze um den Warschauer Bahnhof, dessen mächtige Betonsäulen durch Asphalt und Erdschichten dringen, um sich darunter fortzusetzen.

Sollten einzelne der klobigen Wiener Pflastersteine sich lösen wie alte verfaulte Zähne, rücken hier unverzüglich die Straßenarbeiter aus, um alles wieder in Ordnung zu bringen, nicht wie bei uns, wo die Wege verschlungen und die Straßen baufällig und voller Löcher sind, voller Schlammseen, in denen schon einmal Autos stecken bleiben und Betrunkene ertrinken können.

Ich erinnere mich, wie ungern ich mich in der Gegend um den Bahnhof herumtrieb, es gab dort viele, die dieselben Ziele hatten wie ich. Es gab auch viele, die nicht mehr wiederkamen. Unter der Erde hatten Kioskbesitzer ihre Buden in den verworrenen halbdunklen Gängen, eine neben die andere gereiht, verzerrte Musik, aus jedem Laden etwas anderes, deckte die Schritte mit Kakophonie zu, das Licht machte einen nicht unbedingt begehrenswerter. Es roch immer schlecht hier, nach Kunstleder und Fett und penetranten Süßigkeiten, man konnte in diesem eigenartigen unterirdischen Ameisenbau nicht lange stehen bleiben.

Ganze Straßenzüge des Warschauer Ghettos wurden bei meinem vorletzten Besuch von reichen Immobilienhändlern aufgekauft, sie waren gerade dabei, die geschichtsträchtigen Fassaden zu behalten, auf denen riesige Planen mit Fotos der Vertriebenen und Ermordeten hingen, um das Innere der Häuser zu entkernen. Ich schätzte diese Baustellen, denn sie boten praktischen Unterschlupf, wenn es dunkel wurde und die Arbeiten bis zum Morgen ruhten. Man konnte den Himmel sehen, als ob man am Strand nächtigen würde, und man fühlte sich wild und frei.

Wenn man einen wachsamen Schlaf hatte, wie ich, hörte man sich nähernde Schritte sehr gut in den leeren Räumen, die von den offenen Flächen ehemaliger Fenster durchbrochen wurden. Man konnte auf mannigfaltige Art und Weise fliehen oder aber, hinter den tragenden Wänden versteckt, auf eine gute Gelegenheit zur Attacke warten, ohne sich in die Gefahr des Entdecktwerdens zu begeben. Zu schade, dachte ich, zu schade, sie werden wohl bald mit dem Einziehen neuer Stockwerke beginnen. Mit dem Einsetzen großer Penthousegläser. Dem Legen heller modischer Böden. Mit ihren idiotischen Terrassen.

Zu meiner größten Zufriedenheit wurden die Bauarbeiten lange unterbrochen, als man einen riesigen steinzeitlichen Felsbrocken im Untergrund fand, einen zögerlichen Erdversuch, das Flache dieses Landes mit einem Bergmassiv zu durchbrechen, ein Versuch, der im Keim erstickte. Das Land und damit das spätere Warschau blieben flach, und der zukünftige Berg ruhte, ein Weisheitszahn, der sich nie wieder in Bewegung setzte, vom Erdfleisch sicher umhüllt, bis zu jenem Moment, als die Menschen mit ihren lächerlichen Buddelversuchen auf ihn stießen.

Ich sah ihnen zu, wie sie aufgeregt umherliefen, durchaus vergleichbar mit den Ameisen, in deren Haufen ein großes Stück Brot oder ein alter Schuh gefallen war, im Versuch herauszufinden, ob der Fund von Wert war und die Aufregung lohnte.

Schließlich wurde das Fossil gehoben, in zwei Teile zersägt und abtransportiert. Ich verließ die Stadt bald darauf und fuhr nach Hause, und als ich wesentlich später wiederkam, sprach keiner mehr von dem Stein.

All diese Städte, die ich wieder und wieder aufsuchte, auf dem Weg zurück, auf dem Weg hin, sie alle veränderten sich während meiner Abwesenheit, nicht unmerklich, Stück für Stück, wie Menschen altern oder Blumen wachsen, sondern brutal wie ein Schlag ins Gesicht, und fast genauso unerwartet. Die alte Ordnung lag mit der neuen im Ringkampf, und die Menschen gerieten den beiden Giganten ständig unter die Füße und in die geballten Fäuste, man konnte aber keineswegs behaupten, die Menschen hätten ihnen auszuweichen versucht, bis auf ein paar wenige, die manchmal trotzdem in die Räder der widerstrebenden Maschinerien gerieten. Zwischen den stalinistischen hohen Prachtbauten, die mich immerzu an alte Sciencefiction erinnerten, an Metropolis, wie Fritz Lang es sich imaginierte, wuchsen Konsumtempel in die Breite, neben den ewigen Lichtern der Kriegerdenkmäler, an denen immer noch Soldaten mit dicken Mützen und geschultertem Gewehr standen, selbst steinern geworden zwischen den Steinsäulen und den Bronzeurnen, sprossen schiefe Bretterbuden, die Coca-Cola anboten. Die immer gleichen Logos der immer gleichen Global Players breiteten sich über Glas und Spiegel, ansteckend, laut, frech, im Bewusstsein ihrer Weltmacht, die anderen Weltmächte hatten ja zu existieren aufgehört. Die Menschen drängten sich mauloffen vor den glänzenden Auslagen, das Wasser lief ihnen im Mund zusammen, und der Blick trübte sich, nicht anders, als in der Tiefsee die kleinen Fische von den großen mit Licht in der Finsternis angelockt wurden, bis es zu spät war.

Mir lag weder am alten System noch am neuen, denn beide hätten mir weder zu helfen, noch mir ernstlich zu schaden vermocht, solange meine Wege im Schatten lagen und meine Rückkehr leise genug vonstatten ging. Der Strom war früher leistbarer gewesen, genauso wie Ärzte, die zwar gut gebildet waren, aber zu wenig Handhabe gegen die Gründe des Arztbesuches besaßen. Das Leben war nun teurer, aber dafür verdiente ich sogar jetzt noch mit einer Woche Prag, mit drei Tagen in Wien mehr, als ich früher in einem Monat zu Hause verdient hätte. Ich denke wieder daran, dass es Zeit wäre, heimzukehren. Eigentlich wäre es an der Zeit. Ich erinnere mich unwillig an die letzten Wiedersehen.

*

Meines Vaters Haus, kühl im Sommer, dunkel, voller Schatten, während draußen die Sonne brannte und die Feldfrüchte ihrer Reife entgegenwuchsen, das Gras auf den Feldern verdorrte, bis es gelblich und trocken war wie in der Savanne. Der staubige Weg, der zum Haus meines Vaters führte, den ich immer wieder beschritt, an seiner statt, halb so dringlich erwartet, aber mindestens doppelt so gebraucht wie er.

Der Hund des Nachbarn ist tot. Keiner holt mich bereits auf halbem Weg von der Bushaltestelle, um mich freudig zu begrüßen, wenn ich, beladen mit fremden Gütern, als kleiner Karawanenrest des großen Zuges in den Westen wiederkehre, und ich hebe die Knochen meiner letzten Mahlzeiten für niemanden mehr auf.

Meine Knochen bringe ich mit, meine Haut, mein Sehnen, und ein wenig Geld, und sie nehmen es und danken ab und zu und stoßen mich unter Vorwürfen über meine Unbeständigkeit wieder zur Tür hinaus, denn es ist nie genug, um bleiben zu können, und ich will auch nie genug mithaben, um zu bleiben.

Ich wische mir den Schweiß aus den Augen, setze den Rucksack ab, nehme einen Schluck aus der Wasserflasche, denke nicht mehr an die Orte, von denen ich komme, noch an die, die zu erreichen sind. Denke an den leisen Tag, der mich mit stehender Hitze umgibt, an das Zirpen der Grillen am Wegesrand, fast so laut wie in Griechenland, denke an die griechischen Hunde, so frei wie ich, nicht so gebrochen wie der des Nachbarn, der durch Tritte und Leckerbissen leicht manipulierbar geworden ist, und hoffe auf die innige Umarmung, die ich, wenn ich die Steinschwelle des Hauses überschreite, ab und zu erhalte.

Ich bin müde, denke ich, ich bin müde und ich stelle mir die frischen Laken vor, die leicht knistern, wenn man sie anfasst, gestärkt von der Hand meiner Mutter, von meiner Schwester im Garten aufgehängt, von der Sonne gebleicht, reines Weiß auf meinem Körper, das abfärbt und reinigt und ihn wieder jung und stark macht. Kurzfristig.

Neben der Straße wachsen Disteln und Wiesenblumen. Ich pflücke Kornblumen, pflücke Klatschmohn, pflücke kleine gelbe Blüten, die wir als Kinder »die Hühnerblindheit« genannt haben, weil eine alte Bäuerin sich einen Spaß mit uns erlaubt und uns eingeredet hatte, die Farbe der Blätter würde die Vögel blenden. Erwachsene waren trügerisch und wir mieden die Pflanzen daraufhin sehr lange, man konnte ja nicht sicher sein, ob sie nicht auch Kinder blenden könnten. Der Strauß in meiner Hand nimmt ganz beachtliche Ausmaße an, er wird auf unserem Küchentisch gut aussehen, am Abend, wenn wir endlich alle zusammenkommen.

Nun ist es nicht mehr weit. Ich kann unseren hohen Zaun bereits sehen, die offenen Fensterläden, die Vorhänge sind vorgezogen, um das Dunkel nicht zu stören, und ich erahne durch den Vorhang den Umriss einer schmalen vornübergebeugten Figur am Fenster.

Der Wind bläst eine der Stoffbahnen zur Seite, ich sehe sie am Tisch sitzend, die Hände sind unaufhörlich in Bewegung. Ich sehe sie immer deutlicher, je näher ich komme. Sie sitzt allein da.

Meine Füße beschleunigen ganz von selbst. Ich spüre mein Herz mit beschleunigen. Was wohl mein Sohn macht, wie es ihm wohl geht …

Sie bricht die Erbsenschoten mit einer entschlossenen Bewegung auseinander, löst eine Erbse nach der anderen aus den grünen Strünken, die in einem Haufen auf dem Holztisch vor ihr aufgetürmt sind. Nimmt ein ums andere Mal die grünen kleinen Kugeln und legt sie in eine weiße Emailschüssel. Ihre Arme sind noch zerbrechlicher geworden, ich betrachte diese

Arme, die mich gewiegt und geschlagen haben, und spüre ein schmerzendes Mitleid, mit ihren Verirrungen, mit der erbärmlichen, vergehenden Zeit, die wir nicht ändern werden können, mit ihrer Einsamkeit, die ausschließlich auf ihren Starrsinn zurückzuführen ist. Neben ihr ein großer Krug mit Wasser, aus dem sie ab und zu mit kleinen kontrollierten Schlucken trinkt. Ich sehe ihre Hände unaufhörlich im Fenster tanzen, die immer gleiche Bewegung ausführen, hinunter, auf die Seite, wieder hinab. Sie blickt auf. Ich winke.

*

Es ist immer noch heiß, und Leo leidet immer, wenn es heiß ist, er hat keine Klimaanlage, aber Durst und Schmerzen, ich habe zwei Ventilatoren um sein Bett aufgestellt, das macht den Tag erträglicher, obwohl er sich mit dem künstlichen Wind auf seinem verschwitzten Körper mit Sicherheit erkälten wird, er weiß es, weigert sich aber, diese leichtsinnig kurzfristige Erleichterung aufzugeben, er will nicht an die Nacht denken, die kühler sein wird, sondern sich jetzt retten können, Leo wird aggressiv, wenn die Temperaturen steigen, er jammert, er wirft sein Geschirr, er flucht, sein Gesicht wird noch röter und breiter, wenn er schreit, um sich gleich darauf unter Tränen zu entschuldigen, wenn ich mich dann wortlos in die Küche verzogen habe, ohne eine Reaktion, und dort das Radio laut aufdrehe, um seine Stimme nicht zu hören, das Splittern der Tassen und Untertassen, und Tee trinke, schwarzen starken Tee mit viel Zucker. Das hilft, wenn man die Hitze nicht verträgt, aber die meisten Europäer haben das immer noch nicht begriffen. Ich trinke meinen schwarzen süßen Tee und höre Radio Stephansdom, automatisch eingestellt auf Leos altem Radiogerät, noch von seiner Exfrau, er hat nichts verändert, Stephansdom in der

Küche und Radio Antenne im Schlafzimmer. Leo brüllt. Ich drehe noch lauter auf. Kirchenchöre ergießen sich über mich, dringen in den Hof hinaus, übertönen die Geräusche vom Lokal gegenüber, das Lachen, das Gläserklirren.

Was für eine Reinheit, denke ich.

Später kehre ich gnädig zurück, huldvoll und ruhig, kehre schweigend die Scherben um sein Bett zusammen, wische die Speisereste weg, die Kaffeelachen am Boden, Leo begleitet das gut eingespielte Ritual mit dem ebenso rituellen Gewinsel seiner Entschuldigungen, bis ich fertig bin, gehen sich einige Runden aus. Später setze ich mich zu ihm ans Bett und lege ihm ein feuchtes Tuch auf die Stirn und halte seine Hand, bis er aufhört zu weinen, bis er anfängt, mich belohnen zu wollen, mit eigenartigen Ideen und unbrauchbaren kleinen Dingen, die ich ablehnen werde.

»Ich will Eis«, greint Leo, »geh bitte einkaufen.«

»Im Eisfach liegt Vanilleeis«, antworte ich unwillig, ich will das Haus noch nicht verlassen, jetzt, wo die Straßen noch glühen.

»Ich will kein Vanilleeis, ich will was Besonderes, für dich.«

»Ich brauche nichts Besonderes.«

»Ich will, dass wir ein gutes Eis essen. Zusammen.«

»Wenn du mir wirklich eine Freude machen willst, lass mich Rosen holen.«

»Die verblühen doch eh gleich. Ich will, dass wir zusammen Eis essen!«

»Ich hol später gutes Eis«, wimmle ich ihn ab.

»Du weißt doch gar nicht, wo.«

»Der Italiener an der Ecke.«

»Nein, Diana, geh zum Eissalon am Schwedenplatz, geh in die Innenstadt.«

»Das dauert viel zu lang, Leo.«

»Das ist das beste, das feinste, sagt man. Ich beschreib dir den Weg.«

Ich seufze. Ich kann mich noch an den überfüllten Eissalon in der Nähe des Donaukanals erinnern. Wir waren schon einmal dort, als Leo noch abends flanieren konnte, eine Runde um den Stephansdom, einmal die Kärtner Straße entlang, das ging vor ein paar Monaten noch.

Alle zehn Minuten rasteten wir auf den Metallbänken, die überall im ersten Bezirk aufgestellt sind, dadurch zogen sich diese Spaziergänge, ins unerträglich Langsame, ins erstickend Langweilige für mich, während diese Abende für Leo ein wildes Abenteuer darstellten, gierig betrachtete er die Menschen, die uns umgaben, hörte den Gesprächsfetzen zu, die an uns vorbeigetragen wurden, glotzte am Stephansplatz im Schatten des riesigen Steindomes die küssenden Pärchen an, bis es mir unangenehm war, als könnte er auch ihnen ein wenig Lebenskraft entziehen, indem er sie in seinen starren schamlosen Blick schraubte. Er soll bekommen, was er will.

»Ich komme in vier Stunden«, sage ich, ziehe das weiße Sommerkleid seiner Frau über meine Brust, die Hüften hinunter, streiche den Saum um die Knie glatt. Es ist zu weit. Ich mag das. Nehme sein Handy und trage es in die Küche. Schlüpfe in meine abgetragenen Sandalen, die neben dem Bett stehen. Schultere die große Stofftasche, die Leo mir geschenkt hat. Vielleicht werde ich mir auf dem Weg zurück meine Rosen leisten.

»Bitte nicht«, flüstert er.

»Bis dann«, sage ich, nehme seine Geldbörse und schließe die Tür leise und vorsichtig hinter mir.

Im Bus sind die Menschen noch dichter aneinandergedrängt als sonst, es wirft uns in jeder Kurve Haut an Haut und Schweiß an Schweiß, wir sind geölt, wir sind intensiv riechend, nach Mensch oder Deo oder unpassend frischem Parfüm. Ich wundere mich, was all die anderen Körper aus dem Haus getrieben hat oder aus dem Büro. Es ist früher Nachmittag, und der Bus ist so voll wie noch nie. Ob wohl viele einen launischen Leo zu Hause liegen haben, denke ich mir, und dann noch: Ich war so lange nicht mehr auf Wanderschaft, dass diese stetige sinnlose Vor- und Rückwärtsbewegung meines Lebens fast verblasst ist. So lange nicht mehr unter freiem Himmel geschlafen, im Regen Schutz unter Bäumen, Scheunen und Dachvorsprüngen gesucht. So lange nicht mehr in fremden Autos gesessen. In fremden Wohnungen. Fast unwirklich scheint es, dieses tägliche Nachhausekommen, anders, als das Nachhausekommen in meines Vaters Haus, aber auch tröstlich.

Der Bus nähert sich der Endstation, ich kann die Staatsoper erkennen, auf der gegenüberliegenden Seite, und dazwischen menschengefüllte Straßen, die ins Innerste der Innenstadt führen, an den Prunkgeschäften vorbei, den glänzenden riesigen Glasflächen, die Exklusivität vorgaukeln nur durch ihre exklusive Lage, denn die Ware ist Massenproduktion und wird den Massen nicht passen. An Millionen Frauenschultern kantig wegstehen, an Milliarden Schenkeln spannen und Falten werfen, deren Besitzerinnen sich trotz allem exklusiv fühlen werden, und im Leben geht es doch ums Gefühl, sagt man hier.

Bei uns geht's nicht ums Gefühl, bei uns geht's ums Überleben, würde ich gerne einwenden. Aber die Hiesigen kontern dann, dass man ohne dieses Gefühl nicht überleben kann, und die Katze unseres gegenseitigen Nichtverstehens beißt sich erneut und kräftig in den Schwanz und wir drehen uns schwungvoll weiter aneinander vorbei. Ich betrete inmitten der Menge die schöne Altstadt, biege von der breiten Fußgängerzone der Kärntner Straße schnell ab, um den Touristenströmen zu entgehen, so viele habe ich hier noch nie gesehen, und es werden immer noch mehr und mehr. Überquere ein paar Gässchen, setze meine Füße mit besonderem Bedacht auf das abgeschlagene Kopfsteinpflaster, zwischen den alten Steinen staut sich Pferdeurin.

Die Fiaker fahren diese Route mehrmals stündlich. Die Pferde tragen bunte Ohrenschoner und Kopfschmuck, der an indische Elefanten und venezianische Masken erinnert, sie stehen stundenlang in der prallen Sonne vor dem großen Dom. Hier ist überall Kopfsteinpflaster, nicht die Marmorplatten, die es in Rom gibt, nicht die engen asphaltierten Gassen, die die Kanäle entlanglaufen, von gebogenen kleinen Brücken unterbrochen, wie in Venedig, nicht die großzügigen Boulevards von St. Petersburg oder London oder Warschau. Würde man sie alle festhalten, die nachgezeichneten Routen meiner Wanderung, sie würden wohl einen dichten Teppich voller sinnlos verschlungener Muster bilden, von meinen Füßen ins europäische Festland gewebt.

Ich sehe konzentriert auf den Boden, auf die Collage verschiedener Steinquader. Erdbraun, rindengrau, meergrün, quarzschwarz, eierschalenfarbig gesprenkelt, fein abgestufte Töne. Steinschuppen angeordnet wie die Panzer großer uralter Schildkröten, als könnte die alte Stadt ihren Rücken plötzlich krümmen und die Neubauten und Eindringlinge abwerfen, die sich ungefragt in ihr eingenistet haben, die Schanigärten und die billig eingerichteten Touristenfallen.

Ich darf weder mit den Absätzen steckenbleiben, noch das Leder weiter beschädigen, hohe Absätze sind das Erste, was an einem Schuh das ärmliche Leben verrät, abgetretene Sohlen, weghängende Stückchen Leder, Kratzspuren, verblassende Farben.

Kurz bevor ich den Graben erreiche, laufe ich in eine gewaltige Menschenmenge hinein, es staut sich bis in die anderen

Seitengässchen, Frauen mit Fächern, Männer mit Fotoapparaten, alle mit Karten, manche sogar mit Feldstechern ausgerüstet. Es ist absurd, sie stehen da mit Operngläsern, mitten auf der Straße. Ich versuche, an ihnen vorbeizukommen, es erweist sich als unmöglich, die Bewegung der Menge hat mich in die Gasse hineingeschoben und kommt nun vollständig zum Erliegen, dicht stehen die Menschen nebeneinandergedrängt, ich kann weder vor noch zurück, ohne Gewalt anzuwenden. Alle Augen sind nach vorne gewandt, in Spannung, in Ehrfurcht gar, scheint mir, die Stimmung hat etwas vom atemlosen Begaffen eines Unfalles auf offener Straße gemischt mit der atemlosen Bewunderung eines seltenen Exponates im Museum.

Und während wir da regungslos stehen und gaffen, donnert ein tiefes Grollen, ein gewaltiges Glockenwummern über uns hinweg, das vom gotischen Dom herüberdringt. Mir fällt auf, dass ich dieses Glockenläuten des Stephansdomes noch nie bewusst gehört habe. Verglichen mit den satten schwingenden Tönen erscheint das Glockenläuten anderer Kirchen geradezu mickrig und nicht weiter ernst zu nehmen, die Schwingungen nehmen ihren Ausgang Hunderte von Metern über meinem Kopf und münden schwer und satt in meiner Magengrube.

Wenn ich mich auf die Zehenspitzen stelle, kann ich weiter vorne eine Absperrung erkennen, neben der Polizisten stehen, der Anblick der blauen Uniformen löst eine gewohnte Schockwelle aus, die das Glockenläuten aus meinen Eingeweiden sofort vertreibt, nur eine leise nagend wohlbekannte Angst bleibt über.

Gut, dass ich in dieser Menge an Fremden stehe, meine Angst ist absolut überzogen. Ich weiß das, bekomme sie aber trotzdem nur langsam in den Griff. Ich hole die Gratiszeitung, deren Bilder ich mir im Bus angesehen habe, aus der Tasche und beginne mich ebenso entspannt damit zu befächeln wie die Damen links und rechts von mir, ich setze meine Sonnenbrille auf und lächle den anderen zu, ich bin ab sofort Teil der Gruppe.

Diese Gruppe setzt sich langsam in Bewegung und zieht mich mit, sich gegen den Strom zu stellen, ist nicht ratsam, wir gehen in vorsichtigen Halbschrittchen, ich spüre Ellbogen und Kameraobjektive in meinem Rücken, in meiner Brust, seitwärts hineingebohrt, Atem im Nacken. Ich bin froh, Stöckelschuhe zu tragen, ich bin sehr klein, ich könnte sonst nichts als Achselhöhlen sehen.

Wir passieren ein Antiquitätengeschäft, dann ein geschlossenes Kaffeehaus, eine Galerie. Die Lichter sind abgedreht, auf der Auslage klebt ein großer gelber Zettel, auf dem ich, meinen Kopf verdrehend, lesen kann:

»Heute habsburgbedingt geschlossen«, während ich überlege, was dieses seltsame Wort bedeuten könnte, fällt es mir wieder ein, die Ankündigungen im Radio, zwischen den Chören und den Predigten, die ich nicht verstehe, ein Begräbnis stehe an, der letzte Kaiser sei gestorben, ich bin nicht sicher, ob ich alles auch wirklich verstanden habe, es klingt absurd. Seltsam, Österreich ist doch keine Monarchie, denke ich.

Der letzte Kaiser klingt so realistisch wie Kaiserin von China. Ich versuche mich an die Sendung zu erinnern, Otto von Habsburg, genau, das war sein Name. Was für ein Trara für einen, der doch kein Kaiser ist, nur sein Sohn.

Mir fällt ein, dass Leo, der eher mehr der Esoterik als dem Monarchismus zugeneigt ist, mir am Anfang, bald nachdem ich eingezogen war, von der Kaisergruft erzählt hat, und dass dort, in kunstvollen goldenen Töpfen die Herzen der Habsburger einmariniert lagen wie Heringe in Salzlake, mit Gottesstrahlen dran und Engeln und allem, was für die Ewigkeit üblicherweise so dazugehört, und dass er sich das ansehen wolle.

Dabei bekam seine Stimme einen Unterton, der mir nicht gefiel, und ich sagte ihm noch, er solle sich um seine Innereien kümmern und nicht um die der Habsburger, das stünde ihm und seiner Gesundheit besser zu Gesicht.

Wir warten also hier alle auf Otto, hauptberuflich Kaisersohn. Der letzte der Wiener Dinosaurier, und wie ein Präparationsobjekt werden sie auch ihn ausweiden und auseinandernehmen und auf verschiedene Institutionen verschiedener Städte aufteilen, ich glaube, dass die Nieren in Wien bleiben dürfen. Wo Leos Nieren enden werden, weiß ich nicht, nicht, in welchem Spital, nicht, in welcher Erde welchen Friedhofes.

Habsburgbedingt stecke ich nun in einer kleinen Gasse fest, zwischen Begräbnistouristen und Monarchisten, zwischen zitternden, weinenden, zarten alten Frauen, adrett in Staubmäntel gekleidet, in beigefarbenen Strümpfen und beigefarbenen teuren Schuhen, die haben ihm wohl noch mit rosigen Wangen und enggeschnürten Taillen bei Paraden zugeseufzt, und eine jede wünschte sich, sich wenigstens kurzfristig die Monarchie einverleiben zu dürfen, als Prinzessin über Nacht.

Ich stecke fest zwischen Spaniern und Japanern und alten Wiener Mädeln, wir schwitzen und weinen ineinander hinein, hier ist der einzig wahre Schmelztiegel, nicht in New York.

Die Gasse endet in der bereits von mir von weitem erspähten Absperrung, der Menschenstrom wird mich zu diesem Gitter spülen, mich dagegendrücken, direkt in die Arme der beiden Beamten hinein, und so draufgängerisch fühle ich mich nun doch nicht. Ich muss irgendwie von diesem vorgezeichneten Weg abweichen, in die Seitenbereiche, zurück zur nächsten Abzweigung.

Ich ramme meine Füße entschieden in den Boden, um dem Schub der Menschenmassen zu widerstehen, und sie schleifen mich erneut weiter, ich versuche, die Leute hinter mir zu treten, kann aber nicht weit genug ausholen, ich fahre meine Ellbogen aus und bin bereit, diese auch einzusetzen, sie drehen sich nach mir um, sie murmeln, sie schauen irritiert. Aber sie bleiben nicht stehen.

Das Gitter ist nun ganz nahe, ich kann die gelangweilten Gesichter der Polizisten erkennen, zwinge mich, ruhig nach vorne zu blicken, neugierig, genauso wie all die anderen, ich verdränge die Bilder von Leos Leib, der hilflos in seinem Bett verrottet, weil ich das Telefonkabel zuvor aus der Wand gerissen habe und sein Mobiltelefon in der Küche liegt, in einer Schublade, von der er nichts weiß. Dieses Bild, denke ich, hat das Bild meines Sohnes abgelöst, das üblicherweise auftaucht, wenn meine Reise gefährdet scheint, die Last, für zwei Personen verantwortlich zu sein, duldet nicht viele Bilder.

Mein Blick will zurückgezwungen werden, aus dem Inneren ins Äußere, und ich suche Oberflächen, an denen er hängenbleiben könnte, Federn, glänzende schwarze Federn, Samt. Ich kneife die Augen zu. Gelber schwerer Samt mit schwarzem Muster darauf, ausgebreitet über dem Sarg, hängt auch an Fahnenstangen herab, die in würdevoller Langsamkeit an uns vorbeigetragen werden. Hinter der Absperrung zieht eine Prozession dahin, zieht aus dem Dom über den abgesperrten Graben, unter der Pestsäule hinweg, zieht langsam, langsam Richtung Kapuzinergruft, von der sogar Leo weiß, nicht aber ich, weil ich mich weigerte, mit ihm diesen Ausflug zu unternehmen.

Schade, denke ich mir, jetzt weiß ich nicht, wohin sie alle gehen, weiß nicht, wo die Absperrung aufhört, nicht, wie lange das alles noch dauern wird. Eine der vier Stunden ist um.

Leo bleiben noch drei mal sechzig Minuten Anspannung.

Wir gehen wieder fünf Schritte. Der Polizist links versucht, nicht allzu auffällig in der Nase zu bohren. An ihm vorbei geht nun eine ganze Abteilung Männer, gekleidet in krachlederne Hosen, Hosen mit einem lächerlichen Steg zwischen den grün gefassten Trägern, bestickt mit Hirschhornknöpfen. An den haarigen, nackten Waden grobgestrickte Stutzen, an deren Saum schwarze Quasten baumeln. Sie tragen diese Latzhosen, die ihnen etwas Kleinkindhaftes verleihen, voller Stolz, und ebenso stolz tragen sie zu den Lätzen und den Stutzen auch echte Bajonette, deren Klingen in der Sonne glänzen. Eine Reihe passiert mich, die nächste, im Takt der Musik. Irgendwo muss eine Kapelle spielen, aber ich kann weder Anfang noch Ende des Zuges erkennen, sie werden sich noch lange, lange weiterwälzen, geziemenden Schrittes, sie sind aus allen Ecken und Enden Österreichs hierhergekommen, um ihre letzte Ehre zu erweisen. Die Federn wogen über den verschwitzten Stirnen. Die Gesichter sind bitterernst. Die Bewegungen betont langsam, Zeitgeschichte in Zeitlupe.

Lasziv, denke ich mir wieder, Showgirls sind ein Dreck dagegen, und dann denke ich noch, dass wir seinerzeit für solchen Kopfschmuck gemordet hätten, Nastja und ich. Wie schön dieses Rabenglänzen gewesen wäre zu unserem noch dunkleren Haar, stahlblau im Licht der Nachtlokale, die Münder schnell geöffnet und die Geldbeutel auch.

Die Federabteilung ist vorbei, nun kommen welche in rotem Samt, dahinter in gelben Kostümen, mit Säbeln in blauen Futteralen, mit kleinen Hütchen, keck schief auf den Köpfen sitzend. Es ist die reinste Modeschau, die zwischen provokativ und ländlich changiert. Ich bin fasziniert, ich habe so lange fasziniert getan, bis ich es wirklich fühle, ich denke kaum noch daran, dass ich nun dem nasebohrenden Polizisten fast gegenüberstehe. Er hält seine linke Hand vor die Nase und hebt die rechte immer wieder verstohlen hoch, während der andere gelangweilt auf seine Schuhspitzen starrt. Vermutlich stehen sie schon seit langer, langer Zeit hier, und die Pracht des Umzuges hat seine Wirkung auf sie verloren.

Ein Raunen geht durch die Menge, ein ansteigendes Rauschen, wie eine Welle rollt das Geräusch näher an uns heran. Ich sehe in einiger Entfernung den Sarg, den acht Männer tragen, edles glänzendes Holz, darüber eine schwere Samtdecke, auf der ein schwarzer doppelköpfiger Adler abgebildet ist. Die Decke wirft Falten und der Adler verrenkt sich aufs Ungebührlichste.

Das ist er. Ein kleiner zarter Körper, von schwerem Holz umschlossen.

Ein Aufseufzen geht durch die Menge, ich seufze mit, wir machen einen erneuten Ruck nach vorne, alle zusammen ein großes Einatmen und Ausatmen und Vorwärtswerfen, um näher an ihm zu sein.

Ich berühre den Polizisten nun an der Hand, die er auf das Geländer gelegt hat, als ob er den Druck der Masse mit seinem Arm aufhalten könnte. Er sieht hoch, er sieht mir ins Gesicht, aufmerksam, er will etwas sagen, ich spüre, wie sämtliche Farbe aus meinem Gesicht entweicht, meine Füße werden kalt und mein Kopf heiß, mein Herzschlag schwerer als das Glockenläuten der weltberühmten Pummerin. Er öffnet den Mund und ich werfe mich verzweifelt gegen das Gitter, schlage mit der Hand darauf und brülle: »Ich muss da durch, ich muss in mein Geschäft, lassen Sie mich da durch!«

Und er sagt: »Ich kann Sie nicht durchlassen, der ganze Graben ist gesperrt, Sie müssen warten.«

Und ich schreie noch lauter, dass ich Kosten haben werde und Ärger mit den Kunden, und er soll mich augenblicklich, augenblicklich passieren lassen, sofort!

Und er verdreht die Augen und spult einen Satz herunter, den er heute vermutlich schon unzählige Male von sich gegeben hat: »Sie können da jetzt nicht durch, aber Sie können eine Honorarnote an die Habsburger stellen, wegen beerdigungsbedingtem Verdienstentgang.«

»Frechheit!«, brülle ich und tue so, als hätte ich ihn verstanden, obwohl er mir völlig bedeutungslose Wortgebilde hinwirft, als ob ich in meiner Tasche nach Schreibuntensilien suchen würde oder nach Bürounterlagen. Ich habe natürlich keine, aber ich kann das Spiel jetzt nicht mehr unterbrechen. Ich will nicht, dass meine Hände enthemmt vor ihm tanzen, wenn sie nicht mit handfesten Aktionen beschäftigt sind.

Er beugt sich näher zu mir hin, mir wird übel vor Angst, ich kann seinen Atem riechen, im Unterschied zu Leo sauber und frisch, mit einem Anklang von Kaugummipfefferminze. Er ist jung und seine Zähne noch weiß, obwohl er schon dunkle Ringe unter den Augen hat, ich sehe die Fältchen deutlich, ein feines Netz, das erst in mehreren Jahren zu richtigen tiefen Linien gerinnen wird, ich zähle sie, um ruhig zu wirken.

»Aber, unter uns gesagt«, flüstert er verschwörerisch, »stellen S' die Honorarnote lieber an die Francesca Habsburg, nicht an den Karl. Der ist nicht nur fetzendeppert, der hat auch kein Geld.«

Die Menge ist dem Sarg nachgezogen. Ich bewege mich von dem Spektakel fort und arbeite mich langsam, langsam am Gitter entlang. Das Pompepizentrum verlagert sich Richtung Gruft, es kommen nicht mehr viele Marschierende nach, das Interesse der Touristen sinkt. Nur die alten Damen und Herren sind noch hier. Hinter uns stehen mehrere Rettungsautos. Ich weiche zurück, in eine Seitengasse hinein. Ich wage nicht, stehen zu bleiben. Später drücke ich mich an der abgasgeschwärzten Wand des Domes entlang, die schadenfreudigen Gargoylengesichter über mir, die Teufelsfratzen und Mariengestalten, in trauter Zweisamkeit in Stein erstarrt. Ganz hinten auf der Rückseite parkt, von niemandem beachtet, ein schlichter Leichenwagen, auf dem »Bestattung Wien« steht. Der Kaisersohn ist gekommen wie jeder andere auch, mit öffentlichen Transportmitteln. So wie ich.

Als ich schon fast die absurde Szenerie verlassen habe, um den Stephansplatz herum, dann durch mehrere Durchgänge voller feiner Läden, die Tee und Rasierpinsel und Spitzenunterwäsche feilzubieten haben, und mich langsam, in Irrwegen und labyrinthisch verschlungenen Seitenpfaden, Leos Lieblingseissalon nähere, der in drei Minuten Luftlinie zu erreichen gewesen wäre, sehe ich eine Frau meines Alters, die mir mit entschiedenem Schritt entgegenkommt. Sie trägt ihr ergrautes Haar in einem lieblosen Herrenschnitt, vermutlich selbstgemacht. Sie trägt ein verwaschenes Hemd und ebenso fahle Jeans. Alles an ihr ist fahl, als hätte sie sich aus dem Stein des Domes gelöst, die Haut, die Kleider, die Haare. Sie sieht mich direkt an, mit ernster Miene, der Mund ist verzogen. Um den Hals trägt sie ein großes Kartonschild an einem Paketseil, in krakeligen Buchstaben steht darauf: »Bonjour Tristesse, au revoir Habsburg Noblesse.«

Und während ich noch versuche, diesen Text zu entziffern, lacht sie wütend, wendet sich von mir ab und verschwindet in einem der leeren Gässchen. Das Grau ihres Gesichts erinnert mich an Leo. Ich drehe mich nicht mehr nach ihr um.

»Wir sollten uns überlegen, was wir für Sie tun können.«

»Das sollten wir.«

»Könnten Sie sich vorstellen, zurückzugehen?«

»Vorstellen? Sicher.«

12

Meine Schwester wartete auf mich im Schnee an der Haltestelle, die Haare straff aus dem Gesicht gekämmt. Sie trug sie neuerdings so wie meine Mutter, das Gesicht war blasser als sonst, dünner. Eine Falte hatte sich um den rechten Mundwinkel gelegt, ihr Gesicht wirkte immerzu verzerrt. Ich schloss aus ihrem Auftritt, dass Pjotr vermutlich Geschichte war, wollte aber nichts dazu sagen. Wir alle haben Verluste zu ertragen, denke ich, wozu darüber reden, sie bleiben Verluste, Kollateralschäden, kleine biografische Wunden mit roten Rändern. Ich stieg aus, hob den Rucksack aus dem Bus, stellte ihn ab. Wir sahen uns an und zögerten, einander in die Arme zu fallen, sahen uns ein bisschen zu lange an und umarmten uns doch. Der Rucksack kippte auf der vereisten Fläche um, sie löste sich von mir und stellte ihn mit Anstrengung wieder gerade hin.

»Wie war der Winter?«, fragte ich.

»Wie immer«, sagte sie. »Der alte Michail ist am Wochenende erfroren.«

Ich denke an all die betagten Menschen, die jedes Jahr in ihren bescheidenen Wohnungen zu Eispuppen erstarren, Rauhreif auf Wangen, Stirn und Kinn, die man besser nicht wieder auftauen sollte. Des Geruchs wegen.

»Hat ihm denn niemand geholfen?«

»Doch.«

Ich schulterte den Rucksack und wir gingen, wie schon früher, schlitternd über das gefrorene Eis in Richtung unseres Hauses. Ich sah sie aus dem Augenwinkel an. Sie bemerkte es und blieb stehen.

»Ich sage es dir gleich: Die Stimmung ist furchtbar. Er war … wir haben ihn einsperren müssen. Mutter ist mit den Nerven fertig.«

»Wie lange habt ihr das getan?«, schreie ich.

»Solange es nötig war!«, brüllt sie zurück. »Wenn du nicht auf der ganzen Welt herumhuren würdest, wäre es wohl nicht nötig gewesen!«

Ich hebe die Hand, um sie zu schlagen, sie duckt sich.

»Soll ich hierbleiben?«, sage ich dann zuckersüß und lächle mein heimtückischstes Lächeln. »Ich mache das sehr gerne, weißt du. Ich denke die längste Zeit daran, dass ich hierbleiben möchte.«

Sie senkt den Kopf. Sie hat kleine spitze Ohren, wie die meiner Mutter, in der Kälte laufen sie rot an. Es beginnt zu schneien, der Schnee packt alles lautlos weg, dämpft unsere Schritte, dämpft unseren Atem, macht alles gleich, Boden, Himmel, Bäume, alles. Auf ihrem blonden Haar schmelzen Flocken in dunkle Sprenkel, in ihren Augen schmilzt die Wut zu wässrigen Angstlacken, in Rinnsalen die Wangen entlang, wenn der Eiswind ihr mit voller Wucht ins Gesicht bläst. Kurz vor unserem Haus bleiben wir erneut stehen, ich zögere einzutreten, ich habe Angst.

In einem der Fenster leuchtet eine Kerze, leuchtet vermutlich für mich, damit ich als heimkehrendes Schiff nicht den Heimathafen verfehle und im Nebel verlorengehe, meine Fracht ist zu wichtig, als dass ich verlorengehen dürfte.

Der Schein, den die Flamme im Halbschatten des Rahmens verursacht, springt plötzlich unruhig hin und her und wirft verzogene schwarze Flächen, jemand hat die Tür im Zimmer geöffnet, ich starre hinein und kann nicht erkennen, wer es ist, er oder sie. Ich sehe nur den Widerschein der weißen Kerze im Fenster vor dem weißen Schnee.

»Ich bleibe hier«, sage ich dann nochmals, und diesmal klingt es nicht wie Hohn.

Sie sagt: »Wie stellst du dir das vor?«

Aus dem Halbdunkel des Kerzenscheins taucht hinter dem Fensterblumeneis eine hagere Figur auf, verschwommen wie der Körper einer alten Meerfrau, wie der eines Seehundes im Becken hinter dem Glas im Wiener Zoo: meine Mutter. Sie schiebt die Gardine noch weiter zur Seite, lehnt sich gegen das Fensterglas, das beschlagen ist, um hindurchzublicken. Ihr Atem greift in die Eisblumen und dünnt sie aus, bis sie mit einer Handbewegung die gelösten Reste beiseite schiebt. Ihr Gesicht erscheint über der Kerze im Rahmen. Sie lehnt sich mit der Stirn gegen das Fenster und verzieht den Mund zu einem Lächeln. Ich sehe sie an und will es ihr so gerne glauben, die Freude, die Erwartung, will glauben, dass das mein Zuhause ist, in dem jemand sehnsüchtig auf mich wartet, in dem ein Bett gerichtet ist, ein warmes Essen. Meine Schwester zieht an dem Träger meines Rucksacks.

»Mir ist kalt hier draußen«, sagt sie. »Komm rein, wasch dich. Mutter hat ein Bad eingelassen.«

»Sie sagen heute nicht viel.«

»Ich habe heute nichts zu sagen.«

»Wir können gerne auch schweigen, bis Ihre Stunde um ist.«

»Warum nicht. Wir haben zu Hause auch viel geschwiegen.«

»Gut. Soll ich das Fenster aufmachen?«

»Nein.«

13

Das Haus. Unser großes, steinernes Haus, mit den dunklen Schatten im Flur, mit den immer verschlossenen Fenstern. Mit vielen Räumen, zu vielen Räumen für drei elende kleine Frauen.

Bald nach Vaters Verschwinden kamen Soldaten und nahmen meiner Mutter den Schlüssel weg und quartierten sich in unseren Schlafzimmern ein, die Bibliothek meines Vaters, in der wir im Winter mit dem Roller fahren konnten, so schnell, dass die Bücherwände zu unsteten Farbschlieren verwischten, die gefrorenen Eisblumen in den Fensterläden, war nun immer laut, eng, verraucht, die Soldaten spuckten ihren Kautabak in die Ecken, aufs Parkett, sie sangen am Abend unanständige Lieder, manchmal sogar schon in der Früh, sie belästigten uns nicht, schonten aber auch meine Mutter nicht, die sie bedienen musste, Essen bringen, Wasserkübel schleppen für ihr Badewasser und ihren Tee.

Meine Schwester und ich gingen stundenlang den immer gleichen Weg, durch einen kleinen Waldstrich, die Dorfhauptstraße entlang, zum Brunnen hinunter und wieder hinauf. In den verschneiten Wipfeln saßen schwarze Vögel und sahen uns nach. Wir wussten nicht, wie sie hießen.

Die Raben waren schon längst in den Süden gezogen, ich wusste noch nicht, dass auch ich das später tun würde, die Raben und ich würden erst in Wien und dann in Italien überwintern. Die Eiskruste auf der oberen Schicht der Schneewehen funkelte die Sonne in den Himmel zurück, dort, wo sie nicht hinkam, lagen Schatten totenhautbläulich zwischen den Bäumen. Wir schlitterten auf den vereisten Flächen dahin, vergossen das Wasser, mussten umkehren und noch einmal schöpfen. Wir traten uns unterwegs, wenn eine ungeschickter wurde als die andere, und zerkratzten uns die Gesichter, sollte dabei ein Kübel entglitten sein, wie wilde Katzen, denn wir durften nur zu zweit gehen und natürlich ergab sich daraus, dass wir zu zweit umkehren mussten, um das verschüttete Wasser zu ersetzen. Wir trugen dicke Handschuhe, die, durchtränkt vom Brunnenwasser, an unsere Finger froren, und dicke Filzhüllen über unseren Lederstiefeln, die unsere Bewegungen lautlos und tolpatschig machten, wie Bären, die im Luftleeren tanzen gingen.

Die Soldaten sangen uns lustige Lieder vor, vor allem abends, wenn die Stimmung stieg und das Feuer im Kamin brannte. Wir durften auf ihrem Schoß sitzen, während die Wein- und Wodkaflaschen ihre Runden machten und die Stimmen immer gröber wurden, immer lauter, manchmal brachen sie mitten im Lied ab oder ersetzten die auch uns Kindern altbekannten Zeilen der Volksmusik mit Unanständigkeiten. Meine Mutter wurde rot und ihre Lippen wurden ganz weiß und schmal, aber sie wagte nicht, uns mit den Männern alleine zu lassen. Ich saß auf vielen, vielen unterschiedlich riechenden Männerknien und Männerschenkeln und Männerschößen und fragte mich, was wohl darunter war, unter dem groben Stoff, unter der groben Haut. Sie waren warm, sie waren fremd, aber erinnerten mich trotzdem an Vater, mit dem herben Geruch der Kleider, mit ihrer Breite und der Festigkeit. Sie ließen mich Hoppahoppareiter spielen und manchmal bildete ich mir ein, mehr an meinen Hinterbacken zu spüren als Stoff und Muskeln, manchmal bekam ich Angst, manchmal fand ich es einfach nur fremd und dadurch spannend, diese unmerklichen, halb verborgenen Bewegungen hinter dem Stoff.

Diese Bewegungen erinnerten mich später immer wieder an die Schwingungen des Vorhangs, bevor er gelüftet wurde, wenn man im Saal saß, im roten Samt, mit Blick auf die Bühne, die noch verschleiert war, als müsste sich die Geschichte erst dahinter zusammenbrauen, als entstünde alles das erst, was schon längst geprobt und festgelegt, auswendig gelernt worden war, erst mit diesen leichten Bewegungen der vorübereilenden Schauspieler und Requisiteure auf der anderen Seite des Vorhangs.

»Gibt es etwas, das Ihnen Freude macht?«
»Ja. Rosen.«

14

Ich liebe meine Rosen, ihren Duft, ihre Blätter, zu verlockenden Kelchen geformt aus Hunderten kleinen zarten Blättern, zarter als die Lippen eines jeden jungen Mädchens, rot, gelb, orange, zarter Farbverlauf von innen nach außen, und ihre resoluten Dornen, die jeder zu spüren bekommt, der sich ungebührlich schnell nähern will.

Diese Blumen haben das, was ich nie haben konnte, Leichtigkeit, Distanz, Schönheit ohne Zweck, ihr Duft erinnert mich an unseren Garten, an die Ecke, die mir gehörte, wo ich Rosen zog, eine alte Nachbarin hat mir ein Stöckchen geschenkt, weil sie zu Recht ahnte, es bald nicht mehr zu benötigen. Sie sagte, ein junges Mädchen und ein kleines Stöckchen würden besser zueinanderpassen als sie altes Weib mit ihren knorrigen Fingern, die von der Gicht in wunderliche Formen gedreht worden waren.

Ich setzte den Stock in einem entfernten Winkel des Gartens ein, weil ich fürchtete, meine Mutter könnte fragen, woher er stamme, und ihn entwurzeln und entfernen, aber sie beachtete den Störenfried lange Zeit nicht, denn meine Schwester war im Frühling an einer schlimmen Darminfektion erkrankt und lag nun gelb und grün in den Kissen und spie, was meine Mutter lange auf Trab hielt.

Als er größer wurde und blühte, ließ meine Mutter dies geschehen, als eine Art Opfer für die Gesundung meiner Schwester, die, ungewohnt zierlich geworden, auf unserer Terrasse saß, mit einer warmen Decke um die hageren Schultern, und ihren Kamillenblütentee trank, den meine Mutter ihr literweise einflößte.

Die Rosen waren gelblich orange, eine seltene, eigenartige Farbmischung, ich hatte diese Art zuvor niemals gesehen, viele kleine warme Sonnenaufgänge nur für mich. Ich schnitt die erste Blume, die sich öffnete, ab und stellte sie in einem Glas aus geschliffenem Kristall neben mein Bett, um jeden Morgen daran riechen zu können, bevor ich aus dem Fenster sah.

Später kaufte ich neue Stöckchen in der Stadt, brachte sie in Seidenpapier gewickelt mit, vorsichtig wie ein Neugeborenes trug ich sie, vorsichtig wie das in viele Schichten Spitze gewickelte Paket, in dem fest eingewickelt und bewegungslos ein kleiner Mensch lag, von dem in den vielen bestickten Stoffbahnen nur das kleine, faltige und alte Gesichtchen sichtbar war, so wie ich später meinen Sohn brachte, vorsichtig und verschreckt. Ich setzte die Rosenstöckchen ein, wenn ich zu Hause war. Flammende, weiße, pfirsichfarbene Teerosen. Meine Schwester hatte gelernt, sie für mich zu pflegen, so wie meine Mutter später meinen Sohn pflegen würde, halb unwillig, halb erfreut darüber, eine Aufgabe zu haben und gebraucht zu werden, eine Form von Macht auf mich ausüben zu können, denn ich fragte oft und die ersten Monate recht bange nach dem Zustand meiner Rosen, und manchmal ließ sie sich genüsslich lange Zeit, bevor sie mir antwortete, dass alles in Ordnung sei.

Als aber eines Frühjahrs ein heftiger Sturm über den Garten fegte, rannte sie in den Hagel hinaus, um den vom Wind gebeutelten Strauch mit ihrem eigenen Körper zu schützen, sie weinte fast, als sie mir davon erzählte, dass ein Teil abgerissen worden wäre, trotz ihrer Bemühungen, sie trocknete die abgerissenen Blumen für mich und zeigte sie mir, als ich kam, in einer langen Reihe in einem Holzkästchen, das mit blauem altem Samt ausgekleidet war, vermutlich ein altes Futteral für eine Waffe oder ein eigenartiges Musikinstrument, das sie auf dem Dachboden gefunden hatte, sie zeigte sie mir fast stolz wie Museumsexponate, wie einen Beweis ihrer Treue und Verlässlichkeit.

Wenn ich zu Hause war, saß ich oft im Garten zwischen den Rosenstöcken und lernte Texte auswendig, der Geruch der Rosenblätter untrennbar verknüpft mit Shakespeares Tragödien und Tschechows scharfsinnigen Charakterstudien. Teile der Texte lösten sich Jahre später aus dem tiefen Dunkel meines Unbewussten und strebten an die Oberfläche, wenn ich diesen charakteristischen Geruch in der Nase hatte, auf Reisen, in Hotelzimmern, sogar wenn ich in Wien an den Rosenverkäufern vorbeiging, die monströs riesige Buketts, breiter als ein Hünenrücken, geschultert auf ihren Lederjacken trugen. Hamlets Verse lagen mir da ungefragt auf der Zunge, bereit, rezitiert und dargestellt zu werden, plötzlich, absurd, eine Textstelle, die sich collagenhaft mit anderen Stücken mischte, mit Komödien, mit Operetten, so wie der Rosenduft sich mischte mit dem herben Geruch des Leders und des Zigarettenrauchs. Ich fand, dass diese Zutaten den reinen Rosenduft entweihten, meine Straße drohte auf meinen Garten überzugreifen, und ich kaufte oft Rosen, für die ich eigentlich kein Geld hatte, um sie zu retten.

»Versuchen Sie sich zu erinnern, was passiert ist, bevor Sie zu uns gebracht worden sind.«

»Ich habe keine Ahnung.«

»Versuchen Sie es, es ist sehr wichtig.«

»Mir ging es sehr schlecht, glaube ich …«

15

Ich stelle Leos Habseligkeiten, die ich aus dem Spital geholt habe, achtlos in der Küche ab und das Teewasser zu. Der Tee wird mir helfen, so wie er Leo immer geholfen hat. Ich setze mich mit Leos Tasse hin und versuche zu trinken, verbrühe meine Lippen sofort und setze sie wieder ab. Das Zimmer ist plötzlich zu groß. Mir wird schwindlig. Ich werde die Tür nicht finden. Ich will nach Hause.

Ich schließe hilflos die Augen und versuche, meines Vaters Haus zurückzuzwingen, das sich in lauter schattenhafte Flecken aufgelöst hat, in Nebelschleier, beschlagene Zeitfenster zwischen mir und ihm. Es wird jetzt wohl verfallen sein. Wenn meine Schwester ihre Liebschaft nicht retten konnte, wird ihnen niemand mehr bei den Reparaturen der Fassade helfen, niemand bei der Pflege des großen Gartens, der von Jahr zu Jahr mehr verwildert. Das viele Holz, das gekauft oder aus dem Wald gebracht werden will, um den großen Ofen zu beheizen, wenn die Schneestürme draußen die alten Bäume rütteln und deren Äste brechen. Das Heulen des Windes hinter dunklen Fensterscheiben, der eisige Hauch des gefrorenen Glases, durch das man die Landstraße nicht erkennen kann, nur eine märchenhafte Blumenlandschaft. Ich lasse die Lider über meine müden Augen gleiten, dunkelrote Wärme umhüllt mich, behaglich wie das Sitzen am Feuer, mit einem gebratenen Apfel am Teller und einem Löffel Honig daneben, ein Buch am Schoß, das weder ich noch meine Schwester lesen können, aber um die Bilder darin streiten wir uns.

»Die da bin ich!«, schreit sie und legt ihren Finger auf die Darstellung einer schönen Kaufmannstochter, die den Prinzen ehelichen soll, mit einem Geschmeide auf der Stirn und einem kleinen pelzigen Muff, in dem ihre Hände verschwinden, sodass sie ihm nicht mal den kleinen Finger reichen kann, während er zu ihren Füßen kniet. Der Saum ihres Kleides hat dasselbe Muster wie die Zierleiste, die die Seite einfasst.

»Ich bin aber die! Die!«, antworte ich noch schneller und stecke meinen klebrigen Finger durch das Papier hindurch auf die andere Seite des Blattes, von dem ich annehme, dass das Bild darauf die verzauberte Froschkönigin zeigt, und bohre dabei ein Loch quer durch die schön gezeichnete Kaufmannstochterbrust im roten Festkleid.

Meine Schwester kreischt und rennt los, und ich bleibe aufrecht vor dem Kamin sitzen, weil es keinen Sinn hat, der Strafe entgehen zu wollen. Frost und Eis drinnen und draußen, klirrend, schmerzhaft, genau abgegrenzt von der Wärme rundum. Ich öffne die Augen, das Licht ist hell und schneidend, das Zimmer wieder da. Ich versuche mich zu bändigen, mich zu zwingen, weiter am Küchentisch sitzen zu bleiben, vor meiner Tasse mit erkaltetem Tee, mit meinen Bildern im Kopf, mein Sohn, ihm sinkt der Kopf auf die Brust, und er hat ein Bäuchlein angesetzt, ich werde bald wiederkommen, bald, bald.

Nur noch ein wenig, weiß ich, eine Aufgabe noch, und dann ist Ruhe, dann entspannen wir uns, dann ist die Heilung da, dann gibt es Segen. Der Segen der fruchtbaren Erde, der weiten

Flur, des grenzenlosen Reichs, keine Grenzen mehr. Nie wieder!

Ich sehe die Tasse an, ich weiß nicht mehr, warum ich sie abgestellt habe. Es ist eigenartig, sie steht bestimmt schon lange da, der Dampf, der üblicherweise über ihr hängt, ist verschwunden, verschwunden wie viele meiner Gesichter im Nebel, wie meine Wege im Schnee, wie der Hauch, der über der gewaschenen Schwelle stehen bleibt, wenn man mit Leidenschaft wartet.

Kein Nebel über meiner Tasse, ich kann ihren Inhalt gut sehen, regloses, braunes Wasser, so reglos wie die Pfützen, durch die ich wanderte, die meinen Schritt geschluckt haben und ausgespien und wieder verschlungen. Verschlungen sind die Wege, verschlungen ist das braune Wasser, ich werde das alles nie wieder entwirren können, obwohl ich es versuche, so sehr, bis sich mein Magen zusammenkrampft wie Michals Ziehharmonika, aber ich bringe keine so schönen Töne aus ihm hervor, es riecht übel, und es klingt schlecht, alles, was ich loslasse, riecht übel, was aus mir hervorkommt, ist verdorben, und all meine nächtlichen Mahnwachen werden es nie ändern.

Ich nehme die Tasse, ich sehe sie an, das dunkle Wasser ist Bedeutung, es will mir etwas sagen, kein Zufall ist dieses Braun in diesem abgeschlagenen Weiß, ich muss den Hinweis nur noch richtig deuten, ich fühle es, ich bin mir ganz sicher. Und dann muss ich lachen, weil das zu Deutende doch lustig und so leicht ist, und ich werfe die Tasse mit einer weit ausholenden Geste aus dem Fenster, hinunter in den Innenhof, und sehe dem Teewasser zu, wie es sich in einem filigranen Bogen von ihr trennt und einen anderen vielgesichtigen Weg nimmt, und dann will ich es wissen, endlich wissen, wohin dieser Weg führt, wenn man ihn konsequent zu Ende geht, ich will ihn zu Ende gehen, konsequent, und ich laufe leichtfüßig aus der

Wohnung und werfe die Tür zu, weil ich möchte, dass sich ihr Echo an meine Fußsohlen heftet auf dem Weg hinab und gemeinsam mit mir Töne macht, ich verliere einen Stöckelschuh auf meinem Lauf, und der Ton des einen Fußes verstummt, bleibt nur noch der andere und das Echo.

Ich stürme in den Hof, das Wasser ist verschwunden, es regnet draußen, fremdes Wasser überall, das mir den Weg weist, den ich kurzfristig wieder aus den Augen verloren habe, heim zu Mütterchen, hinunter zur Erde, die den gleichen Farbton hat wie mein Tee, und ich bekomme Durst, einen Hunger vielmehr, einen so großen Hunger, dass ich weiß, er füllt mich aus und wird meine Grenzen bald erreichen und überwinden, und dann löscht er mich aus, und bevor das passiert, knie ich mich schnell nieder, ich bin eine, die überlebt, ich bin die, die weiß, wie man überlebt, und ich knie mich schnell nieder und versenke meinen Mund ins feuchte Erdreich, um diesem Hunger sofort und machtvoll Einhalt zu gebieten. Der Geschmack ist satt und nussig, die Farbe erinnert mich an Schokolade und nahrhaftes Brot, russisches Brot, das viel dunkler und gehaltvoller ist als das hier. Das falsche russische Brot knirscht zwischen meinen Zähnen.

Die Erde ist weich und feucht, Sommerregen hat sie für mich gelockert und erwärmt, ein Sonnenregen, den ich auf meinen Schulterblättern spüre, als ich mich nochmals vertiefe, den Kopf ganz hinabstoße und wühle, mit dem ganzen Gesicht, mit den Händen, ich hebe die Finger und stoße auch sie ins Erdreich hinein, ich penetriere die Erde, vor und zurück, und es gefällt mir.

Der Geschmack ist nicht nussig, die Farbe erinnert mich mehr an Exkremente, ein krankhaftes Dunkelbraun, das einen mühevollen Verdauungsweg hinter sich hat, nach Krankheit stinkt und nach Verschlackung, diese Erdexkremente verfangen sich zwischen meinen Zähnen, legen sich um meine Zunge und verlangsamen meine Bewegungen, und ich spucke und setze mich auf und halte mir meine besudelten Hände vors Gesicht und beginne zu schreien, bevor ich die Finger alle in meinen Mund bohre, um den Schrei und den Dreck wegzuwischen, damit es zu spät ist.

»Ich glaube, ich kann mich jetzt ein wenig erinnern.«

»Das ist schön.«

»Nein, schön ist es keineswegs, Herr Doktor.«

16

Es sollte regnen, aber es regnet nicht. Draußen ist ein warmer Herbsttag. Kinder schaukeln in kurzärmeligen Leibchen, ich höre ihr Lachen im Vorübergehen. Die Mütter haben Sonnenbrillen auf und ein Lächeln. Draußen lauert die Gefahr. Draußen ist es billig und dreckig und nicht standesgemäß, das hat meine Mutter zwar nie gesagt, aber angedeutet, mit einem Stirnrunzeln, einem abschätzigen Blick. Mit einer harschen Bewegung der Schulter unter dem strengen dunklen Kleid, während sie in der Küche die Edelsteine putzte, die noch ihrer Mutter gehört hatten, große durchsichtig geronnene Tränen von früherem Reichtum, in goldene Fassungen gezurrt und in Zeitlosigkeit. Sie würde eher hungern, als das alles zu verkaufen. Ohrgehänge, Geschmeide, ein Ring, gezackt wie ein Stern.

Eines Nachts, als ich in meinem Bett neben meiner Schwester hochschreckte, nicht mehr einschlafen konnte, auch nicht an ihren warmen Rücken geschmiegt, und mich auf den Gang stahl, sah ich sie. Wie sie mit Juwelen behangen reglos vor unserem Spiegel stand. Sie hörte mich und wandte sich um, und ich sah, dass auch ihr Gesicht glänzte, mit den Tropfen der Steine und ihren eigenen. Seit dieser Nacht wurde ich das Gefühl nicht los, meine Urgroßmutter und Ururgroßmutter hätten unser Erbe fürsorglich für uns geweint, Tropfen für Tropfen erstarrte Geschichte vieler, vieler Frauen, die durch unser großes, kühles Haus gingen.

Leos Haus hingegen ist für mich verloren, alles, was uns gemeinsam war, ist verloren. Alles, was mir gehörte, als ich Leo gehörte, ist vorüber, wie unsere Zeit vorüber ist. Das Schloss ausgetauscht und meine Schlüssel nutzlos geworden.

Es sollte regnen, aber es regnet nicht, keine Tropfen in meinem Gesicht, kein Schmuck auf meinem Körper. Heute will ich frei sein. Die Sonne strahlt, ein schöner Herbsttag mit rot leuchtenden Blättern im stahlblauen Himmel. Die Luft ist noch warm, hat aber bereits einen Teil jener Härte, den Frost, der noch kommen wird, ankündigt. Das Gras neben dem Gehweg ist nicht mehr frisch, aber auch nicht welk, die Natur befindet sich im Übergang, genauso wie ich. Ich gehe langsam den Weg entlang und suche Leos Adresse. Ich bin das erste Mal hier, und es fällt mir schwer, die richtige Abzweigung zu finden, eine Runde drehe ich sinnlos im Kreisverkehr um eine ausladende Statue. Es ist sehr ruhig hier, aber nicht still, ich höre die Vögel in den Bäumen, die Äste im Wind, Kies unter meinen Stöckelschuhen, der die frisch reparierten Pfennigabsätze wieder ruiniert.

Ab und zu höre ich Gesprächsfetzen, wenn ich an Familien vorübergehe, oder einzelnen Besuchern, denn auch diese lassen es sich nicht nehmen, mit den Besuchten ein kurzes Pläuschchen zu halten. Ich betrachte angestrengt die Namen auf den Schildern, Familie Brenner, Medizinalrat Hübl, der besonders schöne Blumenstauden hat. Ich sehe immer schlechter und habe keine Brille, ich war noch nicht einmal beim Arzt. Meine Augen kneife ich zusammen und werfe Falten um die Schläfen.

Da ist er.

Sein Name auf seinem neuen Zuhause.

Diesmal sind die Nachbarn anständig ruhig und die Rosen taufrisch. Ich fühle mich kurz um die Bedeutung meiner Rosen betrogen, was machen sie hier, hier, wo es nichts Gutes mehr gibt, nichts, was mein Zuhause werden könnte, nichts, was es wert wäre, da zu sein. Neben der Steinplatte brennt ein rotes ewiges Licht, das mich sofort an das rote Licht erinnert, in dem wir uns das erste Mal gesehen haben, mein ewiges rotes Licht ist also nicht anders als seines. Die Erde um sein Grab herum ist frisch wie seine Blumen, sämig, locker, sie verjüngt sich zu einem schokoladedunklen Kuchen, gekrönt von Marmorglasur, auf der wie auf einer Geburtstagstorte Kerzen brennen.

Ich sehe mich um, vorsichtig und unauffällig wie immer, aber völlig unbegründet, denn seine Nachbarn links und rechts haben gerade keinen Besuch. Ich strecke meine Hand aus und streiche über die glatte Fläche des Grabsteins, meine Hand rutscht geübt unauffällig hinunter, die Länge der Kante entlang, und berührt zart die erste Erdschicht, und spreizt sich auf und bahnt sich ihren Weg tiefer, verschwindet bis zum Fingerglied darin und wühlt. Das ist tröstlich, das ist beruhigend, und ich gehe in die Hocke und nähere mein Gesicht der Feuchtigkeit der Erde und rieche daran, und das Gefühl, mich hineinzuschmiegen, wird unerträglich schnell unerträglich intensiv, so schnell ist es noch nie gegangen, ich fühle die Kontraktionen in meinem Inneren anwachsen, die mich ausdrücken wollen, mit ihr vermischen, vermengen und neu formen aus neuem Ton und neuen Rippen, ich atme tief und schnell, ich stöhne laut, ich schlage mir selbst auf die Finger mit den Fingern der anderen Hand, aber es ist vergebens, die Schwerkraft verdreifacht sich ohne Vorwarnung und reißt mich hinab zu Leos Grab und in seine Torte hinein, und ich würge und spucke und lecke dann alles Aufgewühlte unter meinem tränenfeuchten Gesicht ab, und es ist immer noch tröstlich, wenn auch ziemlich widerlich, und ich verschlinge große Stücke aus dem von mir mit meinem Gesicht gerührten Erdteig, in dem ich schalen Beigeschmack schwitzigen Fleisches wahrnehme, ich wühle in Leo, ich dringe in ihn ein, verdaue ihn, untrennbar diesmal, bleibend, ich werde ihn mit mir nach Hause bringen, wenn ich aufbreche, wenn ich mich nur nicht vorher übergeben muss, während der Brechreiz parallel zum Hunger wächst und ich mich nicht einordnen kann zwischen Fressen und Kotzen und zwischen dem Hineinschaufeln und Hinausspeien schwingen muss.

*

»Waren Sie jemals wieder in Leos Wohnung?«

»Nein. Seine Eltern haben sie versperren lassen. Und danach war ich bei Ihnen.«

»Was würden Sie sich jetzt wünschen, wenn Sie könnten?«

»Erzählen Sie mir ein wenig von sich.«

»Ich bin der, der Ihnen zuhört.«

Teil II

Danach

Fire on Babylon
Sinéad O'Connor

17

Ich erinnere mich: Die Welt war weiß und roch sauber. Gestärkt fühlte sie sich an. Gereinigt. Von all dem Schmutz befreit, vom Staub meiner Straße, von meinem Arbeitsschweiß und dem Geruch meines Sohnes und von den Tränen meiner Mutter. Ich holte tief Luft und die Luft roch sauber, klinisch, hundertprozentig frisch, unirdisch. Unwirklich.

Ich weiß wieder ganz genau, wie es war, ich bin sofort dort, mitten im Reinen. Ich atme den Rest des Drecks aus mir heraus, er bleibt in mir stecken, und ich huste ihn nochmals hoch und spucke ihn seitwärts auf den Polster, der sagenhaft hell an meiner Wange aufragt, weil ich keine Kraft habe, meinen unnützen, schweren Kopf anzuheben, und die Feuchtigkeit rinnt meine Haut entlang und verliert sich in den Stofffalten.

Der Raum ist hell und sauber und in beständiger Bewegung, er hält nicht einen Augenblick inne, während ich versuche, ihn immer wieder von vorne zusammenzusetzen, er entwindet sich mir in seltsames Licht hinein, das mich blendet.

Ich lecke über meine Lippen: Sie sind schleifpapiertrocken.

In einer erneuten Karussellrunde fährt ein Glas mit Wasser an mir vorbei, das auf einer silbernen Fläche neben dem Bett abgestellt ist. Ich hebe meine Hand aus dem Stoff um mich heraus und versuche danach zu greifen und fasse ins Leere.

»Guten Morgen«, sagt jemand an meinem Bett und greift nach der Decke über mir und schüttelt sie hoch, »wollen wir uns waschen?«

Ich weiß nicht, wie das mit Ihnen ist, ich für meinen Teil fühle mich allein durch die Sauberkeit um mich herum frisch, denke ich, aber ich kriege kein passendes Wort in meinen Mund. Mir hat es endlich jede Sprache verschlagen.

Feuchtigkeit an meinem Gesicht, ein Rütteln am ganzen Körper. Ich weiß nicht, ob ich weine oder gewaschen werde. Das Licht wird unerträglich.

Das Bewusstsein kommt und geht wie die Menschen um mich herum. Manchmal ist es hell, manchmal ist es dunkel, ich höre seltsame Geräusche vom Gang hereinwehen. Manchmal rufe ich nach Leo. Manchmal ist es sehr still.

Als ich die Augen aufschlage, sehe ich ihn neben dem Bett sitzen. Er sitzt schon lange hier. Die Zeitung ist ihm vom Schoß gefallen oder er hat sie weggelegt, und er sitzt auf einen kleinen Polster im Rücken gestützt in einem bequemen Ohrensessel da, sieht mich an und lächelt.

Ich kneife die Augen zusammen, der Ohrensessel ist bunt bestickt, mit einem abgewetzten, aber prachtvollen Stoff bezogen, der mich an die Stickerei im Haus meiner Mutter erinnert, mit Quasten an den Armlehnen, er hält eine blaue Porzellantasse in seiner feinen Hand und rührt mit einem feinen Löffel bedächtig in ihr herum, zweimal nach links drehend und einmal nach rechts, er trägt eine dünne Brille mit Silberfassung und sieht mich über sie hinweg an. Er hat seine schlanken Beine elegant übereinandergeschlagen. Sein Haar ist so silbern wie der Löffel und die Brille. Trotz des silbernen Haares hat er etwas verschmitzt Kindliches in seinem Blick, den er nicht senkt, bis ich blinzeln muss und die Lider schließe, und als ich sie wieder öffne, ist er weg.

Eine Woche später kann ich die Tage auseinanderhalten, die Gesichter der Schwestern, einzelne Stunden.

*

Eine weitere Erinnerung: Ich sitze auf seiner Couch, die mit einem weißen Überwurf bedeckt ist. Das Zimmer ist ruhig. Weicher Polster an meinem Kopf, meine Füße artig nebeneinander auf dem Rattanteppich abgestellt. Zwischen uns ein kleines Glastischchen, auf dem zwei Becher mit Wasser schweben, durchsichtig auf durchsichtig, als ich mich zu meinen hochhackigen Schuhen hinunterbücke, um sie anzuziehen, sehe ich drei durchscheinende Flächen übereinandergetürmt, den Tisch, den dickeren Boden des Glases und die Spannung des Wassers darüber. Irgendwo hat er eine Duftlampe versteckt, es riecht leicht nach Bergamotte und Zitrone und nach Medizin.

Neben ihm sitzt in der Ecke eine kurzgeratene, vollbusige Frau, schwarzgekleidet, mit schwarzem Pagenkopf. Sie sitzt unbeweglich, sie sieht zum Fenster hinaus, ohne mein Gesicht zu streifen. Starr. Konzentriert. Beißt sich immer auf die roten Lippen, bevor sie meinen Redefluss aufgreift, noch während ich spreche, und an ihn weiterreicht, gefärbt mit neuen Worten, denen ich vertrauen muss. Es fehlt die Zeit, sie zu überprüfen. Wie komme ich dazu, meine Geheimnisse einer anderen Frau anzuvertrauen. Ich will nichts von ihr wissen, ich will nicht einmal mehr wissen, dass sie bei uns im Raum ist, ich werde nicht mehr zum Fenster blicken, um ihrem Blick nicht begegnen zu müssen, ich werde sie niemals grüßen und ich werde sie nicht verabschieden, wenn ich gehe.

Er sitzt mir gegenüber, in einem gepolsterten, abgewetzten Ohrensessel, die Beine elegant übereinandergeschlagen.

Er lächelt. Ich starre zurück und lächle nicht.

»Wie heißen Sie?«, fragt er mich, er fragt so routiniert, dass mir klar wird, dass er mir diese Frage zuvor schon unzählige Male gestellt haben muss.

»Wie heißen denn Sie?«, fahre ich ihn an, um seine Reaktion zu testen.

Er stellt das Tässchen lautlos am Tisch ab.

»Wie heißen Sie?«, wiederholt er, ebenso höflich wie das erste Mal.

»Schicken Sie die Dolmetscherin weg.«

»Die Dolmetscherin bleibt da.«

»Ich kann für mich selbst sprechen.«

»Nicht in meiner Sprache.«

»Dann ignoriere ich sie ab jetzt.«

»Gut. Machen Sie das, wenn es Ihnen so leichter fällt. Wie heißen Sie?«

Ich merke, dass wir uns so noch sehr lange im Kreis drehen werden, er wird nicht nachgeben und ich will weg.

»Sie können mich meinetwegen Diana nennen.«

»Diana und noch?«

»Diana und nichts.«

»Sehr angenehm. Sie können mich gerne Dr. Petersen nennen.«

»Dr. Petersen und noch?«

»Das tut nichts zur Sache. Nicht.«

Sein Name sagt mir nichts, sein Gesicht nur wenig mehr. Wir schweigen.

»Sehen Sie, Diana, wir haben uns bis jetzt um Sie bemüht …«

»Ich habe nicht darum gebeten.«

Er lächelt erneut und hebt das Tässchen wieder, um noch einmal mit dem Löffel darin zu rühren.

»Ich glaube jedoch, dass es wichtig und richtig war.«

»Kann ich gehen«, sage ich. Es ist keine Frage.

»Sie können gern gehen«, sagt er zu mir und nippt an seiner Mokkatasse, schwarz mit Goldrand. Ich schweige störrisch weiter.

»Sie können gern gehen, wenn Sie mir glaubhaft versprechen können, dass ich Sie morgen wiedersehe, um fünfzehn Uhr. Hier.«

»Warum sollte ich«, schnappe ich zurück und schiebe das Wasserglas ruckartig von mir weg, Wasser schwappt über den Rand und bleibt als schwebende Pfütze auf der leeren Tischfläche zwischen uns liegen.

»Weil ich Sie sonst leider nicht gehen lassen kann«, lächelt er wieder.

Also wieder nur ein Trick. Ich kenne fast alle.

»Sehen Sie, ich will Sie nicht aufhalten, was immer Sie heute zu tun haben. Sie sind doch eine vernünftige Frau. Soweit ich weiß, haben Sie einer Behandlung zugestimmt. Sie haben mir das versprochen. Erinnern Sie sich?«

»Nein«, sage ich ganz ehrlich. Ich kann mich nicht daran erinnern, ihn jemals zuvor gesehen zu haben. Ich hätte alles versprochen, um von hier wegzukommen.

»Wann haben wir uns das letzte Mal gesehen?«

»Vor zwei Tagen.«

»Und wie lang war ich …«

»Drei Wochen.«

Mir wird übel. Ich habe über drei Wochen in diesem Krankenhaus verloren, und meine Mutter hat wohl unzählige Male versucht, mich zu erreichen. Ich weiß, dass das Geld schon längst aufgebraucht ist, das ich ihnen zuletzt überwiesen habe. Ich habe nicht einmal etwas übrig, um sie anzurufen. Ich habe nur das wenige, das ich bei Nastja untergebracht habe, meine Tasche und mein Gewand. In Leos Wohnung komme ich nicht hinein, und alles, was noch dort ist, ist verloren. Ich atme pfeifend aus, die entweichende Luft klingt wie ein Schrei.

»Ich muss gehen. Sofort.«

»Sie sind viel zu schwach, um das Spital zu verlassen, das ist völlig ausgeschlossen. Abgesehen davon: In dem Moment, in dem Sie das Spital verlassen, werden Sie abgeschoben. Hier sind Sie in Sicherheit.«

Es entsteht eine lange, lange Pause. Meine Stimme gehorcht mir nicht mehr.

Die Dolmetscherin nützt die unerwartete Arbeitspause und sieht sich verstohlen im Taschenspiegel an.

»Was können Sie mir schon anbieten«, sage ich schließlich kaum hörbar.

»Viel.«

»Reden ändert nichts.«

»Ich kann Ihnen eine Stunde Ruhe anbieten. Nicht mehr und nicht weniger.«

Das Handeln von Stunden erinnert mich an meine eigene Arbeit, das Anbieten von geliehener Zeit und erkaufter Aufmerksamkeit, die unweigerlich ihren Preis hat, nur fällt meiner kontinuierlich mit meinem Alter, während seiner wohl steigt. Das ernüchtert mich recht schnell, und ich frage sachlich: »Was muss ich dafür bezahlen?«

Er lächelt wieder.

»Ich habe nichts.«

Ich kann nicht einschätzen, wie einstudiert oder aufrichtig dieses Lächeln ist, er ist durch den weißen Mantel und seine Brille geschützt und abgeschirmt von jenen, die hier zerknitterte Straßenkleider tragen wie ich.

»Wir sind ein gemeinnütziger Verein. Wir haben Sie schon zuvor behandelt, obwohl Sie nicht versichert sind, ja, wir nicht einmal Ihre Identität feststellen konnten. Wer zu uns kommt, bekommt die Hilfe, die er benötigt. Das habe ich Ihnen aber schon einige Male erklärt.«

Unser Wettkampf um die humanere Arbeit ist augenblicklich entschieden. Ich habe noch nie etwas umsonst getan.

Daraufhin muss ich, die ich schon aufgestanden bin, um das Zimmer zu verlassen, plötzlich weinen, es ist mir unerträglich peinlich, so sehr, dass ich mein Gesicht von ihm wegdrehen muss und das Taschentuch nicht annehmen kann, das er mir mit geübter Geste reichen möchte. Ich drehe mein Gesicht vorsichtig in eine Ecke des Raums hinein und wische meine Tränen in den Mauerputz. Er wartet ruhig.

»Bis morgen«, sage ich, sobald ich wieder sprechen kann, und verlasse den Raum eilig, ohne ihn noch einmal angesehen zu haben.

*

»Unser Haus war groß und sehr kalt«, erkläre ich. »Sie müssen das wörtlich nehmen.«

Er zieht eine Augenbraue hoch, sehr geübt macht er das, ein richtiger Fachmann. Immer, wenn ich mich dabei ertappe, seine Fachmännischkeit festzuhalten, stocke ich in meinem Erzählen. Die Worte lösen sich auf in Nebelschleier, die Bilder verblassen schneller, als ich sie beschreiben könnte.

»Was fällt Ihnen noch dazu ein«, versucht er mir fast schuldbewusst zu assistieren, als ob er wüsste, dass er selbst mich aus dem Konzept gebracht hat.

Ich schließe hilflos die Augen und versuche meines Vaters Haus zurückzuzwingen. Es wird jetzt wohl sehr verfallen sein. Niemand wird ihnen helfen, wenn ich nicht da bin, niemand bei der Pflege des großen Gartens, bei der Betreuung meines Sohnes, der ebenfalls von Jahr zu Jahr mehr verfällt. Das viele Holz, das gekauft und im schlimmsten Fall aus dem Wald gebracht werden will, um den großen Ofen zu beheizen, wenn die Schneestürme draußen die alten Bäume rütteln und deren Äste brechen. Das Heulen des Windes hinter dunklen Fensterscheiben, der eisige Hauch des gefrorenen Glases, durch das man die Landstraße nicht erkennen kann, nur eine märchenhafte Blumenlandschaft.

»Ich sehe wieder unser Haus«, sage ich dann langsam, »ich sehe es immer und immer wieder, ich träume ständig davon. Manchmal ist es leer, verfallen, und es hausen wilde Tiere dort. Manchmal sind meine Schwester und ich wieder klein, und meine Mutter herrscht darin, aber eigentlich, Herr Doktor, herrscht sie immer darin.«

»Was zum Beispiel für Träume?«

»Immer wieder derselbe Traum.«

»Würden Sie ihn mir genauer schildern? Schließen Sie einmal die Augen.«

Das fällt mir leicht, denn die Medizin macht mich immer leicht benommen und hüllt mich in eine undurchdringliche Müdigkeit.

Meine Augen wollen sowieso nicht offen bleiben, die Lider flattern, senken sich ab und zu unkontrolliert. Ich sehe nur noch seinen rechten Schuh und ein Stück Boden in dem Spalt. Ich sträube mich, seine Stimme kommt von weit weg, sanft, verführerisch.

»Was sehen Sie?«

»Ich höre. Zuerst höre ich. Das Heulen des Windes hinter dunklen Fensterscheiben.«

Mit den Geräuschen des Windes gleite ich leicht wieder in die Vergangenheit zurück, leicht wie ein Kind, das auf einem Schlitten den Hügel hinuntergleitet, und dieser Schlitten gewinnt nach und nach an Geschwindigkeit. Die dunkelrote Wärme umhüllt mich wieder. Meine Mutter lehnt an der Wand, die so hell ist wie ihre Kleider, die Hände um ein Tablett gekrampft, sie zittern ein wenig, und die Teegläser, in einem feinen Spinnwerk aus Silber gefasst, das aussieht wie die Spitze an Mutters Kleid, klirren, wenn sie aneinanderstoßen, die Flüssigkeit dampft und hüllt das Gesicht meiner Mutter in heißen Nebel. Sie trägt ihr glänzendes Schmuckwerk um den Hals und glänzende Perlen Schweiß im Gesicht, betrachtet ruhig meine Schwester und mich mit unserem Märchenbuch auf unseren Schenkeln. Meine Mutter sieht uns aufmerksam zu, wie wir uns um die schönen Bilder im Buch streiten, wie immer, jede will die Königin sein, jede die Prinzessin, und sie schmunzelt, weil sie weiß, wie unsinnig dieser Wunsch ist, und sie als Herrscherin so unantastbar, und sie versenkt ihre dünnen Finger mit sorgfältig gefeilten Nägeln in dem Schälchen Honig neben unseren Bratäpfeln und fährt nachdenklich darin herum, während wir uns an den Haaren reißen, im Gesicht kratzen, das Buch fällt von unseren Schenkeln auf den dichten dunkelroten Teppich, lautlos, und als unser Kampf ihr endlich genügend lange erscheint, stellt sie ihren Fuß auf das aufgeschlagene Buch. Stellt das Tablett langsam ab. Tritt auf uns zu. Hebt ihre Hand bedächtig, wie ein Bogenschütze den Bogen spannt. Hebt ihren Zeigefinger. Bohrt mit plötzlicher Bewegung ihren gespreizten langen Finger quer durch meine Brust.

Ich schreie, schreie und spüre die Haut reißen wie altes Papier, und sie sagt: »Die da bin ich! Ich!«

Während alles um mich dunkel wird, immer noch warm, mit einem Hauch Bratapfel unterlegt. Ich schüttle das Bild erneut von mir ab. Die Schlittenfahrt ist zu Ende. Ich setze mich gerade hin.

»Ich will nicht mehr an diesen Ort denken«, sage ich.

»Wer lebt denn an diesem Ort?«

»Meine Mutter lebt in dem Haus«, antworte ich widerwillig.

»Wer noch?«

»Meine Schwester. Wahrscheinlich.«

»Und Sie?«

»Ich habe nie dort gelebt. Dort kann man nicht leben.«

Das Thema ist für mich erledigt.

Ich möchte hier nicht mehr sitzen, der Drang, aufzustehen und den Raum zu verlassen, wird unerträglich groß. Ich nehme automatisch noch einen Schluck aus meinem Glas, ungewohnt ist es, keinen Lippenstiftrand daran zu hinterlassen wie ein Brandsiegel, das mein Revier markiert, und greife nach der Karaffe. Sie ist leer.

»Wie meinen Sie das?«, wiederholt er geduldig.

»Ich muss auf die Toilette«, sage ich.

Ich stehe auf.

»Sie können sofort hinaus, wir haben nur noch ein paar Minuten. Bitte beantworten Sie meine Frage.«

»Lassen Sie mich aufs Klo gehen.«

»In zwei Minuten.«

»Ich will jetzt.«

»Nein.«

Ich lächle ihn und dieses Mal auch die Dolmetscherin an und lasse seelenruhig einen feinen Strahl Urin an meinen Beinen entlang und über meine Schuhe auf den pflegeleichten Bodenbelag rinnen. Das Rinnsal hinterlässt ein feines Glänzen an meiner Wade und an meinem Fußrücken und verdunkelt die Riemchen, die sich über diesen spannen.

Es fühlt sich leicht an und sauber, als hätte ich in einem Wald einen tiefen Atemzug voller Pflanzengerüche genommen und wieder ausgeatmet. Ich rühre mich nicht und lasse ihn nicht aus den Augen. Er erwidert meinen Blick ohne jeden Ausdruck im Gesicht. Wenn er jetzt die Lider senkt, hat er verloren und ich gehe.

Um meinen rechten Stöckelschuh bildet sich eine kleine Pfütze. Ich fahre durch meine Haare, meine Finger bleiben am Hinterkopf in den Strähnen hängen.

18

Das Spital liegt mitten in Wien, hat man mir gesagt, aber ich habe es noch nie von draußen gesehen. Der Innenhof ist von hohen Mauern umgeben, begrünt, er wirkt wie der eines Landhauses. Man hört nicht viel vom Autoverkehr. Eigentlich nichts. Das Spital schirmt die Patienten ab, vom Trubel, vom Alltag, von allem, was sie gewohnt waren. Es legt eine wattige Schicht Ruhe um mich, erstickt mich in Beschäftigungslosigkeit und Zeitleere. Niemand wartet draußen auf mich, und ich muss nichts tun, um genug zu essen zu haben. Es ist immer warm hier, immer eine Spur zu warm.

In der Eingangshalle hängt ein schlichtes, riesiges Kreuz aus Holz, mit feinen Goldlinien in der Mitte der Verstrebungen, sonst würde mich nichts an einen katholischen Verein erinnern. Ich war einmal schon fast unten, im mintgrün gehaltenen Foyer, in dem ein halbrunder Marmortisch den Portier in eine besonders wichtige Erscheinung verwandelt. Eine Art Petrus, der über Eintritt und Weiterverteilung im Paradies verfügen kann, der einem den Zutritt verwehrt oder die Flucht. Sternförmig führen die Gänge von der Halle in Ambulanzen, Sekretariat und Kaffeehaus, in der Mitte plätschert beruhigend ein Springbrunnen, aus dem man regelmäßig die Besucherkinder jagen muss. Ich war schon fast dort, beim Portier, beim Brunnen, fast. Ich ging die Treppe hinunter, sah schon von weitem die große Drehtür aus Glas, sah Schemen draußen, die an ihr vorbeigingen, vornübergebeugt, eilig, grau in grau der Boden, die Wände, der Regen, und schreckte zurück, als hätte ich das Tor zur Hölle wiedergefunden. Meine Beine gaben leicht nach, und ich stieg mit diesen nachgebenden, wattigen Beinen ganz langsam die Stiege wieder hinauf, Stufe um Stufe, und hielt mich dabei sehr fest am Plastikgriff, der die Treppe säumt. Zog mich an ihm hoch, in Richtung der Krankenzimmer, in Richtung der kleinen dunklen Gänge mit den Bullaugen und den Linoleumböden, die mich an meine und Nastjas Absteige erinnerten, nur sauberer.

Das Haus ist schlicht, unästhetisch modern, manche Räume wirken wie ein Großraumbüro mit Glaswänden, die die Sekretärinnen in kleine unsichtbare Käfige sperren wie die rot ausgeleuchteten Nischen in Amsterdam. In der Cafeteria im ersten Stock treffen sich Patienten mit Angehörigen, flirten Pfleger mit Kellnerinnen und Kellner mit Krankenschwestern, Ärzte habe ich hier unten noch nie gesehen, als ob auch hier eine gläserne Wand eingezogen worden wäre, die alle Hierarchien deutlich und dezent festsetzt. Ich spüre Hierarchien zehn Meter gegen den Wind, zu viele kennengelernt, die bei mir eine kurze Auszeit suchten, manche auch, indem sie mich zu treten versuchten, um die vielen Tritte abzufärben, die sie erhalten hatten, solche hatten bei mir meist wenig zu lachen. Ich dulde keine Grenzen, ich dulde keine Regeln, ich dulde nichts, das nicht ich mir auferlegt habe, und ich bin gut damit durchgekommen. Bis jetzt.

Manchmal setzte ich mich, um ein Gefühl der Zugehörigkeit zu entwickeln, ins Café, saß dort stundenlang vor einem Glas Wasser. Sah nicht nach links und nicht nach rechts. Hörte nur den Redenden zu, alle leise, aber so viele gleichzeitig, dass die Gesprächsbächlein zu einer Flutwelle gerieten, zu einem Wortmeer, das behäbig rauschte, und mit jeder Welle, die sich an meinen Ohren brach, wurden Einzelheiten offenbart, von denen ich nichts erfahren wollte.

Der Dackel hat Durchfall und Daniel heiratet, während Inge betrogen worden ist und Seher braucht einen Krankenschein, jawohl, einen Kran-ken-schein, verstehen Sie mich? Ja, Sie brauchen nicht schreien, was ist das, Krankenschein, Marta kommt auch, mit den Kindern, und geh jetzt, ich will dich nie wieder sehen, nie wieder, nein bitte, bitte bleib. Lauter kleine Theaterstücke. Tragikomödien. Dramolette. Nicht sehr gut geschrieben, noch schlechter gespielt. Ich wollte mir die schwachen Darbietungen nicht ansehen, aber als Hörspiele interessierten sie mich scheinbar doch, denn was hätte mich sonst dazu getrieben, stundenlang zwischen den Besuchern zu sitzen, eine aufgeschlagene Zeitung vor mir, die ich kein einziges Mal umblätterte, nicht einmal zur Tarnung.

Sie beachteten mich sowieso nicht.

*

Eigenartig ist, dass oben plötzlich unten ist, links rechts und schwarz weiß, ich bin nicht mehr die, die pflegt und sorgt und arbeitet, im Gegenteil, ich werde gepflegt, ich werde bearbeitet, ich werde umsorgt. Alle meine Pflichten haben sich kurzfristig in Passivität umgekehrt. Ich ahne, dass ich mich ursprünglich dagegen wehrte, aber irgendetwas ist anders, und ich lasse es über mich ergehen. Nehme meine Medizin pünktlich morgens und abends, auch weil sie mich eindringlich davor warnten, die Dosierung abzuändern oder die Einnahme gar abzubrechen.

Nehme meine Mahlzeiten dankbar ein. Halte meine Bäder, meine Gymnastikübungen ein, meine kleinen neuen Verpflichtungen, die nur mir gelten, niemandem sonst, und ich warte täglich, warte angespannt auf meine ersehnten Stunden bei ihm.

Sie halten mich aufrecht in diesen trägen Tagen, sie geben Ordnung und einen Zeitplan vor, alles, was mein Leben so undurchdringlich gestaltet hat, scheint mir durchschaubarer zu werden. Leichter. Nur noch halb so schlimm, wenn man ihm zuhört, während irgendwo, sehr weit unten, tief unter dem weißen Rauschen der Medizin, der Spitalswärme und der Freundlichkeit rundum sich etwas zusammenrollt, wie ein Tier auf Lauer. Es rollt sich zusammen, prüft seine Krallen, blinzelt in der Wärme und sieht sich alles sehr genau an. Es schläft nicht, wenn es auch döst, es schläft nicht und beobachtet und merkt sich alles und prüft erst die Krallen, dann den Rest.

*

»Grüß Sie Gott«, sagt er und weist mit der gewohnten Geste auf meinen Fauteuil, Holz, mit weißem Überwurf, die Kopflehne ist schon etwas eingedrückt von den vielen, vielen schweren Köpfen, zwischen uns erneut sein Glastisch und zwei Gläser Wasser. Die Dolmetscherin dezent im Hintergrund. Immer dasselbe Ritual. Täglich. Er legt Wert darauf, und ich habe meine Versuche aufgegeben, diese Regeln zu sabotieren, indem ich zu spät oder zu früh erscheine, seine Türe ohne zu klopfen aufreiße, um einen erschreckten Patienten zu mir herumfliegen zu sehen, indem ich schweige, die ganze Stunde lang nur schweige, um ihn zu verunsichern. Ich habe sie aufgegeben, weil das alles an ihm abgeperlt ist, als wären ich und meine Wut Wasser und er eine ausgefressene, selbstzufriedene Gans. Er lächelte immer noch und schloss die Tür, sollte ich vor der Zeit erschienen sein, er lächelte und hielt seine Ansprache genau die fünf Minuten, die uns von der Einheit noch blieben, nicht ohne mich kurz nach meinem Befinden zu fragen. Er lächelte und ließ mich schweigen, fünfzig Minuten lang. Seine

Bemühungen um mich fanden meinen Gefallen, es hatte sich noch nie jemand um mich bemüht, sich von mir unentgeltlich etwas bieten lassen. Mich akzeptiert.

Allerdings witterte ich eine Routine hinter der Akzeptanz, eine Kaltschnäuzigkeit, ein Programm, ein gut einstudiertes Programm, und ich vergaß nicht, darauf zu warten, wann sich mir die Möglichkeit bieten würde, ihn dessen zu überführen, während er mich umsorgte.

»Grüß Gott«, sagt er, jeden Tag, verlässlich zur selben Uhrzeit öffnet er mir die Türen und die Ohren und sagt, ich solle Gott grüßen, seinen Gott, meinen, ich weiß es nicht, er sagt nichts Genaueres dazu, außer: »Grüß Gott. Nehmen Sie Platz. Wie geht es Ihnen?«

Und ich grüße ihn, den Gott dieser Hallen, und nehme Platz und sage, wie es mir geht. Manchmal die Wahrheit.

Solange ich brav jeden Tag dasitze, holt niemand die Polizei. Niemand bringt mich über die Grenze. Niemand kümmert sich um meine Papiere. Gott ist groß und barmherzig.

Gott trägt eine silberne Brille, hat silbernes Haar, gütige Augen und ein unverbindliches Lächeln. Gott trägt altmodische graue Hosen und bequeme Schuhe, Gott hat spitze Knie und eigentlich hübsche lange Beine, die von einem Bäuchlein gekrönt werden. Gott hat keinen Ehering. Auf so etwas schaue ich als Erstes, denn man kann die Ringträger in zwei große Untergruppen ordnen, verlogen oder aufrichtig. Die einen haben eine Abmachung, die anderen montieren den Ring ab, kurz bevor es zur Sache geht, damit die Gattin nicht über die Schulter zusieht, wie ich mich mit ihren Pflichten abmühen muss.

Er hat saubere, manikürte Finger, bar jeden Schmucks, sorgfältig gerundete polierte Nägel, weichgepflegte Haut. So etwas bekommt man nicht selbst hin, nicht auf der rechten Hand, da muss man sich helfen lassen.

Er verschränkt seine sauberen Hände über dem satten Bäuchlein, legt den Kopf schief und hört mir zu. Ich mag das, wie er mir konzentriert zuhört. Ich brauche lange, um mir einzugestehen, dass ich geradezu darauf stehe, in diesen aufmerksamen Blick gefasst zu werden wie ein Edelstein. Meine Worte sind kostbar, meine Lügen und meine Geschichte haben Wert. Er hört genau zu, wenn ihm Unregelmäßigkeiten auffallen, weist er mich darauf hin, er fragt zur richtigen Zeit und meistens mit gut dosierter Weichheit in der Stimme.

*

»Grüß Gott.«

»Grüß Sie Gott, Herr Doktor.«

»Wie geht es Ihnen?«

»Viel besser. Ich danke Ihnen.«

Er lächelt. Ich bin geschmeichelt, ihm etwas Angenehmes sagen zu können, ihn zu bestätigen, er hat mir gutgetan, und er genießt es.

»Das ist schön. Nicht.«

»Wie geht es Ihnen, Herr Doktor? Ich habe Sie noch nie gefragt.«

»Das ist nicht Thema hier«, lächelt er. »Aber es ist ein gutes Zeichen, dass Sie mich fragen.«

»Sie wissen viel von mir«, sage ich. »Ich weiß gar nichts über Sie.«

»Ich bin Ihr Arzt.«

»Es würde mir leichter fallen.«

»Das glaube ich nicht.«

»Haben Sie wenigstens Kinder, Herr Doktor?«

»Nein. Ich bin nicht verheiratet«, sagt er mit großer Selbstverständlichkeit. »Aber das tut hier nichts zur Sache.«

»Aber wie sollen Sie mich denn verstehen, wenn Sie das alles nicht kennen«, wende ich ein.

»Ich muss kein Mörder sein, um einen Mörder zu verstehen. Aber erzählen Sie mir doch bitte ein wenig über Ihr Kind.«

»Ich würde lieber über Theater mit Ihnen reden.«

»Erzählen Sie.«

Ich spüre, dass mir etwas an der Situation nicht behagt, aber ich will diese Ruhe nicht gefährden, die mir angeboten wurde. Das Theater interessiert ihn wenig. Ich will mich noch ein wenig erholen lassen. Nicht mehr mit ihm kämpfen, er hat Ausdauer darin bewiesen.

Er krault seinen kurzen Bart, während ich erzähle, manchmal beugt er sich vor und nickt, nickt bedächtig und notiert sich Sätze in sein dickes Buch, das aufgeschlagen auf dem Tischchen liegt.

Plötzlich unterbricht er mich, nachdem er lange darin geblättert hat, während ich Premierenfeiern und Proben schildere, Betrug und Lampenfieber und die Eifersucht meiner Schwester, die kein einziges Mal meiner Einladung Folge leistete.

»Sie haben einmal etwas von einem Golem erzählt, wissen Sie noch?«

Ich stocke.

»Das kann nur ein Irrtum sein«, lächle ich. »Ich weiß nicht, was das sein soll.«

»Aber nein, sehen Sie, Sie haben mir ganz sicher von ihm erzählt. Das Wesen, das dem Befehl eines weisen Mannes folgt und seine Familie schützt.«

»Herr Doktor, wie soll das möglich sein? Haben Sie etwa schon einmal einen weisen Mann gesehen?«

Er sieht mich aufmerksam an und notiert schließlich mein Schweigen in sein Buch.

Ich weiß, dass neben meiner viele, viele andere Geschichten täglich in dieses Buch eingetragen werden, dass er jede Stunde einem anderen Erzähler zunickt, mit dem immer gleichen Lächeln, aber ich will es nicht wissen. Manchmal vergesse ich es, manchmal ist es auch egal, solange ich nur meine Geschichte entwirren und wieder in mir zusammenrollen kann zu einem festen, leicht entwindbaren Knäuel Lebenswolle, mit dem er bereit ist zu spielen.

Die Schwestern haben große Achtung vor ihm, und vor mir, weil ich seine Patientin bin. Ich genieße das. Niemand verachtet mich hier, obwohl ich bis vor einigen Wochen noch eine geifernde, Erde erbrechende Bestie gewesen bin, die sich mit wüstem Geschrei durch die Gänge bewegt hat, bis man sie einfing und ans Bett fesselte. Bis die Medizin anschlug.

Vielleicht habe ich das aber nur geträumt.

Vieles, das hier passiert, ist schwer von einem Traum zu trennen, das Gute, das Schreckliche, es wechselt sich ab, und ich kann nicht einmal sagen, ob das eine schlimmer sei als das andere, alles ist unwirklich. Die blaue Pille bringt Schlaf. Die weiße weckt mich morgens auf. Dazu noch eine zarte, rosa wie kleine Blüten in Hagebuttensträuchern, meine kleine Blume der Entspannung, die mich verlässlich durch den Tag geleitet. Durch diese hagebuttenfarbene Ruhe dringt kaum Erinnerung mehr an Leo, kaum eine an meine Mutter.

»Die nicht länger als zwei Wochen«, haben sie mir immer wieder erklärt. Sonst machten sie sich eher Sorgen, ich könnte meine anderen Pillen vergessen. »Hören Sie. Nicht öfter als einmal am Tag. Gut?«

»Nicht gut«, habe ich gesagt und gelacht. Sie gaben mir trotzdem nur eine am Tag.

*

»Grüß Gott.«

»Grüß Sie Gott, Diana.«

Ich lächle, er lächelt, schwer zu sagen, wer aufrichtiger lächelt.

»Sie sind nun fast fünf Wochen da. Wie fühlen Sie sich?«

»Wie jemand, der fünf Wochen eingesperrt ist.«

»Wie meinen Sie das, Diana?«

»Fühlen Sie sich nicht eingesperrt hier, Herr Doktor?«

»Nein. Ich bin gerne hier.«

»Ich auch. Ich fühle mich trotzdem eingesperrt.«

»Dann sollten wir langsam daran zu arbeiten beginnen, wie Sie wieder nach Hause können.«

Ich stutze.

»Wohin nach Hause?«

Meine Schulterblätter spannen sich unwillkürlich wie Flügel eines flüchtenden Vogels. Von seinen Worten hängt viel ab, fast zu viel. Er weiß einiges von mir. Ob es richtig war, ihm von mir zu erzählen, frage ich mich augenblicklich, und ich atme vorsichtig ein und wieder aus, so wie er mir beigebracht hat, in aufgewühltem Zustand zu atmen, um mich wieder zu entspannen. Es kann nur richtig gewesen sein, denke ich dann. Als Erdklumpen verschlingende Irre hätte ich meiner Familie noch weniger geben können, besser so als abgeschoben.

»Vertrauen Sie mir«, lächelt er.

»Wohin nach Hause?«

»Wollen Sie nicht nach Hause?«

Ich setze mich auf.

»Ich fühle mich hier gut«, sage ich.

»Keine Sehnsucht nach Ihrem Sohn?«

»Ich werde ihn bald sehen.«

Er seufzt, er legt seine Mappe weg und beugt sich zu mir vor. Schiebt seine Brille auf die Stirn.

»Wir müssen uns überlegen, wie wir Ihr Leben wieder in den Griff bekommen. Nicht.«

»Überlegen wir uns das.«

»Sie müssen weg von der Straße, Diana. Denn wenn sich das nicht ändert, landen Sie über kurz oder lang wieder hier. Oder im Gefängnis.«

»Wie stellen Sie sich das vor?«

»Und wie stellen Sie sich das vor?«

»Herr Doktor, das ist nicht fair, mich zu fragen, denn wenn ich die Antwort darauf wüsste, wäre ich nicht bei Ihnen.«

Er lacht.

»Aber das soll sich ja ändern, ich muss Sie also fragen. Nicht.«

»Ich weiß es nicht.«

»Sie brauchen einen steten Lebenswandel. Sie brauchen einen Job.«

»Fein. Helfen Sie mir, einen zu finden.«

Ich hebe den Kopf und schaue ihm direkt ins Gesicht, er zwinkert zum ersten Mal und wendet den Blick nach einiger Zeit ab.

»Ich bin Therapeut und kein Arbeitsmarktberater.«

Ich mache Anstalten, das Zimmer zu verlassen.

»Bleiben Sie da, Diana.«

Ich drehe mich um. Schließlich sagt er: »Ich werde versuchen, mir etwas zu überlegen. Bis morgen.«

»Ich danke Ihnen, Herr Doktor. Ich werde versuchen, an Sie zu glauben.«

Das kleine krallenbewehrte Tier in mir gähnt herzhaft und streckt seine Klauen aus. »Ich freue mich auf morgen.«

*

Ich gehe aus seinem Zimmer und weiche der Putzfrau am Gang aus, die einen riesigen dreistöckigen Wagen, bis nach obenhin angefüllt, vor sich herschiebt. Hier gibt es Putzmittel für den Boden, für die Wände, für die Wäsche und noch extra fürs Geschirr. Jeder Schmutz, den wir hier erzeugen, ist mit einer anderen Waffe zu schlagen, für alles gibt es ein Gegenmittel. Die Welt ist frisch und riecht sauber.

Hinter dem Wägelchen spiegeln sich die Deckenlampen im glattgeschrubbten Boden, vor mir riecht es nach Krankenhaus und hinter mir nach Schwimmbad. Freischwimmen. Denke ich. Freischwimmen, wäre das schön.

Die Putzfrau hat schwarzes Haar, in einem Knödel am Hinterkopf befestigt, sie lächelt, sie hat einen Goldzahn, und Haut, die fast so dunkel ist wie meine, nur eine Spur dunkler, aber meine Geschichte ist noch eine Spur dunkler als ihre Haut. Mehrere Male habe ich mich schon mit ihr unterhalten, wir haben unsere Namen ausgetauscht und unsere Vergangenheit größtenteils für uns behalten. Anna heißt sie.

Anna ist während des Bosnienkrieges hierher geflohen, über von Bomben zerwühlte Erde, aus der Knochensplitter ragten, über Minenfelder und kalte Wälder, durch Flüsse, mit zwei Kindern links und rechts, ähnliche Wege ging sie wie ich.

»Hallo«, sagt sie und lächelt breit und funkelt mich fröhlich mit ihrem Goldzahn an. Seit Tagen freut sich Anna schon, sie freut sich noch, wenn sie unser Erbrochenes wegwischen muss, unsere Windeln entsorgen, den Urin in den Ausfluss kippen.

»Arbeit ist Arbeit«, hat Anna zu mir gesagt, ich habe ihr zugestimmt. »Arbeit ist gut.«

»Hast du einen Mann, Anna«, fragte ich, um ihre Geschichte vollständiger imaginieren zu können.

»Mann nicht«, hat Anna gelacht, immer noch sehr fröhlich. »Putzen.«

Die Tochter hat vor kurzem ihre Ausbildung abgeschlossen, arbeitet seit mehreren Monaten. Anna sieht aus, wie jene Frau aussah, die ich im Nachbardorf gesehen habe, als ich den ersten Ausflug mit meiner Mutter unternahm, um Klopapier zu kaufen, die erste Reise, deren Ziel Sauberkeit gewesen ist, die Frau, die mit dem Weinkrug zu ihren Füßen am Holzschemel auf der Gasse vor ihrem Haus saß und blütenweiße bestickte Tischdecken anbot, sie saß da mit einem ebenso hellen Lächeln auf ihrem sonnengegerbten Gesicht. Anna passt genauso wenig hierher.

Sie legt mir ihre Hand auf die Schulter. Ich nehme Schweiß und einen Schwall künstlicher Zitronen überdeutlich wahr. Annas reinigende Hand liegt auf meiner Haut, fühlt sich gut an. Lebendig. Sie ist immer noch stolz. Ich sehe sie an und spüre eine wilde Hoffnung in mir aufkeimen, dass auch mein Weg ein Ende finden könnte, hier, in Wien, hinter einem Wagen voller Putzmittel.

Meinetwegen, es wäre mir recht. Kein Theater mehr.

*

Ich bitte die Schwester um Papier und Stift. Sie freut sich, dass ich aktiv werden möchte.

»Malen Sie was Schönes«, sagt sie und gibt mir eine Plastikhülle mit halbrund gespitzten Buntstiften, die in den Farben des Regenbogens angeordnet sind. »Aber bitte nachher alles genauso einsortieren, ja?«

Ich schließe die Tür meines Zimmers, das ich mit drei anderen geteilt habe, aber sie sind wieder weg, und ich habe immer noch Ruhe, endlich Ruhe. Ich schreibe einen langen, detaillierten Brief, ich bitte meine Schwester eindringlich, sich um Arbeit umzusehen, obwohl ich ahne, wie sinnlos dieses Unterfangen sein wird.

»Ich kann nicht mehr«, schreibe ich, dann streiche ich den Satz, und damit keine Buchstaben durchscheinen, übermale ich ihn mit allen Farben des geborgten Regenbogens. Stattdessen schreibe ich: »Ich freue mich, euch wiederzusehen. Diana.«

Ich lege mich vorsichtig auf mein von fremder Hand gemachtes Bett, lege mir ein Handtuch über die Augen und atme so, wie Dr. Petersen es mir gezeigt hat, in den Bauch hinein, aus dem Bauch heraus. Dann schlage ich mit meiner Hand sehr fest auf die Stirn, so fest, dass ich weiße Sterne hinter meinen geschlossenen Lidern sehe. »Schlag dir das aus dem Kopf«, sage ich laut und dresche nochmals hin, so wie meine Mutter es getan hat. »Schlag dir das aus dem Kopf«, sagte sie und erledigte das gleich selbst, damit die frevelhaften Zeilen wieder aus ihm flogen. Das Begehren der Großstadtluft, die Ideen vom Studium, mein unnötiger Stolz.

In drei Stunden habe ich meinen Termin bei Gott.

Asyl brauchst du, sagte Anna, du brauchst Asyl. Dann kannst du hierbleiben wie ich. Arbeiten gehen. Kinder leben hier. Alles wird gut.

»Was ist Asyl? Wie bekomme ich das?«, habe ich gefragt, ich hatte keine Ahnung. Anna hat, obwohl sie Asyl hat, auch nicht viel Ahnung, das gibt sie auch unumwunden zu.

»Sozialarbeiterin«, sagt Anna. »Sozialarbeiterin und dann fragen.«

Hierbleiben, das klingt für mich heute nur halb so verlockend wie gestern.

*

Ich betrete sein Zimmer in einer stockenden Aufregung, die mir den Hals zuschnürt. Etwas sagt mir, dass ich dieses Zimmer nicht mehr allzu oft betreten werde. Ein Teil von mir ist im Vorhinein traurig. Ein elender Teil. Ich komme hinein und pralle zurück. Meine Augen verengen sich zu Schlitzen. Ich gehe drei Schritte rückwärts, wieder aus der Tür hinaus, auf den Gang.

Dieses Mal ist alles anders, neben seinem Ohrensessel steht noch eine Frau mit kurzem burschikosen Haarschnitt und buntbedrucktem grünen Leibchen. Sie ist eingedrungen, ohne dass er mich vorgewarnt hätte, mehr noch, er hat es mir verschwiegen. Er macht gemeinsame Sache mit ihr. Sie haben gerade miteinander gesprochen, sie blicken beide auf, ich halte mich am Türrahmen fest. Die Frau lächelt mich aufmunternd an. Sie hat schöne Zähne und dunkle Augenringe. Die Augen sind nicht schön, geschwollene Lider und eine undefinierbare Farbe, ich mag solche Augen nicht, sie sagen nichts aus. Ich will wissen, mit wem ich es zu tun bekomme. Er geht auf mich zu, was er noch nie getan hat, und gibt mir die Hand. Das Treffen gemahnt immer mehr an ein Geschäftstreffen. Irgendetwas entgleist unwiederbringlich.

»Das ist Frau Baumgartner.«

»Interessant.«

»Frau Baumgartner, das ist Diana.«

»Hallo«, sagt Frau Baumgartner sehr laut und streckt mir eine sehnige, braungebrannte Hand hin, ich ergreife sie, und sie drückt mit aller Gewalt zu, sodass meine Finger aneinander knacken. Sie grinst, während es knackt.

Ich sehe ihn fragend an.

»Ich dachte, nach all unseren Vorgesprächen sollten wir uns zu dritt treffen«, erklärt er. »Frau Baumgartner ist unsere Sozialarbeiterin hier.«

Er tätschelt ihre grün bezogene Schulter.

»Ich denke, Sie können viel mit ihr besprechen. Und dann sehen wir weiter.«

»Gut«, sage ich und denke an Anna. Mein Vorschlag hat tatsächlich etwas bewirkt.

»Dr. Petersen hat mir in groben Zügen Ihr Problem geschildert«, sagt sie.

»Ach, hat er das.«

»Wollen Sie sich nicht setzen? Ist doch gemütlicher.«

Ich setze mich artig zu ihr, sie hockt auf einem zusätzlichen Stuhl, den sie ins Zimmer geschafft haben. Zwischen ihm und der Dolmetscherin. Sie sind nun drei gegen eine. Sie hockt am äußersten Rand und der Stuhl kippt immer wieder nach oben, und sie fängt ihn mit ihren Füßen in flachen Turnschuhen ab. Sie hat auch eine Mappe mitgebracht, alle haben sie ihre Mappen, ohne die wären sie im Gewirr der Krankenhausgänge und Krankheitsverläufe wohl rettungslos verloren.

»Gehen wir mal die wichtigsten Punkte durch. Sie sind ja … nicht gesetzlich geregelt hier«, beginnt Frau Baumgartner. »Das ist ein Problem, vor allem für viele Integrationsschritte oder überhaupt Niederlassungsmöglichkeiten.«

»Ich würde es gerne regeln.«

»Das kann ich gut verstehen, Frau Diana. Aber das ist nicht ganz einfach. Im Augenblick würden Sie in dem Moment, in dem Sie dieses Haus verlassen, in Schubhaft gebracht und dann abgeschoben.«

Ich sehe ihn gehetzt an, er macht eine undefinierte Bewegung mit seiner gepflegten Hand.

»Wir können natürlich versuchen, Ihren Status zu ändern, wenn es möglich ist. Erzählen Sie mir doch ein wenig von sich.«

»Sehen Sie doch in dem Akt nach«, lächle ich. Ich will nicht noch einmal von vorne beginnen.

»Was würden Sie denn gerne machen, wenn Sie arbeiten würden?«

»Irgendwas. Putzen.«

»Waren Sie nicht …«

»Ja. War ich. Das hat mich nicht sehr glücklich gemacht.«

Sie seufzt und blättert.

»Wir können selbstverständlich einen Asylantrag stellen. Aber wir brauchen einen Grund. Und dann ist keineswegs klar, wie die Sache ausgeht. Früher dauerte so was sehr lange, bis zu sechs Jahre …«

»Das ist okay«, sage ich. »Wenn ich einfach nur arbeiten könnte.«

Sie sieht mich an, als ob ich vom Mond gefallen wäre, und schüttelt langsam den Kopf. Ich hasse ihre Augen.

»Das geht überhaupt nicht. Sie können erst arbeiten, wenn Sie einen positiven Bescheid bekommen.«

»Ich muss Geld verdienen. Meine Familie wartet.«

»Mittlerweile geht so etwas schneller. Ein, zwei Jahre.«

»Verstehen Sie nicht? Meine Familie braucht das Geld jetzt.«

»Ich verstehe alles, Frau Diana. Aber ich kann nichts ändern.«

Ich schweige.

Er sagt: »Aber Sie erwähnten doch, Frau Baumgartner, dass wir diesen Antrag auf alle Fälle stellen könnten, dann wäre der Aufenthalt zumindest vorübergehend gesichert.«

»Dann dürfte sie trotzdem nicht arbeiten. Nur als Tänzerin in Bars.«

Ich muss lachen. Er ist pikiert.

»Das ist völlig ausgeschlossen und keine Option für uns«, sagt er entschieden.

Sie seufzt erneut, wahrscheinlich über so viel Begriffsstutzigkeit.

»Wir brauchen einen guten Grund, damit das durchgeht. Schauen Sie … Sie kommen aus keinem Kriegsgebiet …«, meint sie dann.

»Frau Baumgartner, die Lebenssituation von Frau Diana habe ich aber zuvor schon geschildert. Nicht.«

Sie dreht sich ruckartig zu ihm um. Ihre Ohrringe klimpern und schwingen noch eine ganze Weile nach.

»Das haben Sie, aber ich soll ja eine Lösung für diese Situation finden, was ein wenig hoch gegriffen ist.«

Er räuspert sich und schweigt. Ich empfinde das als ersten Verrat.

Sie wendet sich wieder mir zu: »Sie gehören nicht einmal einer ethnisch verfolgten Minderheit an. Das ist ein Problem.«

»Nein, das ist nicht das Problem. Das Problem ist, dass meine Familie erfriert, wenn ich kein Geld schicke.«

»Sind Sie politisch aktiv gewesen?«

»Nein.«

»Herrje. Heimlich religiös? Nein?«

Sie rollt die wässrigen Augen. Dr. Petersen scheint über den Verlauf dieses Gespräches eher unglücklich zu sein, es ist ihm sichtlich unangenehm. Er sieht mich nicht an.

Sie schlägt mit meiner Mappe auf ihre Hände und auf den Tisch, in nervösen, kurzen Bewegungen, wie ein Pferd, das mit dem Schweif nicht vorhandene Mücken vertreiben möchte.

»Sind Sie wenigstens vergewaltigt worden?«

»Nein«, sage ich und stehe auf. »Nie.«

*

Ich gehe ins Foyer des Spitals und sehe lange, lange nach draußen, sehe den Menschen zu, wie sie hinein- und hinausströmen, die Glastüren öffnen und schließen sich wie Münder, aus denen nichts Sinnvolles kommt. Anna kommt vorbei, sieht mein Gesicht, umarmt mich. Fragt mich, was sie für mich tun könne. Ich wünsche mir eine Blume. Sie geht in der Mittagspause hinaus und holt mir eine schöne magentafarbene Rose, die betörend riecht. Ich lehne meinen Kopf fast an ihre breite Schulter, ich atme die Zitrone, die sie umgibt, ich bedanke mich und gehe hinauf in mein Zimmer, das immer noch nur mir gehört.

»Geh doch putzen«, sagen sie mir. Ich bin zu schmutzig zum Putzen.

Ich stelle die Blume in mein Zahnputzglas, stelle das Glas neben mich aufs Nachtkästchen und lege mich schlafen, nicht ohne die passende Pille eingenommen zu haben. Irgendwann kommt eine Schwester und weckt mich auf und überreicht mir eine kleine Plastikkarte.

»Das ist für Sie. Von Dr. Petersen«, sagt sie.

Ich sehe sie fragend an.

»Das ist die Wertkarte fürs Telefon«, erklärt sie mir ungeduldig. »Da sind zwanzig Euro drauf. Nun stecken Sie sie schon ein.«

*

»Wie geht es euch?«

»Es ist gut.« Meine Schwester schluckt, entweder sie lügt, oder sie trinkt nebenbei Tee, ich kann es nicht herausfühlen. »Ich habe deinen Brief bekommen. Ich habe überall gefragt. Überall.«

»Und?«

»Was glaubst du denn. Ich hätte doch längst gearbeitet, wenn es etwas gäbe.«

»Ich mache alles, hast du das gesagt?«

»Natürlich habe ich das. Ich werde morgen in die Nachbardörfer fahren und dort auch noch fragen.«

»Mach das, bitte mach das«, sage ich. »Wo ist Mutter? Kann ich sie kurz sprechen?«

»Im Kinderzimmer. Sie kann gerade nicht.«

»Wie geht es ihm?«

»Gut.«

»Wie schön«, sage ich. »Wie schön.«

»Wann kommst du?«, fragt sie, und ich weiß, was das bedeutet: Wann bringst du.

»Lass mir noch etwas Zeit«, sage ich, »vielleicht geht es hier besser mit Arbeit.«

»Ja, vielleicht«, sagt sie, und sie klingt erstmals wirklich erleichtert.

*

Ich schleiche mich abends ins Nachbarzimmer und plündere dort die Medizinschächtelchen. Lasse vor dem Schlafengehen nun zwei rosa Tabletten bitter im Mund zergehen, ohne nachzutrinken. Ich schlafe fast augenblicklich ein, als hätte man mich gefällt wie eine hundertjährige Eiche.

Ich stehe in einem kleinen, dunklen Raum, die Fenster sind eigenartig beschlagen, das Licht dringt wie bläulich gefiltert durch das Eis, das sich über die Fensterscheiben gezogen hat, über die Fensterriegel, die Wände sind mit Rauhreif überzogen, mein Atem kondensiert vor meinem Mund, in den Raumwinkeln ist es neblig, oder der Boden dampft, als wäre dort die letzte Wärme des Hauses gespeichert, jener Nebel, der im Morgengrauen über den Waldseen schwebt, steigt auf an meinen Beinen entlang, der Boden haucht die Wärme aus, die er noch hat. Ich fröstle. Meine Hände sind bläulich. Ich starre ungläubig auf diese blauen Hände, die eigenartig fremd wirken, irgendwo auf dem Boden erkenne ich Reste einer buntgemusterten Babydecke, aus der beständig kleine Rinnsale Wasser laufen, die zu kleinen dunklen Pfützen auf den Holzdielen gerinnen und bald eine feine Eiskruste bilden. Alles erstarrt hier. Alles ist rein und kristallin. Ich gehe durch den Nebel, weg vom Fenster mit den Eisblumen. Am anderen Ende des Raumes steht ein Bett aus dunklem Holz. Ich weiß, dass sie darin liegt. Ich beuge mich über sie. Ihr Gesicht ist regungslos, die feinen langen Haare offen, sie bilden ein graues Netz über dem gefrorenen Baumwollstoff des Polsters, die Wimpern, die Haut, die Lippen, alles bläulich weiß, nur die dunklen Höhlen der Augen, die wie die Pfützen am Boden glänzen, nicht. Meine Schwester steht neben mir, seltsam, ich habe sie vorher gar nicht gesehen. Sie steht neben mir und beugt sich ebenfalls langsam, langsam hinab zum Lager meiner Mutter. Sie legt ihr eine Hand auf die Stirn, Finger verschmelzen mit Haut, ich höre ein eigenartiges Geräusch, als der Rauhreif sie überzieht, und mache ebenso langsam einen sehr vorsichtigen Schritt zurück. Neben dem Bett sitzt eine übergroße Puppe auf dem Boden, die die Züge meiner Mutter trägt, ich achte darauf, sie nicht zu berühren, während ich traumwandlerisch sicher rückwärtsgehe, dorthin, wo ich im Nebel die Tür vermute. Ich wache schreiend auf.

*

Er sieht niedergeschlagen aus, vielleicht bilde ich mir das nur ein. Vielleicht ist es ihm auch egal. Die Mokkatasse steht wieder zwischen uns. Den Löffel hat er danebengelegt.

»Wir müssen uns entscheiden, Diana.«

»Nein, Herr Doktor. Ich. Ich muss mich entscheiden.«

»Sie sollten überlegen, wie Sie zurückkehren und einem geregelten Beruf nachgehen können. Sie könnten nach Hause zurückkehren. Sie könnten dort eine Arbeit finden.«

»Machen Sie sich über mich lustig?«

»Nein, ich glaube daran, dass Sie das können.«

»Aber mein Land kann das nicht, Herr Doktor.«

*

Den ganzen Morgen fixiere ich die Uhr in meinem Zimmer, als könnte ich die Bewegungen der Zeiger durch mein Warten beschleunigen. Nach dem Mittagessen lege ich mich üblicherweise nieder, ich habe mir angewöhnt, in der zweiten Hälfte des Tages ein Verdauungsschläfchen zu halten, die Muskeln entspannen sich leichter, wenn der Magen gut gefüllt ist und der Kopf auf einem weichen Polster liegt, der meine Nackenform nachzeichnet. Ich lege mich hin, und dann fällt mein Blick auf das glänzende Telefonkästchen, und ich schaffe es nicht, bis zum Nachmittag zu warten, und ich wähle. Meine Finger tanzen ferngesteuert auf der Tastatur, ich könnte die Nummer nicht aufsagen, aber ich kann sie jederzeit mit der Bewegung meiner Fingerspitzen nachzeichnen.

Es knackt lange, bis das Geräusch sich in ein langgezogenes Signal wandelt.

Jedes Mal fühle ich mich wie ein Raumfahrer, der mit stockendem Atem den Heimatplaneten ansendet, und jedes Mal weiß ich nicht, ob ich in der unendlichen Weite nicht ganz allein im Dunkeln zwischen den leuchtenden Punkten der Sterne bleibe. Es knackt und läutet, knackt und läutet.

»Hallo«, sagt meine Schwester gehetzt, es hat lange gedauert, bis sie zum Telefon kam, vermutlich aus dem Keller oder vom Dachboden, ihr Atem geht schwer.

»Ich bin's.«

»Ach Diana.«

Ihre Stimme klingt dumpf, seltsam, unangenehm verändert. Durch meine auferlegte Ruhe dringen Wellen von Angst.

»Was ist los«, schreie ich, ich schreie sofort.

»Weg ist er«, schreit sie ebenfalls.

»Was heißt, er ist weg?!«

Sie beginnt zu schluchzen, ich könnte sie auf der Stelle ermorden. Sie ist schwer zu verstehen, ich höre deutlich, wie sie Rotz durch die Nase aufzieht, aber ihre Worte höre ich kaum.

»Sie haben ihn gestern geholt.«

»Wer? Wer hat ihn geholt? Wo ist er?«

»In der Stadt. In der Anstalt.«

Ich lasse den Hörer sinken. Bei uns ist nichts umsonst, gar nichts, und psychisch Kranke sind auch schon verhungert oder auf unerklärliche Art und Weise verstorben, wenn man den Pflegern und Ärzten kein Geld anbieten konnte.

»Wie konntet ihr das zulassen«, sage ich leise.

»Was sollte ich denn machen«, kreischt sie. »Er war doch gewalttätig. Wir hatten seit Wochen keine Medizin und kein Geld!«

Ich atme tief ein und tief aus, ganz nach Dr. Petersens Methode. Meine Stimme wird ruhiger. Es gibt immer nur Platz für einen von uns, um krank zu sein, es gibt niemals Platz für mehrere. Ich wiederhole die Übung, länger kann ich mir nicht Zeit lassen, denn die Karte ist bald aufgebraucht und ich lande demnächst wieder im einsamen All des Nichtverbundenseins.

»Borgt euch sofort was aus«, sage ich bestimmt. »Ich bin in einer Woche da.«

*

Ich sitze in meinem Zimmer und halte die aufgeblähte Rosenkugel in meinen Handflächen wie ein Gebet, ich betrachte sie andächtig, gehorsam, ehrfürchtig, spüre die seidene Berührung der äußeren Rosenlippen, wie sehr sie doch dem Weiblichen ähneln, dieses Verborgene, das in einer plötzlichen Eruption nach außen drängt, sich offenbar macht, unübersehbar. Der Geruch ist schwindelerregend intensiv, wenn ich meine Nase vorsichtig zwischen die glänzenden Blätter schiebe. Innen ist es feucht und rot. Ich lege mein Gesicht vorsichtig, langsam hinein, drücke die Blütenblätter mit meinen Wangen zur Seite. Satin, denke ich, roter Satin, duftender roter Satin, der durch meine Berührung schmilzt, und dann schließe ich die Augen. Der rötliche Schimmer, der meine Lider von außen berührt, setzt sich hinter ihnen erneut fort. Mein inneres Rot ist das innere Rot der Rose. Ich spüre meine Wimpern den Rosenleib entlangstreichen, versuche, sie ruhig zu halten. Meine Lider sollen nicht ungeduldig flattern. Ich will ganz still sein, bewegungslos, versunken in ihr. Aufgehoben, umarmt. Gereinigt von ihrem Geruch.

Nach zwei Stunden fühle ich mich immer noch verzweifelt. Ich stehe auf, gehe ins Bad und schütte mir kaltes Wasser übers Gesicht, der Mund fühlt sich taub an, ich beiße in meine Lippe und spüre nichts. Lehne mich kurz an den Türrahmen, sehe mein Auge im Spiegel, geweitet, dunkel. Ich öffne das Fenster und werfe die nutzlose Blume auf die Straße hinaus, öffne mein Medikamentenschächtelchen, in dem meine geruhsamen Tage und Nächte aufgehoben sind in kleinen Zellen aus Plastik, ich öffne den Behälter und werfe den Inhalt in einer weiten Geste hinterher, die Pillen fallen als bunter Regen und verschwinden aus meinem Gesichtsfeld.

Es ist so weit.

19

Ich packe meinen Rucksack, die paar Habseligkeiten haben spielerisch Platz darin, schleiche mich durch die Krankenzimmer meines Stockwerks und nehme mit, was unbeaufsichtigt herumliegt, Äpfel, Schokolade, ein Handy und zwei Geldbörsen. Als ich das Nachtkästchen im vorletzten Gangzimmer öffne, sehe ich Annas Gesicht durch das Bullauge in der Tür. Ich erstarre mit erhobener Hand. Wir sehen uns direkt in die Augen. Dunkelbraun in Dunkelbraun. Dann dreht sich ihr kugelrundes Gesicht langsam, langsam von mir weg und verschwindet aus dem Glasfenster, als wäre sie ein Planet mit unabänderlichem Orbit.

Ich lasse die Lade offen, ohne hineinzugreifen, drinnen rollt mit dumpfem Klirren noch ein silberner Gegenstand hin und her, der von der Wucht meiner Bewegung erschüttert worden ist. Vielleicht ein Schlüsselanhänger. Ich laufe zur Tür hinaus. Anna schiebt ihren Wagen langsam zurück, über den schon geschrubbten Boden, und sie schrubbt ihn voller Inbrunst ein zweites Mal, ohne sich noch einmal nach mir umzuwenden, die ich in dem verdreckten Bereich des Ganges stehen bleibe.

»Zweiter Fluchtweg offen«, sagt sie in den leeren Gang hinein.

Ich hetze zur gekennzeichneten Tür, in der noch ihr Schlüssel steckt, und stürme die nur von grünen Notlichtern erhellte Treppe hinab in die Dunkelheit.

*

Ich komme auf der Rückseite des Gebäudes raus, neben der Garageneinfahrt. Der Wind fühlt sich fremd an auf der Haut, die in der Luft der Klimaanlage trocken und faltig geworden ist. Die Autos, die Menschen, alle sind in Bewegung, die ich vergessen habe. Ich trotte los, füge mich in den Menschenstrom ein, gehe in ihm unter. Ich ziehe mir die Kapuze über den Kopf. Ich habe keine Ahnung, wo ich bin. Ich passiere einen türkischen Laden, dessen Besitzer stolz zwischen den aufgetürmten Äpfeln und dem Gemüse im Eingang steht. Den grünen Haufen kleiner gewundener Gurken krönt ein schwarzes Schild, auf dem mit Kreide »Polen« geschrieben steht. Gleich daneben eine kleine koschere Bäckerei. Es duftet heraus. *Ich würde gerne bei Juden kaufen*, aber ich habe keine Zeit. Ich biege um die Ecke, die Gasse ist eng und menschenleer, das ist schlecht. Hier beginne ich zu laufen, meine Lunge hat viel Platz zum Atemholen, ich bin gut erholt und gepflegt. Ich laufe, ohne nach links und rechts zu schauen, ich streife einen Herrn in grünem Mantel, der ins Schwanken gerät und seine Ledertasche fast fallen lässt, er schimpft hinter mir her, ich laufe, laufe, laufe, bis ich einen Abgang zur U-Bahn am Ende der Straße erkenne, und mein Herz beruhigt sich erst ein wenig, als ich den Lift verlassen habe und in der abfahrenden Garnitur sitze, die silbernen Türen mit einem hohen Signalton hinter mir zugeschnappt sind. Ich lehne mich ans Fenster und lasse mich durch die Finsternis tragen, fahre bis zur Endstation und steige dann aus, steige wahllos in einen Bus und wieder aus und dann in eine Straßenbahn, bis ich in die U-Bahnlinie wechseln kann, deren Route ich besser kenne. Mein Hasenfluchtweg führt mich in eigenartigem Hakenschlag quer durch die Stadt, aus armen in wohlhabende Bezirke, über die stahlgraue Donau, in der sich ebenso stahlgraue Wolken spiegeln, und wieder zurück. Es gibt nur zwei Möglichkeiten, an mein altes Leben anzuknüpfen, der Zufall soll entscheiden, wohin ich mich zuerst wenden werde.

Ich hole das fremde Handy aus meinem Rucksack, ich wähle Nastjas Nummer. Ich höre lange dem Läuten zu, irgendwann schaltet sich die Mobilbox ein.

Ich bitte um Hilfe, und um ihr Abheben. Dann versuche ich es noch weitere fünf Mal, ohne dass ich sie erreiche. Bei der Station, deren Auf- und Abgänge ich auswendig kenne, verlasse ich den Waggon, streife die Kapuze ab. Fahre beim Stiegensteigen mit der Hand durch das an den Kopf gedrückte Haar, um es aufzulockern. Es beginnt sich zu ringeln, die Luft ist feucht. In den blonden Strähnen sind die grauen Haare wieder zu sehen, und oben am Scheitel schwarz und weiß gestreifter Nachwuchs. Ich muss an Slavko denken.

Ich rufe Nastja ein letztes Mal an, dann nehme ich die SIM-Karte aus dem Gehäuse des Telefons und zerbreche sie. Neben dem Haus, in dem ich mit Nastja wohnte, befindet sich ein kleiner Laden, in dem gebrauchte Handys und Computerspiele verkauft werden. Leute wie Nastja und ich sitzen in kleinen Plastikzellen und telefonieren nach Hause, schreien die wichtigsten Informationen in die verrauchte Luft, man hört viele Sprachen, die sich gegenseitig überlagern, ein babylonisches Wertkartengewirr ist das. Ich zähle den Inhalt der beiden Geldbörsen, es ist nicht viel. Nicht genug. Die Menschen sind auch in Spitälern vorsichtig geworden. Mein Kopf beginnt zu schmerzen, heftig zu schmerzen, bis ich das Gefühl habe, jemand hätte mir ein glühendes Brandsiegel rund ums linke Auge aufgedrückt. Ich gehe den Weg, den Leo so oft gegangen ist, durchs verkommene Stiegenhaus, in dem es nach Pisse riecht, bis ans Ende des Ganges, bis zu unserer Tür. Ich klopfe, die Klingel ist schon lange kaputt. Nichts rührt sich. Ich klopfe noch einmal, ich brülle und trete gegen die

Tür, setze mich dann auf die dreckigen Stufen und denke kurz nach. Die Schmerzen bohren sich in meine Denkversuche, zerfasern Gedankenstränge, ich kann mich kaum konzentrieren. Kurz habe ich das Gefühl, die Treppe würde sich unter mir erwärmen, erwärmen und in Bewegung geraten, leicht schwankend, als ob etwas unter mir langsam ginge, ginge. Ich stehe auf und verlasse das Haus.

*

Es ist noch früher Nachmittag, Slavkos Laden sperrt erst in vielen Stunden auf. Es hat keinen Sinn, jetzt dorthin zu fahren. Mir bleibt eigentlich nur noch ein Ort, an den ich zurückkehren könnte, ein letzter Ort, der mich an diese Stadt bindet. Es erscheint mir nur folgerichtig, auch diese Brücke niederzubrennen, und ich schlage den Weg ein, den ich zuletzt immer öfter von hier aus betreten habe, und fahre zuerst zum Karlsplatz. Quere den Park, umkreise den Teich mit der eigenartig verschlungenen Skulptur im Wasser, um den Bus zu nehmen, der schließlich vor Leos düsterer Gasse stehen bleibt. Die Häuser ziehen in einer langen, unübersichtlichen Reihe an mir vorbei, die Stadt hat sich unmerklich verändert, ich erkenne viele Orte nicht mehr, als wäre ich Monate fort gewesen. Leos Haus ist durch eine Gegensprechanlage vor Eindringlingen geschützt, ich nehme meinen Schlüsselbund aus dem Rucksack, suche, bis ich Leos Schlüssel, gekennzeichnet durch ein braunes Lederschildchen, auf dem LEO steht, mit den Fingern ertastet habe, ziehe ihn heraus und versuche, das Haustor aufzumachen. Zu meiner Überraschung passt der silberne Schlüssel nicht einmal annähernd ins Schloss. Dass Leos Wohnungsschloss von seinen Eltern ausgetauscht worden ist, erscheint mir einleuchtend. Aber wie haben sie es bloß geschafft, auch das Haustorschloss zu wechseln? Ich ziehe verdattert den unpassenden Schlüssel mit Mühe aus dem Schlitz, in den ich ihn gerammt habe, und warte einige Zeit, ob jemand hineingeht oder herauskommt. Niemand. Daraufhin drücke ich wahllos alle Klingeln der Gegensprechanlage. Leos Name steht nicht mehr darauf. Ich bin nicht mehr sicher, welcher Knopf zu seiner Wohnung gehören könnte.

Die Tür gibt einen summenden Ton von sich und springt auf. Ich schlüpfe schnell hindurch. Ich will es ganz genau wissen, krame den Postschlüssel, den ich Leo mit viel Mühe abgejagt habe, hervor und versuche, seinen Postkasten zu öffnen.

Der Schlüssel sperrt auch hier nicht. Ich gehe die Stufen hinauf, die gewundene Schnecke des Stiegenhauses hoch. Ich habe das Gefühl, dass die Treppe unter meinen Fußsohlen nachgibt. Am Fenster zwischen dem ersten und dem zweiten Stock hängt ein Frauenkopf mit kraftlos herabfallendem, schmutzig flachsblondem Haar neben einem kleinen Gummibaum im Tontopf. So könnte Blaubarts Stiegenhaus ausgesehen haben, denke ich und denke an Annemarie und gehe sicherheitshalber näher hin. Greife vorsichtig nach den Strähnen. Es ist tatsächlich Flachs, der nicht an einem Kopf befestigt ist, sondern einfach über den Griff des Fensterrahmens gewickelt wurde, irgendwo im Haus werden Installationsarbeiten durchgeführt.

Der Anblick von Leos Tür, die zwischen mir und allem steht, was einmal da war, verpasst mir eine kurze Verkrampfung der Eingeweide. Ich bin da, um meine Sachen zu sichern. Ich bin da, um meinen Besitz abzuholen. Zu nichts sonst.

Der Rest interessiert mich nicht mehr.

Ich zögere ein wenig, probiere den Wohnungsschlüssel natürlich auch noch und scheitere zum dritten Mal. Irgendwo in der Wohnung höre ich Schritte, vorsichtige Schritte, Absätze auf Parkett, die lauter werden. Ich läute Sturm, bis die Tür langsam geöffnet wird, eine goldene Kette sichert sie, sodass es keinen Sinn ergibt, den Fuß dazwischenzuschieben oder mit Gewalt hineinzudrücken. Im Halbdunkel sehe ich den Umriss einer rundlichen Frau.

»Was wollen Sie?«

Ihre Stimme klingt aufgeregt, hoch, kindlich.

»Annemarie?«, frage ich perplex.

»Wen suchen Sie?«

»Sie sind Annemarie?«

»Wer sind Sie?«

»Ich bin Diana«, sage ich und lächle. Ich muss in diese Wohnung hinein, ich muss an meine Sachen.

»Sie sind hier falsch. Hier wohnt keine Annemarie.«

Ihr Auge blinzelt misstrauisch im schmalen Streifen Licht, der in den Vorraum fällt. Sie hat blonde Haare und eine Kette mit rotem Stein um den Hals, der funkelt, wenn sie Luft holt.

»Leo Brandstegl. Er hat früher hier gewohnt. Er ist tot.«

»Hier hat kein Leo Brandstegl gewohnt, seit zwanzig Jahren nicht.«

Ich fühle den Boden unter meinen Füßen in die Tiefe absinken. Und wieder diese langsame, langsame Bewegung.

»Das kann nicht sein«, stammle ich, »schauen Sie, ich hab doch noch seinen Schlüssel, da steht LEO drauf«, und ich halte ihr hilflos den Bund vor die Nase. Meine Stirn ist nass geworden.

»Vielleicht haben Sie sich im Haus geirrt«, nun klingt sie nicht mehr misstrauisch, sondern besorgt. Ich halte mich am Türrahmen fest, der Schlüsselbund, auf dem an der Innenseite des braunen Lederkärtchens die Nummer der Wohnung und des Hauses, in dem ich mich befinde, notiert ist, rutscht aus meiner Hand und fällt mit lautem Scheppern zu Boden.

»Geht es Ihnen gut?«, fragt sie, »soll ich Ihnen ein Glas Wasser holen?«

Ich drehe mich um und flüchte, ohne den Schlüsselbund aufzuheben.

*

Schwarze Äste, die sich im Licht der Gartenbeleuchtung gegen den sternenklaren Nachthimmel abzeichnen, in Reih und Glied wie riesige Soldaten, die die breite Allee säumen, die in der Ferne spitz in Finsternis zuläuft. Irgendwo ganz weit an ihrem anderen Ende steht ein entzückendes kleines Kaffeehaus, das Lusthaus genannt wird, mit einer entzückenden kleinen Terrasse, auf der ich vor sehr langer Zeit einmal mit Leo gesessen bin, weil ich mir das gewünscht hatte, Leo fühlte sich absolut deplaziert dort. Er sah sich um wie ein verängstigtes Pferd auf einer fremden Weide, das nahe am Durchgehen war. Er verschlang seinen Cappuccino noch brennheiß und beschmutzte sich mit dem Milchschaum, der darauf schwamm, konnte es kaum erwarten, das Gebäude wieder zu verlassen. Ich fühlte mich wohl dort, trank meinen Espresso frech und langsam, den abschätzigen Blicken der schön gekleideten Gäste ausgesetzt, und lachte sie an, lachte sie aus.

Genoss es, Leo in eine Lage gebracht zu haben, die von diesem Land eigentlich nur mir zugedacht war. Wir saßen in der Sonne, die blühenden Kastanienbäume, die einen intensiven Geruch nach Honig verströmten, warfen lange Schatten über den Rasen.

Damals war es angenehm warm.

Die kahlen Äste neigen sich ab und zu in Windböen, die Nacht ist klar und kühl.

Es ist weit von hier bis zum Lusthaus, man müsste zügig gehen, aber das ist nicht mein Plan. Mein Plan ist es, am Anfang der Allee auf und ab zu streifen, es ist noch nicht spät, die Jagd hat erst begonnen.

Über den Bäumen sehe ich die rot und gelb blinkenden Arme der Todeskrake, die in die Nacht greifen. Kommen Sie! Gewinnen Sie! Schallt es blechern aus dem Bereich des Vergnügungsparks herüber, von elektronischem Gewummer unterbrochen, das an den Herzschlag eines Explodierenden erinnert, die Töne sprengen einem das Hirn weg, beschleunigen den Herzrhythmus, klingen noch in der Magengegend nach, in allen gespannten Häuten meines Körpers, der bloß ein Resonanzkörper ist. Kommen Sie! Gewinnen Sie!

Ich mühe mich ab, ich mache den billigsten Preis. Ich habe wenig Zeit und noch weniger Wert. Während ich also die immer gleichen Runden durch die Dunkelheit ziehe, einmal die große Straße neben dem Vergnügungsteil des Praters, vorbei an Straßenbahnen und Autoströmen, durch den Wurstelprater quer durch, zwischen Buden und Autodromen, und lachenden Menschen, die sich zwischendurch die Fäuste in die Gesichter rammen, zwischen den sich drehenden blinkenden Leibern der Karusselle, werden meine Fußballen taub und die Beine selbständig, sie tragen mich fast ungesteuert über diese Runde, einmal, zweimal. Bei der dritten Umkreisung meines Jagdgebietes sehe ich auf der gegenüberliegenden Straßenseite im Licht der Straßenlaterne einen Mann, dessen Gang mir sofort auffällt. Er hat lange, dünne Beine, er geht leicht vornübergebeugt, er trägt einen dunklen Hut, der einen Schatten über sein Gesicht wirft, ich bin mir nicht sicher, ob er es wirklich ist. Ich laufe ihm nach. Er ist sehr weit weg und bewegt sich noch schneller, als ich laufen kann. Ich schreie laut seinen Namen.

Der Mann hält inne. Dreht sich zu mir um.

»Dr. Petersen!«, brülle ich erneut, meine Stimme kippt.

Ich sehe seinen gebeugten Rücken, den beigen Mantel, den

schwarzen Hut, den er trägt, ich rufe nochmals, nicht mehr so laut. Er reagiert nicht mehr. Ich starre auf seine sich zügig entfernende Gestalt, und ich überlege, wie schnell ich laufen müsste, um ihn einzuholen, und wie viel Kraftaufwand es wohl bräuchte, um seinen Nacken so zu überdehnen, dass die Wirbelsäule letale Verletzungen davontragen könnte. Das Bedürfnis, ihn tot zu meinen Füßen liegen zu sehen, ist sehr ausgeprägt. Ich stelle mir vor, wie sein Mund halb offen steht, seine Brille schief auf der Nase sitzt, das Ohr an das Straßenpflaster geschmiegt, um niemandem mehr eine Wahrheit entlocken zu können, die er nicht verdient hat, ich erinnere mich an sein Gesicht, an seine Lippen, die, wenn er sprach, sehr gepflegte Zähne freigaben, ebenso gepflegt und sauber wie seine Hände und Fingernägel. Ich erinnere mich an seine sauberen Worte, die er mir ungebeten ins Ohr träufelte, die ich versucht habe zu glauben, die ich sogar kurz zu glauben schaffte, ich sehe ihn nahe vor mir, die Kaffeetasse vor seinem Mund, sie dampft, seine vollen Lippen, die sich um den Rand legen, sein leicht schelmischer Blick, die so vernünftigen sauberen Worte, diese Lügen, die so wenig wert gewesen sind wie die Lügen meiner Mutter, nur besser verborgen im Nebel seiner Arzneien, sein Nebel war schwerer zu durchschreiten als ihrer, ich hätte es nicht vermutet, ich dachte immer, dass Frauen die hinterhältigeren Geschöpfe seien, und ich bin selbst erstaunt über meinen derart großen Irrtum, ich könnte lachen, ich starre auf seine sich zügig entfernende Gestalt und spüre innen eine kleine Kugel splittern. Ich mache mir meinen Urknall, ohne die Unendlichkeit um Erlaubnis zu fragen, ich mache mich frei. Ihre scharfkantigen Ränder spüre ich noch, als Dr. Petersens Hut auf Dr. Petersens Kopf längst ums Eck verschwunden ist.

20

Einen Fuß vor den anderen, denke ich, einen Fuß vor den anderen, und nicht nachdenken, wann der erste Kilometer um ist, wann der erste Monat. Das sind Maßeinheiten, die keine Rolle spielen auf dieser Reise. Andere mögen Ziele und Zeiten abschätzen und fixieren und wählen, ich folge nur der einen Straße, die aus meinem Herzen in die Welt hinausführt, ohne mich zu fragen, ob ich ihr folgen möchte, mein Sehnen und meine Arterien und Blutgefäße und Nervenstränge hängen fest verbunden an diesem Weg, es ist keine Frage, ob ich folge, ich muss folgen, wohin diese Reise mich auch führen wird, mit meinem Erdbuckel als Rucksack, mit meinem Hass und meiner Treue.

Der gelbe Backsteinweg führt mich, zu einer liegenden Acht geformt, und ich laufe sie hinauf und hinunter und lande nach der ersten Kurve wieder an der gleichen Stelle, von der aus ich aufgebrochen bin, ich kehre immer wieder zurück, vom Ort des Verbrechens an den der Sühne, und jedes Mal bin ich reich beladen mit Gütern und Gefahr. Und jedes Mal muss ich Menschen verbergen und abschütteln, die meine Wege kennenlernten, keiner soll sich je an meine Fersen heften können, nie wieder soll mir jemand so nahe kommen, wie es Leo in seiner Ahnungslosigkeit gelungen ist, der dumme Leo mit seiner kleinen Welt rund um sein stinkendes Bett.

»Soll er dich heiraten«, hat mich Nastja gefragt, und ich habe es mir nicht gewünscht, und Nastja, die dumme Fee, hat mich nicht noch einmal gefragt nach meinen drei Wünschen, sie hat auf ihre Bezahlung gewartet und sie nicht bekommen, betrogen um Sicherheit wie Leo und ich selbst, und irgendwann hob sie nicht mehr ab, wenn ich sie erneut auf die Bühne meines Dramas bitten wollte mit einem Zugabeapplaus.

Diese Bühne ist immer eine Falle, der Saal in blutroten Samt und verlockendes Halbdunkel gehüllt, mit hallenden Schritten, der schweigende Saal, ich erinnere mich, wie ich absichtlich direkt in die Lichter der Bühnenlampen blickte, ohne Angst vor der vorübergehenden Blindheit zu haben, um meine Augen effektvoller hervorzuheben, um die Tränen zu spüren, die vom Skript vorgesehen, aber niemals in meiner von den langen Fingern meiner räuberischen Mutter durchlöcherten Brust vorhanden gewesen sind, ich bin leckgeschlagen, ich weine nicht, weder auf der Bühne noch auf der Straße, die dieselbe Bühne ist, mit den gleichen Lichtern, die mich meinen Zusehern gut vorführen sollen, gleißende Lichter in der Finsternis. Dreimal das Rot meines Lebens: rote Lichter, roter Samt und rote Schminke, die ganze Clownerie, die ganze schlecht bezahlte Clownerie meines Lebens. Rote Lichter und rote Nasen.

»Tanz mit mir, Liebes«, sage ich zu meinem Sohn und ergreife seine kleinen Hände, und wir drehen uns im Kreis, im Hof unter der Linde, im Hof unter dem Kastanienbaum, wir drehen uns im Kreis, bis sein Gesicht länger und gröber wird, und ein dunkler Flaum sich über seine Wangen ausbreitet und dunkle Schatten unter seinen Augen, und dieser typische eigenartige Geruch, den der Schweiß annimmt, wenn er seine Medikamente nimmt, mir in die Nase steigt und den Lindenduft überlagert.

»Tanz mit mir«, schreie ich und reiße an seinem Arm, und wir lehnen uns mit vollem Gewicht gegeneinander, unsere Arme bilden einen gordischen Knoten, und wir drehen uns, meine Haare fliegen, ich lache, aus dem Augenwinkel sehe ich die Monstrositäten des Wiener Wurstelpraters vorüberziehen, sie heben die Pranken und greifen an uns vorbei ins Leere, ein Ringelspiel, Geruch nach Bratfett, rosa Watte, Erbrochenes.

»Schießen Sie Ihr Glück«, sagt eine schnarrende Stimme, und ich lache wieder.

»Schießen Sie! Schießen Sie! Gewinnen Sie!«

Ich nehme die Spielzeugpistole, die ich aus Holland mitgebracht habe, und ziele und drücke ab, eine rote Rose quillt aus dem Lauf und aus meiner Brust ebenso rotes Blut.

»Mach schnell, mal was«, sage ich zu meinem Sohn und drücke seine Kinderhand mit dem Männerflaum darauf fest gegen das Rinnsal. »Mal mir was.«

*

In manchen Gegenden ist es noch warm, während da, wo ich bin, bereits Schnee liegt. Ich werde die Schneegrenze umgehen, ich würde am liebsten den Vögeln hinterher in bessere Gebiete nachziehen, den Raben, die uns im Winter verließen und denen ich schon oft auf meinen Reisen begegnet bin. Ich beobachte die riesigen Schwärme, die in genau choreografierten Bewegungen durch den Himmel ziehen, über den dunklen Feldern, die lange Reihen aufgewühlter Erde tragen wie das Zopfmuster afrikanischer Frisuren.

Der Weg zurück führt mich in die entgegengesetzte Richtung. Ich versuche, mich zu erinnern, wie ich immer ging. Es fällt nicht leicht.

Ich packe die Feuchttücher aus, die ich immer dabeihabe, und reinige mich, ein paar Striche über das Gesicht müssen reichen, dann aufmerksam und sorgfältig die Hinterbacken entlang, in den Anus hinein, die Schamlippen umrundend, zuerst die äußeren, dann die inneren. Anschließend wieder um

Nase, Lippen, Augen, Kinn. Ich rieche mich und ihn, kurz, dann wird der Geruch von Reinigungsmitteln übermächtig.

Ich spüre die chemische Feuchtigkeit in meinem aufgescheuerten trockenen Inneren und warte darauf, dass es brennt. Wenn es brennt, dann merzt es Infektionen aus, sagt man, alles, was Schmerzen verursacht, härtet ab und rettet vor noch größerem Schmerz.

Es brennt und ich entspanne mich zusehends. Mein Atem kondensiert vor meinem Gesicht und meine Hände schmerzen, der eisige Wind, der die Feuchttuchsäfte und die Menschensäfte auf meinen Fingern zufrieren lässt, wird meine Haut aufspringen lassen wie die meiner Mutter, auch ich wasche die Schwelle der Erwartung, täglich, immer wieder aufs Neue, und als mir klar wird, dass ich genauso dämlich geworden bin wie sie, muss ich lachen, bevor ich ausspucken muss.

Ich stehe da mit heruntergelassener Strumpfhose und gerafftem Wollrock, die Moonboots versunken in festem Schnee, und spucke wie ein exportiertes Kamel, mein Rucksack bildet einen passenden Buckel, dessen Schatten in meinen Schatten hineinschmilzt, ich stelle mir den entspannten Ausdruck vor, mit dem die Kamele im Wiener Zoo ihre Opfer ausgesucht haben. Die Speichelbatzen fliegen recht weit und die Tiere waren gut im Zielen. Wenn ich nur halb so viele Treffer lande, habe ich schon ausgesorgt, denke ich, und dann denke ich daran, wie das war, die Ausflüge nach Schönbrunn, diese fremde irreale Welt zwischen den k. und k. gelb gestrichenen Fassaden der imperialen Gebäude und den geometrisch getrimmten Pflanzen im Schlossgarten, die mich immerzu an Schamrasuren aus besonders dichtem Haar erinnert haben, eine Welt, die sich mir kurzfristig geöffnet hat, um mich umso nachhaltiger per Fußtritt wieder zu entfernen.

Ich klammere die Hände um die Leere zusammen, ziehe die Hosen hoch und stecke die zu Fäusten geklammerten Hände in die Manteltaschen, ich klammere, wie ich sie um die Griffe von Leos Rollstuhl geklammert habe, der Rollstuhl war unser beider Strohhalm und wir gemeinsam in den Fluten des Alltags unterwegs, der für mich so einfach und für Leo so schwer geworden war, wir drifteten auseinander in diesem Alltag, er Richtung Endstation und ich Richtung Ausgang, während wir weiterhin vorgaben, gemeinsam zu reisen. Ich also hinter seinem Rollstuhl, die Finger um den Griff, und er die seinen um seinen Fotoapparat, fest, wir wollten beide festhalten und hatten beide Schiss.

Das ist die Welle, vor der mich auch Dr. Petersen nicht retten konnte, eigentlich konnte mich nichts mehr auf der Welt vor dieser Welle retten, ich weiß es, sie wird sich über mir aufbauen, auf mich niederbrechen und mich als kleine Gliederpuppe durch die Welt spülen, während ich mich ein ums andere Mal überschlage und gegen Gegenstände pralle.

Und als ich fertig bin mit dem Weinen und dem Schreien und dem Zerkratzen meiner Handgelenke, die erste Welle jedenfalls vorbei ist, und ich eine Atempause habe zwischen den Geburtswehen des großen Leokummers, der noch rund und prall in meinem Bauch liegt, noch nicht bereit, das Licht der Welt zu erblicken, als ich Luft hole, erleichtert und vor Erschöpfung auf einen gefrorenen Baumstamm sinke, die Füße ausgestreckt, merke ich, dass sich etwas verändert hat, eine kaum merkliche Veränderung, als ob sich ganz sanft, kaum spürbar die Hügel gesenkt hätten, wie meiner Mutter Brust, wenn sie endlich ausatmete, und die Bitternis zwischen uns stehen blieb, bevor sie sie wieder zurücknahm mit dem nächsten Atemzug und nur noch der vorwurfsvolle Blick übrig blieb, dieser Blick, der mir sagen würde, dass sie all das nur meinetwegen zurücknehmen würde in ihren zähen Leib.

Die Muskeln im Nacken sind verkrampft, ich lasse den Kopf nach hinten fallen, bis er an die Rucksackoberkante stößt. Das Gewicht meiner Schultern fängt das Gewicht meiner Vergangenheit ab, ich bin Atlas und stolz darauf, und als ich den Kopf wieder hebe als autarker Atlas einer erdfreien Welt, nur Atlas, und nur Atlas selbst auf den Schultern, sehe ich eindeutig eine Bewegung hinter den Hügeln. Ich richte mich auf. Als ich den Blick kurz senke, bewegt sich wieder etwas, heimtückisch oder auch schelmisch, als ob sich darunter etwas im Schlaf regen würde, träge und langsam und unbewusst.

*

Der Weg will und will sich mir nicht erschließen. Ich muss zu Hause anrufen, denke ich, vielleicht können sie mir sagen, wie ich heimkomme. Aber dafür brauche ich die passende Währung und eine Telefonzelle, dafür brauche ich Menschen. Das Problem ist, dass ich seit einiger Zeit in der Menschenleere herumirre.

Das Problem ist, dass nur einer krank sein darf, nur einer schwach, und dieser eine bin niemals ich. Abwesend darf ich sein, so abwesend wie mein Vater, aber niemals, niemals darf ich unsicher werden, das habe ich mir versprochen, und meinem Sohn, meiner Mutter, Nastja und Leo, sie haben mich stark gemacht, sie waren meine ausgedörrten Wurzeln, die ich tiefer ins Erdreich versenken konnte als meine eigenen, und je länger ich mich von ihnen entferne, desto schwächer werde ich, genauso, wie es auch Atlas ergangen ist. Ich muss eine Lösung finden, für alle, ich muss herausfinden, wie es weitergeht. Das erste Mal in meinem Leben habe ich keine Ahnung, wie es weitergehen soll, ich habe keinen Plan und nur wenig Kraft, um meine Gedanken zu ordnen, die widerspenstig und sprunghaft geworden sind, ehemalige Haustiere, die nach und nach verwildern, sich unmerklich immer weiter von dem entfernen, was ihre Aufgabe in der Menschenwelt gewesen ist. Ich spüre, wie mein Körper heimtückisch seine Gefolgschaft zu verweigern beginnt, sich gegen mich wendet, und wenn ich es jetzt zulassen würde, bekäme ich auch das erste Mal Angst. Ich lege mich in einen Heuschober und liege zitternd vor Schüttelfrost bis zum nächsten Morgen im trockenen Gras vergraben und kämpfe Stunden gegen die aufkeimende Lust, mich auf dem Feld durch die Erde zu wühlen, um endlich wieder daran satt zu werden. Eine getigerte Katze kommt, sieht mich lange an und legt sich neben mich. Ihr Fell ist struppig und der Bauch warm und weich, sie riecht nach Feld und Jauche, ich lege meine Hand auf ihren Rücken und sie duldet es bis zum Morgen.

*

Irgendwo zwischen Weinbergen und heruntergekommenen Städtchen, zwischen Österreich und Italien oder der Schweiz werde ich glühend heiß, das Fieber verbeißt sich in Haut und Knochen, ich brenne, ich zerfließe, und ich zwinge mich weiter, denn ich weiß, dass gerade dann kein Liegenbleiben erlaubt ist, ich wanke also noch einen Kilometer und bin immer noch weit und breit in der Einöde. Dann verlassen mich endgültig die Kräfte, ich gehe immer langsamer, setze mich schließlich mitten auf die Landstraße. Werfe die Träger des Rucksacks ab, er fällt mit einem dumpfen Schlag neben mich auf die Erde, ich spüre, wie sie in einem kleinen Nachbeben erzittert, das Epizentrum meiner Schuld und meiner Sühne, meiner Geschichte und meiner Zukunft. Ich muss rasten, ein wenig rasten, bevor es weitergeht, weitergehen und aufstehen und weitergehen und aufstehen, das ist das, was sicher ist. Die Entspannung ist trügerisch, die Entspannung ist verlockend, und wie jede Verlockung ist sie gefährlich. Ich lasse meinen Kopf in die Erde fallen, meine Haare vermengen sich mit ihr, meine Finger, meine Rippen noch nicht. Ich hebe eine Handvoll endlich an meinen Mund und lecke darüber. Versenke meine Lippen darin, hole mir eine weitere Handvoll und schmiere meinen verschwitzten Oberkörper damit ein, die Brustwarzen verhärten sich, ich streiche fordernd über meine Haut, schmerzhaft fest eigentlich, versenke die erdig schwarzen Finger in meiner Scheide, spucke auf meine Hände, wühle gleichzeitig in ihr und in mir, vermenge unsere Feuchtigkeit, alles ist eins.

Die Erde ist weich, so wie unsere Alten immer sagen, wenn wieder einmal jemand eingegraben werden muss, dann stehen sie versammelt am Friedhof herum, und sie weinen oder sind gerührt oder es ist ihnen egal, mir ist es meistens egal, und sie sagen gute Worte über den Menschen, und dann noch gute Worte über die Erde, die auf ihn wartet, geduldig wartet wie auf jeden von uns, vielleicht wollen sie die Erde gnädig stimmen, und ich weiß im Vorhinein, wie sinnlos das ist. Ich liege und horche, atme in meinen Bauch, und ich spüre, wie meine Brust sich hebt und senkt, hebt und senkt mit einem gemeinsamen Ausatmen und einem gemeinsamen Einatmen, ich bin nicht allein, ich liege auf einem riesigen Leib, der mich hält und bettet, mit jedem Luftholen steigt etwas aus den tiefer gelegenen Schichten empor, mir entgegen, es wird warm, als würde ich auf einer Heizdecke liegen, die sich in Wellen erhitzt, ich atme der Wärme zu, und sie mir, mein Atmen und das Aufwallen erreichen den gleichen Takt, wir sind ein Pendelschlag, wir nähern uns an und durchdringen uns, und ich weiß, warum, weiß, dass er endlich da ist, endlich, und ich spreize meine Finger, um die eigenartige Bewegung der Erde dahinter besser wahrzunehmen, die ich immer wieder wahrgenommen habe auf meinem Weg, in Häuserwänden, unter dem Asphalt, im Erdreich der Wälder, das, was ich sogar vor Dr. Petersen verborgen habe. Zu Recht, wie ich wusste, zu Recht. Ich kenne diese Erdhaut, die sich über einen gewaltigen Körper spannt, und dieser Körper folgt meinem Ruf und erhebt sich, erhebt sich um mich herum, erst die Schultern, mächtig wie Wälle, dann die Arme, das Wesen taucht aus den Erdschichten auf. Ich habe den Beerdigungsritus umgedreht, nichts geht in die Erde hinein, aber es kommt etwas zu mir, etwas, das mir gehört. Mir immer gehört hat. Auch wenn mir der Mut fehlte, es zu rufen. Ich schließe die Augen, um nicht aus dem Rhythmus zu geraten.

Ein Atemzug hinein.

Das Leben, das mir meine Mutter gab.

Ein Atemzug hinaus.

Das Leben, das sie mir nahm.

Ein Atemzug hinein.

Der Vater, den ich nie kannte.

Ein Atemzug hinaus.

Das Geschenk, das ich bereit bin, an seiner statt anzunehmen.

Die Beine lösen sich aus der Erde heraus, groß, stämmig, ein jedes mindesten einen Meter breit, große Füße, die keine Zehen besitzen, sondern aus einem Guss sind, kaum vom Feld zu unterscheiden, aus dem sie sich erheben.

Ich lege meinen Kopf auf ihm ab, und es fühlt sich gut an, passend, ich lasse mich von dieser Wärme tragen. Er hat die Temperatur meines Blutes, oder ich die des seinen, wir sind vom gleichen Blut, ich und er, ich lasse mich fallen, bis die Schultern entspannt nach unten sinken, ich lasse mich treiben.

Ich kann aus halb geschlossenen Augen grobe rötliche Finger aus Lehm erkennen, jeder einzelne größer als mein Arm, sie könnten mich im Bruchteil einer Sekunde zermalmen. Ich löse meinen Rücken von seiner Brust und setze mich auf, ohne mich umzudrehen, noch ist es nicht so weit. Noch nicht.

Er wächst in die Höhe, lautlos, Sand rieselt über meinen Kopf, der Schatten fällt über mich und zieht sich weit über den Weg, verlängert durch die untergehende Sonne hinter uns, der Himmel flammt auf und lodert.

Ich stehe auf, ohne mich umzudrehen. Das Ritual ist noch nicht vorbei. Noch nicht.

Ein Atemzug hinein.

Das Leben, das ich weitergab, verdreht und vergiftet wie ich.

Ein Atemzug hinaus.

»Warum hast du mich verlassen«, sage ich und drehe mich ruckartig um, bevor die Sonne untergeht.

»Warum hast du mich verlassen«, sage ich und wische eine Schicht Erde von meinem Gesicht, als wären das die immer noch fehlenden Tränen.

Der Golem antwortet nicht.

Der riesige Kopf, seltsam geplättet in der Mitte, ist abgewandt. Ich gehe um ihn herum. Er wendet sich erneut von mir ab, als wollte er sein Gesicht verbergen, und ich bin stur wie immer und schneller als er, dessen Bewegungen bedächtig und sehr, sehr langsam scheinen, ich umrunde ihn, bevor er sich wegdrehen kann, und pralle zurück. Die Fläche auf der anderen Seite des Kopfes ist leer. Er besitzt weder Mund noch Augen, noch Ohren, die Erde, aus der er geformt ist, ist an der Stelle, wo sein Gesicht sein sollte, völlig glatt.

»Sie haben mir nicht geholfen«, sage ich, »aber du wirst mir helfen. Ich habe dich vor ihnen verborgen. Du bist da.«

Der Golem bewegt sich nicht, dann pendelt sein Kopf sehr

langsam von links nach rechts, als ob er Witterung aufnehmen würde, er wittert und wartet erneut, wartet auf meinen Befehl.

»Führe mich heim«, sage ich, »ich habe den Weg verloren.«

Er wendet sich gehorsam um und setzt sich plump in Bewegung, seine Schritte dröhnen in meinen Ohren, er muss tonnenschwer sein.

Während er geht, schwankt er bedrohlich, als wäre ihm diese Form der Fortbewegung noch fremd. Ich folge ihm in sicherem Abstand, sollte er zu schnell werden, hält er inne und dreht sich immer wieder nach mir um.

*

Mir ist nicht mehr heiß, seine Oberfläche hat die angenehme Temperatur eines Kachelofens. Manchmal muss ich noch rasten, und während ich raste, steht er gehorsam hinter mir, und ich lehne mich an seine Beine. Wir gehen die ganze Nacht. Zunächst langsam.

Jeder Schritt, den ich als seine Gefolgschaft auf die Erde setze, macht mich stärker, gelenkiger und schneller. Unbesiegbar. Achillesfersenlos.

So beschwingt bin ich, so leicht, als wäre ich ein wenig beschwipst, als wäre ich eines dieser goldenen Bläschen, die im Sekt fröhlich nach oben steigen. Die Welt ist funkelnd und nagelneu. So leicht bin ich, so losgelöst von der Erde, die mich nicht länger halten kann, ich wundere mich, wieso ich mich nicht längst mit den Fußsohlen schwerelos von den breiten Tannenästen abstoße, um über den dunklen Tannenwipfeln, die sich im Wind beugen, den Sternen entgegenzuschweben, nichts kann mich halten, jetzt, wo er mich führt und ich mich führen lasse, es ist so unbeschreiblich schön, sich führen zu lassen. Nur einmal, sich das nur einmal zu erlauben, nicht vorzudenken, nicht die nächste Woche, nicht den nächsten Tag, nicht einmal die nächste Stunde oder den nächsten Schritt. Ich folge ihm voller Vertrauen und trunkener Ruhe. Er wird mich sicher heimbringen.

Aber als der untergehende Mond zwischen den Wolken hervorkommt, sehe ich Felder, Felder, und dann ansteigende Hügel und noch einen Wald dahinter.

Er wird schon wissen, wohin es geht, sage ich mir. Ich habe ihm Anweisungen gegeben, und er hat sie zu befolgen. Ich zwinge mich also, nicht links noch rechts zu schauen, sondern auf seine Schultern, auf seinen Kopf. Wir gehen wieder sehr, sehr lange. Irgendwann beginne ich trotzdem, mich in der Gegend umzusehen. Rund um uns erstrecken sich immer noch Felder und kahle Büsche in schmalen Streifen dazwischen. Wir stehen neben der Landstraße. Weit und breit keine Menschenansiedlung zu sehen, es ist dunkel, es ist kalt, wir sind längst nicht mehr in Österreich.

»Wohin hast du mich gebracht«, schreie ich ihn an.

Er regt sich nicht, als würde er versuchen, mich zu täuschen, so zu tun, als wäre er ein unbelebtes Ding, das unnütz und absurd mitten auf der Straße steht, als wäre er nicht meiner und zu meinen Diensten, als wäre ich allein. Ich fühle wilden Hass in mir aufsteigen, ich schreie, bis meine Stimme bricht, und als er immer noch nicht reagiert, trete ich mit aller Kraft nach ihm und erwische ihn am linken Oberschenkel, mein Fußabdruck bleibt auf seiner Oberfläche zurück wie der erste Schritt des Menschen auf dem Mond.

Er hebt abwehrend den mächtigen Arm. Ich denke nicht daran, ihn zu schonen.

»Du gehörst mir«, schreie ich. »Du sollst für mich da sein!«, während ich mit Füßen und Händen auf ihn einschlage, bis meine Knochen schmerzen, meine Schläge werden von der glatten Oberfläche absorbiert, er schluckt jeden Gewaltausbruch, jedes Geräusch, es ist gewaltsam still um uns, während ich tobe.

Ich werfe mich auf ihn, er macht einen schwankenden Schritt rückwärts, sein Bein hebt und senkt sich wieder mit Getöse auf die Landstraße, ich sehe erschrocken zu, wie die Oberfläche der Straße und seine Fußsohle aufeinandertreffen, ich fühle die Erde erzittern, Staub wirbelt auf, und als er sich wieder senkt, ist der Golem bereits bis zum Knie in ihr versunken, Teile des Lehms lösen sich aus seinen mächtigen Oberschenkeln, bröckeln ab, er verliert zusehends seine Form, der Oberkörper neigt sich schräg, der Kopf verschwindet zwischen den meterbreiten Schultern, ich schreie, ich greife nach ihm und spüre die lehmige Erde nachgeben zwischen meinen Fingern, sie klebt in meinen Händen, fällt in weichen riesigen Brocken zu meinen nackten Füßen, feine Sandströme laufen an dem formlosen Kegel herab, der vor kurzem noch sein Leib gewesen ist. Ich schreie wieder.

»Verlass mich nicht«, schreie ich, und als ob ich damit die Zerstörung noch beschleunigt hätte, bricht der übrig gebliebene Brustkorb vollends auseinander und zerfällt zu zwei Haufen, die als Geröll mitten auf der Landstraße liegen bleiben, als hätte mein Schrei den ersten Sonnenstrahl und damit das Ende des Zaubers herbeigekräht.

*

Ich irre unter dem sternklaren Himmel, der unbekanntes Gebiet erleuchet, und das hilft mir nicht, nichts hilft mehr, solange ich ihn nicht wiederfinde. Er gehorcht mir nicht länger.

Er hat mich nicht für würdig befunden, nach Hause zurückzukehren. Ohne ihn komme ich niemals mehr heim, und alle werden sterben.

*

Zwischen Nacht und Morgen schleiche ich mich in den Hinterhof eines Bauernhofes, öffne vorsichtig die Holztür des Hühnerstalles, fahre kurz zusammen, weil sie knarrt, aber kein Hund schlägt an, keine Schritte, kein Licht im Fenster, und ich lasse den vom täglichen Zugreifen glattpolierten Holzriegel los und schleiche mich ins Halbdunkel, die Hühner erwachen und werden unruhig, ich mache »husch, husch, husch«, aber sie kennen meine Worte nicht und lassen sich nicht befrieden, sondern geraten in hysterische Bewegung, ich trete nach denen in meiner Nähe und jage sie von ihren Nestern, packe die warmen Eier, gesprenkelte, braune Beute, an denen noch weiße Federn haften, und stopfe sie in meine Taschen, das letzte bricht und ich schlürfe es noch im Laufen aus.

*

Ich weiß nicht mehr, wie viele Stunden und Tage ich nach ihm rufe, ich weiß nicht mehr, wo ich bin. Was immer geschieht, er kennt den Weg, den ich vergessen habe. Ich muss überleben, bis ich ihn wiedergefunden habe, und ich versuche es mit all meiner Kraft. Ich entscheide, jene Wege einzuschlagen, die mich in die Städte zurückführen könnten. Ich werde dem Fluss folgen.

*

Ich stehe auf einem Steinvorsprung, unter meinen Füßen zieht eine riesige, trügerisch ruhige Wasserfläche dahin, das andere Ufer ist kaum zu erkennen. Die Bäume strecken halbnackte Äste in den Himmel, Nebel steigt aus dem Wasser und verschleiert die dunklen Stämme zu Gespensterschatten.

An diesem Flussufer habe ich den Golem das letzte Mal gesehen, habe mir eingebildet, seinen gewaltigen Umriss im Nebel erkannt zu haben, mit erhobenem linken Arm, als wollte er mir die Richtung weisen. Seit Tagen folge ich dem Flusslauf, ohne ihm wiederbegegnet zu sein, aber ich weiß, dass er überall wiederauftauchen könnte, aus der feuchten Erde wachsen, aus den Bergflanken hervortreten, er ist nicht weit. Ich blicke noch einmal auf den Fluss. Meine Füße sinken leicht ein in die modernde Schicht Blätter, gelb, braun, gesprenkelt wie die Rücken unserer Hühner, denen meine Mutter jeden Morgen Brotreste ausstreute, bevor sie ihre Nester plünderte.

Ich stehe auf dem Rücken eines gigantischen Tieres, das aus Zuneigung zu mir stillhält, statt mich ins eiskalte Wasser der Donau zu werfen, die mehrere große Städte miteinander verbindet. Ein weiter Weg bis ins Meer. Ich werde dem Fluss wohl noch einige Tage folgen, ich werde müssen, obwohl ich kein Wasser mag. Es ist unberechenbar, tückisch, es trägt und trägt doch nicht, im Unterschied zur Erde, die immer da ist, auf das Aufsetzen der Sohle auf der Erdoberfläche ist immer Verlass, ich bin noch nie ins Leere getreten, auf meinem ganzen Weg nicht.

Ab und zu dringen die dunklen Umrisse der Frachtschiffe durch den Nebel und verschwinden wieder mit heulendem Ton, ich frage mich, wie sie es schaffen, einander am Fluss auszuweichen, warum nie Metall auf Metall kreischt und Menschen schreiend fallen, fallen.

In einigen Ländern des ehemaligen Ostens habe ich Pudel

auf den Frachtern gesehen, die geschäftig an Deck auf und ab rannten, fast jedes Schiff hatte einen. Erst vor drei Tagen hatte mir einer der Matrosen erklärt, dass es Vorschrift sei, einen Pudel an Bord zu haben, sie witterten entgegenkommende Schiffe und waren darauf abgerichtet, diese zu melden. Ich mochte die Vorstellung, so wie ich die Vorstellung mochte, dass Bergarbeiter einen kleinen sonnenhellen Vogel mit sich in die Tiefe führten, der ihnen in der Finsternis leuchten sollte, zart und klein und verlässlich in seinem Sterben. Die hatten nur Tiere, dachte ich, ich hatte etwas Besseres, ich hatte den Golem. Der Pudel beschloss, statt entgegenkommender Schiffe lieber mich als Eindringling zu melden, und überschlug sich vor Eifer.

»Schnauze«, lachte der Matrose und lockte das Tier zu uns her und gab ihm die Reste unserer Mahlzeit, es sah mich misstrauisch an: Ich gehörte nicht dazu, ich roch unpassend.

»Komm«, sagte ich und dachte an unseren Nachbarshund, der mich zeit seines Lebens liebte und nicht vergaß, und streckte meine Hand aus, auf der ein Stück Salami lag. Er schwänzelte in sicherem Abstand um uns herum. Sein feuchtes Fell hatte die Farbe des Nebels über dem Wasser. Der Blick des Tieres gefiel mir, wach und forschend. Ich warf ihm die Wurst hin, die er sofort schnappte, und sofort verzog er sich hinter ein paar Fässer an Deck, in deren Schatten wir gerade noch gelegen hatten.

Der Mann stand auf.

»Bestechlich«, lachte er, »ist ja auch ein Weibchen.«

»Was macht ihr, wenn die Junge werfen?«, fragte ich.

»Keine Ahnung. Entweder jemand nimmt die oder sie gehen über Bord.«

Er streckte sich.

»In zwei Stunden sind wir da«, sagte er zu mir und wischte

die Fettspuren mit dem Ärmel aus seinem Gesicht. »Lass dich nicht erwischen. Gute Reise.«

»Gute Reise«, sagte ich. Er zwinkerte mir zu und folgte dem Pudel.

*

Es ist warm, der Teich im Park spiegelt die Sonne, feine Linien im Wasser, die die großen schwarzen Wasservögel über die ruhige Fläche ziehen. Im ausgetrockneten Gras stehen noch stoffbezogene Liegestühle, aus denen mich ein Wärter gejagt hat, die Benützung kostet Geld und ich habe die paar Münzen, die ich noch besaß, in den metallenen Schlitz eines Telefonapparates geworfen. Nicht alle passten.

»Hallo?«, sagt meine Schwester, ich bin so abgelenkt, dass ich nicht sofort darauf reagiere, und sie wiederholt es nochmals, mit einem bösartigen Unterton.

»Der Hallo ist gestorben«, sage ich, wie ich es in Wien gelernt habe, und muss plötzlich lachen.

»Diana?«, fragt sie ungläubig. »Bist du das? Wieso lachst du?«

»Ich glaube, ich bin es«, sage ich.

»Wo bist du?«, schreit sie. »Wir warten doch die ganze Zeit, verdammt nochmal, wir haben Schulden, und er ist noch immer in der Anstalt, und die Ärzte wollen für jeden Tag ihr Geld! Bitte, um Himmels willen, wo bist du? Wann bist du da?«

»Ich bin nicht sicher«, sage ich, und ich denke an meinen Sohn, und nichts ist mehr lustig. »Ich versuche es. Wirklich.«

»Mutter hat ihren ganzen Schmuck verpfändet«, sagt sie. »Aber das reicht alles nicht! Bitte, um Himmels willen, beeil dich!«

Ich schweige und höre den Münzen zu, wie sie ins Innere des Apparates fallen.

»Diana! Komm endlich heim!«

»Wie komme ich heim«, frage ich schließlich.« »Ich glaube, ich habe mich verlaufen.«

»Was meinst du?«, sagt sie. Ihre Stimme wird leiser und leiser.

»Bist du noch da?« Ich bin ängstlich, und ich habe plötzlich die Stimme eines Kindes. Eines fremden Kindes.

»Ja. Sicher«, sagt sie. »Diana, was ist passiert?«

»Lass mich mit Mutter sprechen«, sage ich nach langem Überlegen.

»Diana«, sagt sie, und dann schweigt sie.

»Bitte, lass mich zu Mama.«

»Sie liegt im Bett. Sie fühlt sich nicht gut. Sie kann nicht aufstehen.«

»Dann hilf du mir«, sage ich kaum hörbar. »Du musst mir helfen, sonst finde ich euch nicht mehr.«

»Aber was soll ich denn tun«, schluchzt sie. »Ich war doch noch nie im Ausland!«

Ich würge und schweige dann, weil keine Worte hinausgewürgt werden wollen. Sie wiederholt die letzten Sätze wie ein Mantra, die Anzeige blinkt.

»Du schaffst es! Du hast es doch immer geschafft! Ich warte. Ich warte!«

Die Leitung knackt, und unsere Verbindung bricht, und nach kurzem Einrasten ist erneut das Signal des fremden Landes in meinem Ohr zu hören. Ich lege den Hörer neben die Gabel auf die Metallkante des Gerätes, höre eine Weile zu und versuche, wenigstens mich zu sammeln, wenn es beim Geld schon nicht mehr gelingen will.

*

Ich schaffe es, hat sie gesagt. Ich schaffe es. Ich habe es immer geschafft. Ich habe Hunger. Ich habe bereits die Mistkübel um das hübsche Café, das am Wasser liegt, durchgewühlt und zwischen Pappbecherresten und anderem Müll ein angebissenes Karamellgebäck gefunden. Das Café ist geflutet von Frauen in schwarzen Gewändern, die nur einen Spalt zwischen Augen und Nasenansatz freigeben, sie sitzen auf der Terrasse, hinter dem Panoramafenster und gustieren an den Auslagen des Restaurants, das Ufer wirkt wie eine Pinguinkolonie, alles voller schwarzer Leiber, dicht beinander.

Alle haben Speisen vor sich, oder Getränke, und ich frage mich, wie sie diese eigentlich zu essen gedenken, schieben sie sie seitwärts am Auge vorbei? Oder unter dem Mantel von unten nach oben hinauf? Gut möglich, dass nicht das ganze belegte Brötchen den Weg in ihre verborgenen Münder schafft.

Ich schleiche mich hyänenhaft an den breiten Fensterfronten vorbei, meine mögliche Beute immer im Blick, bis mich eine Serviererin entdeckt. Als ich wieder am Ufer stehe, packt neben mir eine Dame in einem abgetragenen Kamelhaarmantel Brotscheiben aus und beginnt diese mit meditativem Lächeln an die Vögel, die sich bald ungelenk um ihre flachen Spangenschuhe scharen, zu verteilen. Ihre Knöchel sind zerbrechlich dünn. Die farblose Strumpfhose wirft glänzende Falten. Ich sehe genau hin, um ihre fütternden Hände nicht anstarren zu müssen, sehe diese dünnen Beine, so dünn wie die meiner Mutter, und ein paar schwarze Haare, die sich unter der Strumpfhose zwischen einer blauen Ader auf der Wade abzeichnen. Ich blicke sie und die Fressenden voller Abscheu an, ihr gerührtes Gesicht, ihre schlaffen gepuderten Wangen, sie würde mir wohl mit demselben Ausdruck eine Scheibe überreichen, wenn ich sie nur bitten könnte, aber ich werde nicht können, und sie wird weiter mit elegant weit ausholenden Gesten die Nahrung an die fetten Schwäne verteilen, ein ums andere Mal. Diese ekelhafte Schwerfälligkeit der Tiere, wenn sie das Wasser verlassen, jede Unvollkommenheit tritt da ungeschönt hervor, die krummen, dicken Beine, das lächerliche Wackeln mit ihren breiten Bürzeln. Ich sehe ihnen beim Hungerstillen zu und stelle mir vor, wie ich mich anschleiche und springe. Der Sprung muss gut geplant sein, so wie auch Katzen gut schätzen müssen, wenn sie nicht hungern wollen. Ich würde mich zwischen den glänzenden Federn verbeißen, die Wärme im freigelegten Mund.

*

Ein Küstenstreifen, der sich wie ein Block weißen Fettes ins Meer legt, dichte Landfasern, die sich im Laufe der Jahrhunderte übereinandergelegt haben, ein fettes, reiches Land mit fetter Erde, das nicht auf mich gewartet hat und das ich voller Erwartung ansteuere. Der Meerwind bläst mir ins Gesicht, es riecht salzig und fischig, es riecht nach Frau, es riecht nach mir. Das Meer leckt an der Küste, höhlt aus, die Wellen schaukeln mich zurück in kindliche Übelkeit, mir ist so übel, wie mir damals im Auto des halbfremden Onkels gewesen ist, und ich muss wieder ausharren, ich muss warten, bis wir endlich da sind, ich hasse dieses Warten, Warten auf das Ende der Torturen, die mir andere aufzwangen, Warten auf die Möglichkeit, endlich aussteigen zu können, ich warte schon zu lange, ich will nicht mehr warten, ich mache mir nicht einmal mehr die Mühe, einen geschützten Ort zu suchen, um mich zu übergeben, und erbreche einen gelben feinen Strom ins Meerwasser, während mir die Gischt bis an die Stirn hochspritzt.

*

Ich sitze im verdorrten Gras, wie so oft schon sitze ich im Gras, und sehe den Besuchern des Forum Romanum zu, wie sie in ihre bezahlte Erfahrung von Altertum einziehen, schwatzend, Cola-Dosen werfend, uninteressiert, sie stinken nach Neuzeit und nach Wurst, sie sind laut und zeigen keinerlei Respekt vor dem, was hier einmal war, die abgebissenen Steinfinger der Säulen, die ins Nichts abbrechenden Triumphbögen mit ihren mannigfaltigen Geschichtsreliefs, die gebrochenen Zahnrücken der Marmorsteine. Das ganze Forum ist ein Relief der Geschichte.

Ich sitze auf grünem, frischem Gras, mit meinen Fingern tief zwischen den Halmen bis in die Wurzeln getrieben, ich spüre die Erde zwischen meinen Nägeln, schmerzend unter die Haut dringen, ich will von ihr durchdrungen sein und sie durchdringen, wir sind Teil voneinander und werden uns nie mehr trennen. Sie und ich von gleichem schweren Blut, von gleichem lehmigen Fleisch, wie ich und sie und er, den ich suche, sogar hier noch zwischen Säulen und Ziegeln der alten Stadt suche ich ihn.

Weit weg, über den ärmlichen Resten der Ruinen, bricht ein in der Kälte dennoch knospender Ast hervor. Sie ist stärker, ihre Lust zu überleben ist stärker als alles, sogar als die Zeit, darum bin ich wie sie.

Beruhigend ist es für mich, auf die halbrunden Kuppeln der Zypressen zu blicken, sie erfüllen mich mit dem Versprechen der Erholung und der Regeneration, wenn sie es kann, so kann ich es auch. Die Touristen fotografieren, lustlos, die leeren dummen Kindergesichter vor dem Kolosseum. Ja wissen sie denn nicht, wie viele hier gestorben sind, unter munterem Gejohle von ihresgleichen, ihr Blut im Arenasand verspritzt, ihr Hirn auf Waffenschneiden und Tierzähnen? Wie können sie sich in dieser Kulisse verewigen lassen, Victory-Zeichen setzen, obwohl sie niemals, niemals den Kampf angetreten haben, im Unterschied zu mir, die die Arena unerlaubterweise immer wieder verlässt, auf Schleichwegen verschwindet und wiederkommt, das ist der Grund, weshalb ich es überlebe, mein Verschwinden und Wiederauftauchen, das nun von des Golems Verschwinden und Wiederauftauchen ins Lächerliche gezogen wird, ins Sinnlose, er verhöhnt mich, und ich bin kein weiser Mann und habe ihn nicht im Griff, obwohl er der einzige Schlüssel zum verborgenen Haus meines Vaters ist.

Ich habe das kleine Ledertäschchen einer unaufmerksamen Schülerin an mich genommen. Noch habe ich mehrere Tage Zeit, bevor ich mich wieder auf den Weg mache, mein Weg führt mich in verschlungenen Pfaden durch Europa, Trampelpfade sind das, im Dschungel der Begebenheiten hinterlassen von Einzelwanderern wie mir, wir sind unsichtbar und allgegenwärtig, wir bestimmen eure Zukunft genauso mit, wie ihr die unsere, wir bestimmen Teile eures Lebens, eures Begehrens, eurer Gier und eurer Bedürftigkeit, wir pflegen euch und befriedigen euch und töten euch und nützen euch aus, so wie ihr uns ausnützt und befriedigt und tötet. Ihr dürft uns ungestraft ertränken, uns vergiften, uns erschlagen und verbrennen, während wir euch nur aus dem Hinterhalt anfallen dürfen wie wilde Tiere, und wenn wir dabei erwischt werden, werden wir wie wilde Tiere eingesperrt. Werdet ihr dabei erwischt, so vergisst man am besten eure Täterschaft, denn wir sind nicht nur wilde, sondern auch heimatlose Tiere, und Tiere sind Objekte und haben keine Bürgerrechte wie jene, die dem großen europäischen Haus zugehörig sind und dem großen Haus des Wohlstands.

Genug nachgedacht, denke ich, das Denken hält ab vom Handeln, und wer nicht handelt, der stirbt. Ich stehe auf. Ich schaffe es, sage ich halblaut vor mich hin. Ich schaffe es, und ich muss gesund bleiben, ich darf mir hier nicht den Tod holen, ich muss für alle gesund bleiben, damit er zu mir zurückkehren kann. Der Golem muss zu mir zurückkehren, aber ich kann ihn offensichtlich nicht zwingen. Die Zeit wird knapp.

*

Der Himmel zieht schnell zu, graue Flächen greifen ins Blau und dämpfen das Licht am frühen Nachmittag. Die Luft riecht feucht und nach Meer. Ich zähle mein verbliebenes Geld, das ich in dem fremden Täschchen gefunden habe, auf der Börse ist ein fröhliches Katzengesicht aus Leder angebracht, das mich höhnisch angrinst, ich reiße es an der dicken roten Nase hoch und wühle. Das Kind hat entweder nicht viel mitbekommen oder alles bereits ausgegeben, aber es könnte wenigstens für mich reichen. Ich muss meine Schwester erreichen. Oder meine Mutter. Ich erreiche mich nicht mehr, also muss es jemand anderes werden, schnell, schnell. Ich gehe planlos die gewundenen Gassen hinauf und hinunter, bis ich eine silberne Telefonzelle finde. Ich lasse meine Münzen aufmerksam Stück für Stück ins Innere des Apparates fallen, höre dem mechanischen Klicken zu, hebe den glatten Griff des Hörers, drücke die Oberfläche an mein Ohr. Höre die Signale, hebe meine Hand, um sie wie gewohnt auf dem Tastenfeld tanzen zu lassen, und kann mich nicht mehr an die schlafwandlerisch eingeprägten Bewegungen erinnern, sooft ich mich auch bemühe. Ich klaube mit zittrigen Händen die Münzen aus dem Apparat und werfe sie hysterisch wieder und wieder hinein. Versuche es nochmals, und dann noch vier weitere Male, immer vergeblich, bis meine letzte Münze mit einem endgültigen Klicken im Inneren des Apparates verschwunden ist und auf der

Anzeige eine Null blinkt, während meine Finger taub und kalt und gleichzeitig schweißnass werden. Es beginnt zu schneien.

*

Ich überwinde die gläserne Trennwand, die die Straße von einem lichtdurchfluteten, musiküberschwemmten, drei Stockwerke hohen Reich abschirmt. Sie gleitet wie von Zauberhand zur Seite. Der Portier sieht mich prüfend an und lässt mich in einer fröhlich schnatternden Menge junger Mädchen passieren. Die Luster sind hell hier und der Boden Marmor. Die Rolltreppen bewegliches Gold mit geschmacklosen Reliefs an den Seiten, die wohl ägyptische Pharaonen darstellen sollen.

Geschichte für Geschichtslose. Kultur für Kulturlose. Gier für Habenichtse. Alles das nicht für mich. Nicht für mich.

Ich widerstehe der Versuchung, in den Mistkübeln im Eingangsbereich nach Essen zu graben. Man wird mich dabei erwischen und hinausjagen, und draußen schneit es in nassen, schmelzenden Flocken. Die Gehsteige sind grau und braun und weiß gesprenkelt mit Matsch, der durch die Seitennähte in die Stiefel dringt, bis ich meine Zehen nicht mehr spüre, aber diese in Eiswassersockendreck eingelegten Zehen sind mein geringstes Problem. Aus dem Untergeschoß dringen Gerüche nach Backwaren hinauf aus dem Seitentrakt, wo sich die Kosmetikabteilung befindet, Düfte nach falschen Äpfeln und Kunstrosen. Alles ist Lüge, aber ich will mich so gerne wieder täuschen lassen, wie damals im Spital. Das Haus erinnert mich an das Gebäude, in dem es immer warm war, immer satt und ruhig. Wenigstens kurzfristig. Wenigstens ein wenig.

Der Brotgeruch macht mich sofort ungeduldig. Ich entferne mich von dieser Erinnerung an das, was wichtig ist. Steige auf der goldenen Rolltreppe luftig höher und höher. Die Musik ergießt sich über mich. Alles ist leuchtend. Ich gehe über das flüssige Gold und den weißen Marmor, eine Prinzessin, die aus ihrem Königreich entführt wurde und nun den Glanz ihres Hofes wiedererkennt, meine Schritte werden geschmeidig, elegant, ich gehe so selbstsicher und bestimmt, dass niemand sich an meiner armseligen Kleidung stößt. Ich wandere ziellos durch das Stockwerk, das mit geschmacklosesten Dingen angefüllt ist: Silberadler, riesige Porzellantiger, Kristallluster unterschiedlichster Übertreibung. Fahre weiter hinauf.

Der dritte Stock beherbergt die Schlafzimmer. Doppelbetten mit hohem Himmel, mit Nachtkästchen aus Mahagoni, mit samtbezogenen Rückenlehnen, mit kleinen Messingknöpfen, die ein Karomuster hineindrücken, Löwenköpfe als Füße. Ich gehe über ein Bettenfeld, wie andere über Minenfelder gehen, vorsichtig. In Reih und Glied stehen diese Inseln der Ruhe in einem riesigen, verwirrend verwinkelten Raum, mal bunt bezogen, mal in reinem Weiß. In jedem zwei große, stützende Kissen, an die sich jeweils zwei kleine kindergleich anschmiegen. Es duftet nach Lavendelwasser. Seidentücher, die bis zum Boden fallen in verführerischem Glanz.

Ich wandere zwischen ihnen wie in einem von der Außenwelt verborgenen Lustgarten, der keineswegs geheim ist: Die Betten tragen alle verschiedene Namen, im Unterschied zu uns, die wir störend eindringen, sie warten auf diejenigen, die das Recht haben, sich dort niederzulassen. Ich sehe genauer hin: Sie tragen Kärtchen, mit Vor- und Nachnamen versehen, Kärtchen wie jene, die an Fluggepäck befestigt werden. Giorgio Armani. Tommy Hilfiger. Ich sehe mich um, kein Herr Armani zu sehen, der sich in sein angestammtes Bett legen möchte. Kein Hilfiger weit und breit.

Ob in dieser Oase auch irgendwo mein Name festgehalten steht? Mein Platz, vielleicht mir gnädig zugewiesen, mir allein? Wie im Spital?

Die Suche nach meinem Namen erscheint mir nach kurzer Zeit zu langweilig, wenn nicht sogar vergeblich. Ich will nicht suchen, ich will frei sein.

Hier ist es warm, warm genug, um sich zu freuen und leicht zu werden. Ich mache eine halbe Drehung, dann die nächste, der Raum ist so festlich, dass ich tanzen möchte, ich drehe mich um meine Achse und verbeuge mich schließlich bis zum Boden so tief. Streife mit meiner Hand über die Seidendecken, über die Spitzen. Die Polster sind bestimmt mit Daune gefüllt, hell wie Schnee und weich wie Watte, rein, wie echte Reinheit nur sein kann, rein wie jenes Bett, das meine Mutter mir nach jeder Heimkehr bereitete, rein wie das Bett, das man mir bei Dr. Petersen zuwies, bevor ich es, wie all die anderen reinen Orte, mutwillig verließ. Ich bekomme eine überwältigende Sehnsucht nach diesen Orten, die mich schneller ausfüllt, als der nagende Hunger es je könnte, ich bin ein faltiger Hautsack, mit Sehnsucht aufgeblasen, wie ein Luftballon mit Helium gefüllt wird. Sehnsucht ist stärker als Helium, Sehnsucht ist Äther.

Ich habe meine Mutter wieder sehr genau vor Augen, ihr Gesicht, ihre ausgedünnte Gestalt, sie schüttelt als hagere Frau Holle die Decken für mich auf. Ich sehe ihre sehnigen Hände, um den Brustkorb meines Sohnes gelegt. Ich sehe seine Brust, aber ich sehe sein Gesicht nicht. Ich erschrecke, wie weit weg sie alle bereits gerückt sind, verschwommen, in der Entfernung, wie konnte ich vergessen, wie konnte ich meinen Sohn aus den Augen verlieren, frage ich mich, wie komme ich nur nach Hause, wie war der Weg nach Hause? Wohin? Wohin bin ich immer gegangen, wenn ich heimging?

Ich setze mich zwischen die Betten und denke nach.

Es will mir nicht einfallen, der Weg ist im Schnee verborgen, im Schneegestöber draußen, im Schneegestöber in mir. Das Schneegestöber, das mich in dieses Haus getrieben hat, fällt mir wieder ein, die Kälte draußen.

Was habe ich hier gesucht, denke ich. Ich habe doch irgendetwas hier drinnen gesucht.

Ich lege meine Hand wieder vorsichtig auf die Schneefläche, die das Doppelbett krönt, gerundet wie barocke Frauenschultern. Ich empfinde eine überwältigende Lust, mich nur ganz leicht an diese Schulter zu lehnen, den Kopf abzulegen und einen Augenblick lang oder auch etwas länger die Augen zu schließen, um ruhig ein- und auszuatmen. Um den Weg wiederzufinden.

Ich umarme die Polster, mein Gesicht fest hineingedrückt, dann werfe ich mich der Länge nach in das Bett und spüre die Federleichte an meinem Körper.

So müssten sich jene pausbäckigen Engelchen fühlen, die auf den Plakaten im Hintergrund aus den Wolken heraussahen. Die Köpfe umrahmt von Flügelchen, die ganz bestimmt nicht ihr ganzes Gewicht tragen könnten, sollten die faulen fetten Blagen wirklich fliegen wollen. Ich schlüpfe in das Reinweiße, ziehe meine Beine an den Bauch, den Kopf an die Brust, alles ist weich und schwerelos und warm, ich bin im Himmel, ich bin ein Watteembryo, eine Heimkehrerin aus der Erdwelt und schwebe, schwebe, schwebe dahin.

Da greift jemand unter die Decke, da packt mich jemand am Handgelenk, mit eisernem Griff, und zieht meine Hand aus den Decken hervor, aus den Decken heraus. Ich schließe die Augen und beginne den Kopf hin und her zu schütteln, eine große Verneinung des Geschehens, und der Griff um meinen Arm lockert sich nicht, und sie reden mich an. Sie heben die Stimmen in einer unbekannten Sprache, und ich schreie, schreie und versuche, mich wieder in die Laken zu verkriechen. Sie sind sanft, die Gesichter angespannt, das Lächeln muss ständig erneuert werden.

Ich kreische: »Ich will nach Hause, lassen Sie mich los, ich will endlich nach Hause, meine Mutter hat das Bett für mich gemacht, lassen Sie mich los!«

Und sie hebeln mich aus den Decken, obwohl ich mich gegen sie stemme und winde, und ziehen mich heraus. Die Besucher strömen langsam näher, um diese erstaunliche Darbietung beobachten zu können. Zwei Männer in grauen Uniformen laufen federnd zu mir und packen mich schweigend an den Schultern, unter den Armen, und schleifen mich zu einer vom eleganten Verkäufer schnell geöffneten Tür, die in einen fensterlosen schmalen Gang führt. Hinter all der Pracht und dem Glanz.

Es riecht muffig und stickig. Sobald die Tür hinter uns ins Schloss gefallen ist, werden ihre Bewegungen gröber und fordernder. Sie lachen.

»Ich will zu meiner Mutter«, brülle ich. »Ich will zu meinem Sohn!« Ich ramme meine Füße in den Teppich, und sie werfen mich mit voller Wucht auf den Boden und reißen mich wieder hoch, ich verbeiße mich in die nächstbeste Hand, und einer schlägt mir mit der Faust auf den Hinterkopf und macht eine abschneidende Bewegung am Hals entlang, sie sind tot, zeigt er mir, sie sind schon verloren, schon vergangen, wird mir klar, es gibt sie nicht mehr, so wie es meinen Heimweg nicht mehr gibt, unwiederbringlich.

»Wirklich?«, frage ich, und ich bekomme entsetzliche Angst, und ich beginne zu weinen, dann zu heulen, laut und hemmungslos wie ein verzweifeltes Tier, und sie werfen mich nochmals auf den Boden und treten mich, bis ich schweige. Bis das Bild des Hauses, in dem die drei vereisten Körper puppenhaft still in ihren Betten liegen, in meinem Inneren verblasst.

*

Als sie mich später auf die Straße stoßen, ins Licht der Straßenlaternen hinein, habe ich schon wieder keine Ahnung mehr, wohin ich vorhin gehen wollte, was ich dort gesucht habe, und ich wische das Blut von meiner Lippe und suche Unterschlupf, verstecke mich weit weg vom Licht.

*

Die Städte beginnen mich mit ihrer Helligkeit zu bedrohen, ich umgehe Lichter in der Nacht, ich bewege mich in der Deckung von Bäumen und Sträuchern, die Autos, die mit blendenden Scheinwerfern durch die Nacht stechen, sind mir ein Greuel. Das Licht ist gnadenlos, es bricht ins Undeutliche, zerrt mich an jene Oberflächen, die ich meiden will, nagelt mich fest. Wie konnte ich nur glauben, der Golem würde sich hier aufhalten wollen, das ist nicht seine Welt, und damit auch nicht mehr meine. Hier habe ich versagt. Wenn er mir nicht gehorcht, so muss ich wohl ihm gehorchen, wenn ich etwas erreichen will. Ich verlasse die Lichter, in dem Wissen, dass die wirkliche Wanderung erst jetzt beginnt. Jenseits der Stadtgrenze, hinter den Tankstellen und den ärmlichen Betonhäusern der Vororte, weiß ich, dass er wiederauftauchen wird. Ich spüre ihn so deutlich wie das Schlagen meines Herzens.

*

Er geht vor, langsam, und hält inne und wartet auf mich, ich glaube, dass er auf mich wartet, ich will es so gerne glauben, dass er wartet, auf mich, nur auf mich, und ich folge zögerlich, und als er merkt, dass ich mich nähere, hebt er wieder einen Arm und macht eine vage Bewegung und zeigt mir den Weg, und wir ziehen los, in die Wälder.

»Halt! Bleib stehen!«, schreie ich ein ums andere Mal, aber er wendet sich nicht noch einmal nach mir um, er geht gemächlich, bestimmend, die Bäume behindern ihn nicht wie mich, seine breite Brust öffnet ihm jeden Waldpfad. Er schafft es, den immer gleichen Abstand zu halten, meine Füße gleiten auf den Blättern am abschüssigen Boden aus und ich rutsche, überschlage mich, verliere Dinge aus meinem Rucksack, keine Zeit, keine Zeit mehr, ich blicke mich nicht einmal nach ihnen um. Egal, wie sehr ich mich auch beeile, er ist immer gleich weit, wie der Horizont, wie ein verfluchter Brunnen, wie Katzengold, ich folge ihm und versuche ihm über wilde Abkürzungen durch das Dickicht näher zu kommen, Zweige peitschen mir ins Gesicht, ich achte nicht weiter auf sie, bis mir ein blutiger Striemen über die Wange gezogen wird, und auch das ist mir egal, ich stürze ihm nach, zwischen den Ästen, die schon fast so dunkel sind wie der Himmel über uns.

Irgendwann ist es ganz finster und ich stehe auf einer Lichtung, von der ich nicht weiß, wie ich dorthin gekommen bin, ein paar Sterne über den Wipfeln, und die Erde dreht sich gemeinsam mit mir, einmal, zweimal, wieder und wieder, um meine Achse drehen wir uns, drehen uns, und ich brülle mir die Seele aus dem Leib.

*

Am Nachmittag entdecke ich einen Waldweg, der frische Reifenspuren trägt, und mein Herz schlägt schneller, und ich jubiliere und verdreifache meine Geschwindigkeit, ich tanze im Matsch, im Schatten der Eichen. Wo es Reifenspuren gibt, gibt es auch Orte, an die diese Wagen gefahren sind, ich folge, folge, folge den Reifenspuren, bis ich vor einem verbreiterten Straßenabschnitt stehe, in dessen Nähe Bäume gefällt worden sind. Es riecht süßlich nach frischen Sägespänen. Mehrere Baumstämme liegen im Schlamm.

*

Die Feuchtigkeit dieses verdammten Flusses kriecht über meine Schuhe in die Socken, durch die Haut, in die Knochen.

Ich liege zusammengerollt in einer Erdkuhle, ich zittere, ich habe alles, was ich mithabe, um mich gewickelt, ich liege als Lumpenklumpen in der Erde und schreie nach ihm, und er kommt nicht, obwohl ich brülle und wimmere, er kommt nicht, und ich friere weiter, das Zittern wird zur Gewohnheit. Ich stopfe mir die Faust in den Mund, fixiere die Kiefer damit und atme Wärme in meine Haut, um der Erde Widerstand zu leisten.

Ich kann das.

Ich bin ganz allein.

*

Im Morgendunst das Versprechen von kleinen schäbigen Schrebergärtchen, die von Vogelscheuchen bewacht werden. Steinzeitliche Farne im Herbst eingeschlossen wie in Bernstein, braun-zartes Grau und verwaschenes Weiß Schicht um Schicht verschleiert, verborgen und nicht wert befunden, wie ich. Vater, frage ich mich, hast du mich so gesehen? Auch wenn du dich abwendest, wachse ich dir entgegen, seit Jahrtausenden aus jahrmillionenalter Erde, unter deren Oberfläche glühende Steinströme auf- und niedersteigen, um das Gesicht des Planeten beständig zu verändern, während deines immer gleich bleibt, das Gesicht eines jungen Mannes mit Bart. Erstarrt im Goldrahmen an der Wand in Mutters Schlafzimmer.

*

Die Berge atmen Nebel in den stahlgrauen Himmel. Irgendwo im Weißschlierigen hängt der dunkle Umriss einer Hütte zwischen Himmel und Erde. Ich sperrte mich auf der Toilette ein und fuhr mehrere Stationen mit dem Zug.

*

Wenn ich mir im Unterholz einen Schlafplatz suche, wenn ich, manchmal hungrig, manchmal satt, mich in meinen Schlafsack einrolle und die Zeitungen über mich lege als nächste Schutzschicht, fällt mir auf, dass dieses erdige Gesichtslose des Golems beginnt, die Züge meines Sohnes zu überlagern, es ist, als müsste ich mich durch diese Leere erst zu seinen Gesichtskonturen durchringen, sie Schicht um Schicht entfernen, wie die Eisblumen an den Fenstern entfernt worden sind, mit bloßen Händen und warmem Atem und Geduld.

*

Ich gehe in die Hocke über den fruchtbaren, vom Rotor des Traktors aufgelockerten Reihen brauner geschmeidiger Erde, ich gehe in die Hocke, meine Kleider an den Rand des Feldes abgelegt, neben meinem Rucksack, und lasse mich ausfließen, dunkles Menschenblut auf Erdfleisch, die Krämpfe ebben ab, und der Propfen in meinem Inneren löst sich, mein Hintern wirft den Schatten zweier Halbmonde auf die Erdstreifen, die von Menschenhand in die Hügel gepflügt worden sind, ich hocke über dem Feld und lasse es an meiner Fruchtbarkeit teilhaben, großzügig bin ich, lebensvoll, reich an Gewebe.

Meine Stirn trägt nässende Golemzeichen, wenn er nicht da ist, um ihn zu unterwerfen, muss ich es bei mir selbst tun. Als ich fertig bin, knie ich mich neben den dampfend warmen Abschnitt, den ich gestaltet habe, und vermenge die Erdschicht mit meinem Blut, rühre und knete sie wie einen guten Brotteig, ich kann das so gut wie meine Mutter, meine Mutter ist zu feige, ihre Frucht öffentlich reifen zu lassen, ich nicht, ich bin schlauer, ich werde überleben, während sie untergehen wird, wenn ich nicht überlebe. Sie ist abhängig von mir, wie ich einst von ihr abhängig gewesen bin, abhängig von ihrer knochigen Hand, abhängig von ihrer schlaffen leeren Brust, der verdorbenen Milch, die immer zu wenig war, bitter und wenig wie alles, was von ihr kommt, und ich bin großzügig, und ich steche mit meinem Pilzmesser in meine Brustwarze, weil ich mehr geben kann und mehr geben will als sie, immer mehr gegeben habe als sie, mehr als alles gegeben habe, ohne ein Wort des Dankes zu hören, von ihr nicht, von meinem Sohn nicht, von niemandem, ich steche das Messer ohne zu zögern in meine Brust und drücke Blut heraus, es fühlt sich an wie Milch aus der Brust der Stillenden, mit sanftem Druck, wenn das Baby zu schwach dazu ist, ich wäre nicht schwach gewesen, aber meine Mutter fürchtete meine Zähne, fürchtete meine Gier, die Gier, die sie sich selbst niemals gestattet hätte, die Gier, die sie so gerne hervorrief und dann bestrafte, allmächtig in ihrer angeblichen Reinheit. Alte Schlampe, denke ich, und drücke meine feuchte

Brust in die Erdkuhle, die ich geformt habe, und gebe dem Erdmund zu trinken, alte Schlampe, halt dein Maul, halt endlich dein Maul, ich werde dir geben, was du willst, ich werde dich stopfen, bis nichts mehr hineingeht, bis dein Leib sich aufbläht und groß und rund wird, wie der Horizont, den man auch erst erkennt, wenn man weit genug wegkann.

Später forme ich aus dem warmen Lehm, der von mir stammt, meinen Adam, forme ich zärtlich eine kleine Figur, die ihn darstellen soll, damit er, sollte ich ihn nicht wiederfinden, mich bei meiner Reise begleiten kann, auch ohne seine Zustimmung, ich streiche ihn mit Spucke glatt, er ruht in der von mir ausgehobenen Erdkuhle, das ausgehobene Material ist das Material seines Körpers, ich habe ihn aus der Tiefe gehoben, wie andere ihre Kinder aus der Taufe heben, aus der Wiege, mein Homunkulus ruht in seiner Erdwiege und reift. Sein Rücken ist mit dem Erdreich verbunden, noch habe ich ihn nicht herausgelöst, die Nabelschnur ist nicht durchtrennt, er ist in Verbindung mit allem, was ich abstreifte und verlor, an meiner statt eine Einheit, aber durch mich, nur durch mich, das macht mich stolz und ich fühle mich großartig, obwohl der Stich in meiner Brust schmerzt.

Als es dunkel wird und blutrote Streifen bis in die Wolken dringen, vom dunklen Grat des Feldes ausgehend, als wäre mein Blut bis in den Himmel vorgedrungen, endlich meines, alles endlich meines, stehe ich auf.

*

Meine Füße werden Hufe, und sie klingen beim Gehen, und die Feuchtigkeit zieht in sie ein und bedeckt den trockenen Asphalt mit kleinen gestempelten Abdrücken, die aussehen wie kleine Scheiden, wie die Formen, die aus geronnenem Blut in hellen Leintüchern zurückbleiben, und ich gehe und bedrucke die Straße mit meinen Schamlippen, damit sie mein Zeichen trägt und niemandes Zeichen sonst. Ganz meine Straße ist.

*

Ich passiere ein Atomkraftwerk. Arenabreite Betonsäulen, aus denen weißgraue Wolken stiegen, die sich nahtlos in den verhangenen Himmel einfügten wie der Rauch der Pfeife meines Vaters in den Nebel, der durch die Wohnung zog und sich an der Decke verdichtete, sodass das Licht des Messinglusters nur spärlich durchdringen konnte. Die Dampfwolken wiesen mir den Weg, ich bog bei der Kreuzung nach links ab, statt dem asphaltierten Weg zu folgen.

*

Die Bücher, die ein großes Gewicht an meinen Rücken hängten, warf ich in den nächsten Bach. Sie stillen weder Not noch Hunger. Ich beobachtete lange, wie das rostrote Wasser in die weißen Seiten griff und sie sich untertan machte, saß am Ufer und sah zu, wie die Schrift sich veränderte, nachdem die Bücher ganz untergegangen waren. Sie schien sich zu bewegen, zu zittern, mir etwas sagen zu wollen. Vielleicht einfach nur Abschied nehmen von mir, von meinem aufmerksamen Blick, der so lange auf ihr geruht hatte. Kurzfristig tat es mir leid, und ich griff ins kalte Wasser, aber die Seiten lösten sich durch meine Bewegungen auf und lösten sich ab vom Buchkörper und schwammen davon, und ich ließ sie ziehen.

*

Der Wald wechselte sein Fell, warf die Eidechsenhaut ab, schüttelte nun den Fuchspelz im Herbstwind.

Schon habe auch ich mich hinterhältig als linguistischer Wechselbalg gewandelt und radespreche die nächste Sprache, spucke fremde Laute auf Straßen, Felder und Haut, auf der Suche nach ihm.

*

Sonne bricht durch den Nebel, zartes golden getöntes Licht, Venediger Licht der alten Meister, das alles, was es berührt, schöner scheinen lässt, sogar die Flecken auf meiner Haut, bevor das Licht brutal und hart wird, als die Sonne steigt, um alles zu unterstreichen mit verschärften Kontrasten, und plötzlich die graue Kammlinie der Berge über dem Tal zu erheben, Berge, von denen ich nichts wusste und die auf meinem Weg liegen werden.

Bergbrüste in den Himmel gereckt, um ihn zu säugen. Zwischen den Flanken gespannte Hautfalten, Achseln, Schulterblätterhaut alter Frauen.

*

Der Golem führt mich beharrlich bergauf, der Weg ist steil geworden, ich rutsche öfter ab, meine Sohlen hängen bald in Fetzen. Er wartet nicht länger auf mich, ich habe keine Zeit, spitze Steinchen aus den Schuhen zu klauben, die durch die Löcher hineingeraten. Ich markiere meinen Weg wie Hänsel und Gretel mit meinem eigenen Blut.

*

Die Bäuerin gibt mir einen Krug Milch. Ich trinke in gierigen Schlucken, ohne sie aus den Augen zu lassen. Ich vergieße die weißen Tropfen über meine Brust und Hände, die leicht zittern. Sie lächelt mir beruhigend zu, sie klopft mir auf die Schulter, so wie sie den Kühen die breiten Schultern tätschelt, und ich kann mir gut vorstellen, wie die Kühe ihr ohne Widerrede folgen, ohne dass jemals Gewaltanwendung nötig wird. Sie sieht mich prüfend an, wie sie jedes erkrankte Tier in ihrer Nähe ansehen würde, mit wachem Interesse und einem Mitgefühl, das jederzeit in Kälte umschlagen kann, wenn es für die Herde besser ist. Ihr Gesicht und ihre Hände sind so zerfurcht wie die Landschaft rundum, dunkelbraun, ledrig. Sie nimmt den leeren Krug aus meinen Händen und lächelt mich an, manche Zähne fehlen. Sie ist alt, immer noch gerne am Leben, das spüre ich, auch wenn wir kein Wort wechseln. Die Augen sind stechend blau, so wie ihr Haar ein reines Weiß ist, sie ist geworden wie die Berge, die sie umgeben, sie spiegelt die Farben der Umgebung und ihre Zähigkeit. Es ist kühl, bald kommt der Schnee. Hinter ihr hängt glänzender Aufputz für die Kühe, der an indische Elefantenkopfbedeckungen erinnert und an venezianische Masken. Die aufgeklebten Rauten aus spiegelndem Papier werfen bunte Flecken auf die Almhüttenwand.

*

Am Weg glänzende Tautropfen aus Stein. Bergperlen. Bleitränen der Eiszeit. Hie und da wird die tarnende Schutzschicht aus Erde und Moos penetriert von Marmorrippenbögen, Steinschultern, auf denen das Gebirge ruht, und das Wesen regt sich dunkel in der Tiefe, ich bekomme Angst, es könnte sich schlaftrunken auf die Seite wälzen, während ich noch auf diesem Bergpfad gehe, und mich zermalmen wie eine unachtsame Mutter ihr noch tiefer schlafendes Kind. Du bist so schwer, sage ich. Ich hasse dich.

*

Ich breite meine Arme aus und öffne meine Beine, drücke mich in die Steinwand und gehe in ihr unter. In ihr auf. Spüre die Kühle des Marmors an meiner Haut und die Festigkeit und stabile Dichte. Präge mich ihm auf, durchdringe es als Fleischader im Stein, die schnell abkühlt und gefühllos und erhaben wird wie das Bergmassiv selbst.

*

Die Schlucht ist steil und der Himmel sehr weit über mir in einem Spalt aus Grau zu erkennen. Ich sehe hinauf, ich muss den Kopf in den Nacken legen, Gipfel der Berge schälen sich aus dem lebenden Dreck, leblos und sauber ab ihrer halben Höhe, ab der Trennlinie, an der alles Wachsende zurücktritt und nur noch Stein und Eis übrig bleiben. Rein. Klar. Schlamm, Blut und Gras bleiben in ihrer hysterischen Absicht zu leben zurück und vermehren sich weiter im Dreck, Dreck wird zu Dreck. Ich würde gerne weiter nach oben steigen, um mich zu reinigen und alles das hinter mir zu lassen, aber etwas in mir weiß, dass ich den entgegengesetzten Pfad einschlagen werde, weil es dafür zu spät ist. Der Golem führt mich unweigerlich über den Pass wieder hinab, in die nieder gelegenen Orte.

*

Da war einmal etwas, das ich erfüllen musste. Irgendwann war da etwas, das mein Ziel war und mein Fluchtpunkt. Da war einmal etwas, aber ich weiß nicht mehr, wo das gewesen ist oder warum. Manchmal, wenn ich auf der Erde liege und in sie hineinhöre, ob sie sich noch hebt und senkt mit meinen Atemzügen, wenn mir nicht kalt ist und kein Hunger meine Eingeweide verätzt, wenn ich friedlich liege und auf den Golem warte, und ich nicht friere, weil sein Ausatmen nur für mich da ist, manchmal sehe ich Bilder, auf die ich mir keinen Reim machen kann, Bilder von einem Garten, von Eisblumen auf dunklen Fenstern, ich höre jemanden rufen, nach mir, nach mir, und dann nicht mehr.

*

Tümpel wie weit offene Augen im Torf, mal braun, mal blau mit der Iris der Sonne, die den Himmel auskundschaftet, weit offen, teilnahmslos. Ich trete hinein, trete nach der irrtümlicherweise im Schmutz gelandeten Sonne und zersplittere sie. Bruchstücke.

*

Selten traue ich mich in der Nacht aus dem Wald hinaus, um mir Dinge zu holen, die sie unachtsam in Gärten oder Schuppen stehenlassen. Kleine lächerliche Dinge aus Holz, Plastik und Metall, die keine Bedeutung mehr für mich besitzen, lasse ich liegen, meist gibt es mehr Unnötiges bei Menschen zu holen, als das, was ich brauche. Einmal erwischte mich eine Bäuerin, wie ich nach den Eiern ihrer Hühner griff, und schoss mir nach, der blutige Streifen am Oberarm wollte lange nicht heilen, flammte auf und roch übel.

*

Meine Haut verändert sich, je länger ich in den Wäldern lebe, sie nimmt den Geruch meiner Umgebung an, nach feuchtem Moor, nach Tümpeln voller Entengrütze, die im Halbdunkel glänzen. Ich lasse mir ein Erdfell wachsen, das mich schützt und wärmt, so wie die Hasen das tun und die Füchse und die anderen Tiere, die mich umgeben, ich jage mit ihnen und ich trinke Wasser aus den gleichen Stellen. Manchmal töte ich und manchmal setze ich kleine Vögel, die aus dem Nest gefallen sind, wieder hinein. Wenn die Eltern sie nicht annehmen, kann ich sie immer noch holen.

*

Kurz bevor die Sonne aufgeht, trete ich aus dem Wald hinaus. Die Krähen regen sich nicht, keine frischen Spuren der Tiere im Schnee. Vollkommene Windstille. Es ist so still, als ob jede Bewegung geendet hätte.

Der Golem wartet am Waldrand auf mich. Die Sterne verschwinden langsam hinter seinem Rücken am Himmel, so als würde alles, was ich kannte, von ihm ausgelöscht. Die Nacht schwindet um uns in ein heller werdendes Blau, ein schmaler Streifen roten Scheins am Horizont. Vor uns ein riesiges Feld, es füllt den gesamten Blick, es scheint endlos wie die Fläche des Wassers, ein Erdmeer. Ich kneife im heller werdenden Licht die Augen zusammen, runde Objekte scheinen zwischen den Erdwellen zu liegen. Im Halbdunkel kann ich nichts genau erkennen. Wir werden das Feld durchqueren, und dann weiß ich alles. Er wartet lange, als ob er sich sammeln würde, und ich stehe gelöst neben ihm und spüre keine Ungeduld, nur eine Ruhe, die der Ruhe des Waldes hinter uns entspricht. Als der schmale Streifen breiter wird, leuchten die Objekte in der aufgehenden Sonne, und er setzt in diesen ersten Strahlen den ersten Schritt auf das Feld, und ich folge. Die Erde ist weich unter meinen nackten Füßen, angenehm. Ich drehe mich nicht mehr um, der Wald tritt zurück, als hätte es ihn nie gegeben, während wir gehen und gehen, der Umriss des Golems flammt auf wie die Erde vor mir, als die blutrote Sonnenscheibe sich über den Rand des Horizonts erhebt, und in ihrem Licht sehe ich, dass die runden Gegenstände, die unter meinen Füßen liegen, keine Kürbisse sind, wie ich dachte, sondern Köpfe, Männerköpfe mit geschlossenen Augen, manche liegen seitwärts auf der Erde, manche mit dem Gesicht dem Himmel entgegengereckt, von einigen ist gerade einmal der Scheitel zu erkennen, während bei anderen bereits Schultern und Armteile aus der Erde ragen. Eine Reihe, dahinter die nächste, in unregelmäßigen Abständen. Sie wachsen aus den Feldern, bereit, über den Leib, der sie gebar, herzufallen, in ihm nach Schätzen zu wühlen und nur Exkremente und verfaultes Gemüse zu finden. Manche sind jung, andere schon alt, sie unterscheiden sich in Haut- und Haarfarbe kaum von der Erde, aus der sie wuchern.

Ich bemühe mich, ihnen nicht in die Gesichter zu steigen, ich will nicht wissen, ob sie kalt sind oder Körpertemperatur haben. Der Golem wendet sich noch einmal nach mir um und deutet mir, ich weiß, dass ich jetzt zurückblicken darf, und gleichzeitig weiß ich, dass dieses Feld sich rund um uns nun nach allen Seiten erstreckt. Jeder meiner Schritte bricht in eine neue Landschaft.

*

Diana, Diana, ich heiße Diana, sage ich mir vor, immer und immer wieder, das ist mein Mantra, das mich begleitet, ins Finstere hinein, ins Tiefere, das leicht modrig, aber sehr vertraut riecht, es ist eine Heimkehr voller Umarmung.

Diana darf man nicht vergessen, jeder, der nach Betreten des Erdreiches seinen Namen vergisst, geht darin verloren.

Ich gehe weiter. Ich gehe tiefer. Tiefer. Tiefer.

Ich gehe. Ich gehe.

Gehe.

Gehe.

Julya Rabinowich

Herznovelle

160 Seiten. Deuticke 2011

Eine Frau wird von ihrem Mann ins Krankenhaus gebracht, zu einer Herzoperation. Die beiden wirken wie Schlafwandler, keiner scheint den anderen wahrzunehmen. Die Operation verläuft erfolgreich. Nach wenigen Wochen kehrt die Frau nach Hause zurück. Doch schon bald plagen sie Träume, in denen sie mehr lebt als in ihrem realen Leben. Sie findet in den Alltag vor der Operation nicht mehr zurück. Wieder im Krankenhaus begibt sie sich auf die Suche nach dem Herzspezialisten, ihrem Lebensretter, der ihr Herz berührt hat.
In der deutschsprachigen Literatur der Gegenwart ist Julya Rabinowich eine neue Stimme, die aufhorchen lässt. *Herznovelle* ist ein Text über die große Sehnsucht nach einem Leben vor dem Tod.

»Auch wenn am Ende nur ein kleines Glück und eine kleine Liebe erreicht werden, bleibt die Hoffnung, nein die Erkenntnis, dass ein verrücktes Herz allemal besser ist als ein kaltes.« Stefan Gmünder, *Der Standard*

»Julya Rabinowich ist jedenfalls ein wunderbares literarisches Kabinettstück gelungen, das eine unerhörte Begebenheit – dass ein Mann im physischen Sinne das Herz einer Frau berührt – zu einer unbeschwerten Hommage an die Novellenkunst Arthur Schnitzlers macht.«
Andreas Wirthensohn, *Wiener Zeitung*

»Wie schon in ihrem Romandebut *Spaltkopf* nähert sich die gebürtige Leningraderin den großen Gefühlen mit kleinem Gepäck, ohne Pathoslast, mit Witz und bösem Scharfblick.«
Daniela Strigl, *Frankfurter Allgemeine Zeitung*

Julya Rabinowich

Spaltkopf

Roman

208 Seiten. Deuticke 2011

Mischka verbringt ihre ersten Lebensjahre in Leningrad, dem heutigen St. Petersburg. Der Spaltkopf und die Hexe Baba Yaga aus den russischen Märchen umgeben das kleine Mädchen so selbstverständlich wie die Tanten und Onkel, Großmütter und Cousins ihrer russisch-jüdischen Großfamilie, die auf engstem Raum zusammenlebt. Als Mischka sieben Jahre alt ist, erzählen ihr ihre Eltern, dass sie Urlaub in Litauen machen werden. Doch das Flugzeug landet in Wien, und es gibt kein Zurück mehr.

»Mein Vater und ich bekommen einen Nervenzusammenbruch, weil er mir an einem einzigen Abend drei Jahre Kommunismus austreiben will und ich es nicht fassen kann, dass Lenin, der Freund aller Kinder, ein Arschloch sein soll. Doch was mein Vater nicht schafft, schafft der Anblick einer Barbiepuppe.« Mischka muss sich, gespalten zwischen den Mythen ihrer Kindheit und den Verheißungen des Westens, im Exil einen eigenen Weg suchen.

Julya Rabinowich überzeugt nicht nur durch ihren ausgeprägten Sinn für Komik, sondern auch mit ihrem völlig eigenständigen Stil: Nüchtern und überzeichnend zugleich beschreibt sie das Vakuum zwischen den Kulturen, in das einen die Emigration zu treiben vermag.

»Ein Entwicklungsroman von großer Anschaulichkeit, dessen souveräne und freche Sprache Beweis dafür ist, dass Julya Rabinowich nicht nur in einer neuen Heimat angekommen ist, sondern auch in der Literatur.«

Paul Jandl, *Neue Zürcher Zeitung*

»Kurz vor dem Zusammenbruch der Sowjetunion besucht Mischka das erste Mal seit der Emigration ihre Geburtsstadt Leningrad. Die Beschreibung dieser Reise mit ihren grotesken Verwandtenbesuchen, Fressorgien und Reminiszenzen schwankt zwischen Wehmut, Witz und Entsetzen und ist mit das Beste, was dieser Roman zu bieten hat.« Vladimir Vertlib, *Die Presse*